Matthias Pusch

DIE RÖMER

Politik mit Legionen

Originalausgabe

WILHELM HEYNE VERLAG
MÜNCHEN

HEYNE-BUCH Nr. 7033
im Wilhelm Heyne Verlag, München

Bildnachweis:

Autor (5)
Interfoto Friedrich Rauch, München (13)

ISBN 3-453-00700-X

Inhaltsverzeichnis

Einleitung

Warum die Römer?

So oder ähnlich wird sich der geplagte Leser angesichts eines neuen »Römerbuches« fragen! Und noch dazu zu einem Zeitpunkt, wo eine verlagsmäßige »Völkerwelle« den Markt geradezu überschwemmt. Gibt es doch Bücher über die Etrusker, Phönizier, Griechen, Germanen, Kosaken, Russen, Hunnen usw., was auf eine Belebung und Bereicherung der »historischen Dimension« hindeutet. Der Verfasser ist sich darüber im klaren, daß es sich bei diesen Geschichtsbüchern um mehr oder weniger populäre Darstellungen einzelner Völker handelt, die natürlich keineswegs mit gelehrten und methodisch verfahrenden Fachstudien aus der Feder der Historiker konkurrieren können! Und es wohl gar nicht erst wollen. Geht doch der Historiker als Fachwissenschaftler den mühsamen und zeitraubenden Weg des Quellenstudiums, des Suchens, Sichtens, Vergleichens — bevor er sich an eine kritisch gehaltene Arbeit irgendeines Volkes wagt. Da wimmelt es dann von Fachbegriffen — den Termini — und Anmerkungen sowie gelehrten Zitaten, die der Durchschnittsleser — so es ihn überhaupt gibt — kopfschüttelnd zur Kenntnis nimmt. Erst recht, wenn er den Rattenschwanz von »wissenschaftlichem Apparat« im Anhang zu studieren versucht, der mitunter den halben Buchumfang ausmacht. Geschichtswissenschaft gleicht hier den Naturwissenschaften: beide Bereiche werden zunehmend unverständlicher, eigenwilliger, herrschsüchtiger; einzig dem »Insider« verständlich, wie es neumodisch auf englisch heißt. Ganz dem Banne dieses unheiligen »Zeitgeistes« wird sich vorliegendes Büchlein nicht entziehen können: hin und wieder werden Fremdwörter und Fachbegriffe »durchs Netz« schlüpfen. Aber solange es noch keine zuverlässige Vermittlung von Alltagswissen und Wissenschaftssprache gibt, hat der Leser eben kleine Denkanstrengungen zu unternehmen, um dadurch eine Sache, einen Stoff oder eine Lehrmeinung »in den Griff zu bekommen«! Vorliegendes Büchlein grenzt sich ohnehin von den strengen Ansprüchen geschichtswissenschaftlichen Vorgehens ab, um — hoffentlich! — eine populäre Geschichte »der Römer« vorzulegen. Hat der Verfasser doch keineswegs den Ehrgeiz entwickelt, aufgrund langwieriger eigener Forschungen neuartige, gar sensationelle Ergebnisse zu präsentieren. Solcherart abgesichert nun »in medias res«, zur Sache selber: also zu unserer Eingangsfrage: Ja, warum eigentlich die Römer? Was haben wir Modernen mit diesem uralten »Dschungelvolk« zu schaffen, wie es der Philosoph Nietzsche einmal genannt hat? Pauschal geantwortet — sehr viel und nichts zugleich! Insbesondere haben die Römer uns eine knapp 700jährige Herrschaftspraxis vorgelebt mit den historischen Etappen von Aufbruch, Blüte und Vergehen eines Staatsgedankens, was allein schon imposant ist. Vom kulturellen Erbe der Antike, also auch Roms, zehren wir bekanntlich noch heute, was eigentlich eine Binsenweisheit ist. Kein großes Volk der Weltgeschichte hat über einen so langen Zeitraum über eine so imperiale Machtfülle verfügt wie eben unsere Römer. Die Warums und Wiesos behandelt nun unser Buch: versucht es wenigstens! Negativ gesehen sind uns die Römer höchst gleichgültige Gesellen einer »grauen Vorzeit«, stehen wir doch heute vor gänzlich anders gearteten Gegenwarts- und Zukunftsfragen, bei deren Lösungen die »ollen Römer« im Wege sind (wie ein pragmatischer Zeitgenosse meinen könnte). Aber gerade die geschmähten Römer waren eminente Realisten und Pragmatiker! Noch eines: mit historischen Zahlenkolonnen zu Zeitereignissen und Herrscherhäusern — die der römischen Kaiser — wird hier nicht »geklotzt«, wie es in der Sprache der Militärs und Panzerexperten heißt. Wie letztlich die Römer »wirklich« lebten, was und wie sie dachten, fühlten — und wie sie handelten, vermag man wohl einzig dem sattsam bekannten »Geist der Zeit« abzulauschen, da helfen ohnehin keine noch so objektiven und brillanten Bücher und Abhandlungen. Da diese »gute alte Zeit« der Antike endgültig vorüber ist, kann man sich auch nicht adäquat in diese vergangene Epoche »einfühlen«, gar sie »ver-

stehen« wollen, wie es das Dogma der alten Historizisten verlangte. Wir sind bescheidener geworden und beschränken uns
auf einen exemplarischen und persönlich gehaltenen »Ausblick«
auf das kämpferische Panorama römischer Geschichte. Es ist also
auf eine historische »Nacherzählung« abgesehen, die sich der
mannigfaltigen Unzulänglichkeiten durchaus bewußt ist, also vor
arroganten Gesamtentwürfen sozialgeschichtlich orientierter Historiker zurückschreckt.

I. Die Gründung Roms

Der Begründer der kritischen deutschen Geschichtsschreibung, Barthold Georg Niebuhr, hat in der Vorrede zu seiner »Römischen Geschichte« darauf hingewiesen, daß »die Geschichte der vier ersten Jahrhunderte Roms anerkannt ungewiß und verfälscht sei«. Folglich ist die römische Vorgeschichte nicht exakt rekonstruierbar. Wir halten uns bei diesem unsicheren Geschäft auch nicht lange auf.

Es gibt eine durch Sagen ausgeschmückte Schilderung sowie eine profanere Erklärung: eben die Besiedelung des italienischen »Stiefels« durch das sagenhafte Volk der Etrusker. Halten wir uns zuerst an die Sage.

Nach der Troja-Sage sollen die im Kampf um diese homerische Stadt mit einem blauen Auge davongekommenen Recken Äneas und Ascanius übers Meer nach Westen geflüchtet sein. Sie landeten ausgerechnet in Latium und verbanden sich mit dem dortigen Stammeskönig Latinus. Als ordentliche »Kolonisten« gründeten sie eine neue Stadt — Alba Longa —, die Mutter Roms.

Diese Stadt war gleichzeitig »Bundeshauptstadt« eines losen Staatenbundes von dreißig latinischen Städten. Danach hüllt sich die Sage in vornehmes Schweigen. Erst drei Jahrhunderte später wird sie wieder gesprächiger. Jetzt wird es dramatisch: irgendein Amulius stürzt seinen Bruder Numitor vom Königsthron und zwingt dessen Tochter Rhea Silvia, Vestalin zu werden (also Tempeldienerin — vergleichbar den Nonnen im christlichen Bereich). Trotz des Enthaltsamkeitsgebotes bringt sie zwei Söhne zur Welt. Der Vater wird sicherlich nicht davon begeistert gewesen sein, denn die gute Rhea Silvia muß die Zwillinge aussetzen (drohte doch bei Geschlechtsverkehr und dessen Entdeckung die Todesstrafe). So streng war man damals — der Sage nach! Man munkelt auch, daß die Kinder unter Gewaltandrohung gezeugt wurden. Die Zwillinge heißen übrigens Romulus und Remus. Bekanntlich werden sie von einer Wölfin gefunden und aufgezogen. Hier drängt sich der Vergleich mit der biblischen Moses-Geschichte auf. Das Rachegeschäft ist dann nur noch eine Frage der Zeit. Die Brüder stürzen den gewalttätigen Amulius. Anscheinend ist eine Königsherrschaft zu zweit unvorteilhaft, denn beide geraten aneinander . . .

Wie sieht es indessen um die *wirkliche* Geschichte auf dem italischen »Stiefel« aus? Schon ab 1000 v. Chr. — mit Beginn der Eisenzeit — wandern die Italiker in drei großen »Marschsäulen« gen Süditalien. Der Name »Italien« ist ursprünglich die Bezeichnung für den geographischen Raum der Südwestspitze der Halbinsel. Dagegen ist der Name Roms — der späteren Reichsmetropole — auf das etruskische Geschlecht der »Ruma« zurückzuführen. Der Philosoph Hegel hat daraus — in Umkehrung des Wortes — einen »Amor« gemacht, was bestimmt originell ist. Mitunter führt man auch das Wort »rumon« an, was auf die Flußlage der Stadt hindeutet.

Ebendiese Etrusker sind bald die eigentlichen Herren des Gebietes zwischen Arno und Tiber. Unter ihrem Regiment wird das Königtum eingeführt. Damit haben wir die Gründung Roms vorweggenommen. Der Termin schwankt so um das Jahr 750 v. Chr., als sich Latiner und Sabiner zu einer Stadtgemeinde zusammenschlossen. Unter den aus Asien zugewanderten Etruskern wird im Zeitraum von 590—490 v. Chr. die Königsherrschaft zum erfolgreichen Regierungssystem ausgebaut, denn unter dem Königsgeschlecht der Tarquiner wird das kleine Rom Vormacht im kaum größeren Latium. Wir wollen uns auf diese Fakten und Zahlen beschränken.

Wichtiger ist der Übergang zur Republik, womit der Sturz der Königsherrschaft verbunden ist.

II. Rom wird Republik

a) Sturz der etruskischen Königsherrschaft

Der Sage nach soll ein Verwandter des letzten Etruskerkönigs aus dem Geschlecht der Tarquiner seines lockeren Lebenswandels wegen den Anstoß zu einer allgemeinen Volksempörung gegeben haben.

In Wirklichkeit ist es wohl eher die Willkürherrschaft des letzten Tarquiners gewesen, der das Volk angeblich ausbeutete und zu harter Fronarbeit heranzog.

Schon zu dieser frühen Zeit tauchen Gesellschaftsklassen auf, die durch ihre unterschiedlichen Interessen und Vermögen den Grundstein für die spätere »soziale Frage« legen: — der Adel und die Plebejer. Der Adel ist an der Regierung beteiligt, berät er doch den durch »Zustimmung der Götter« eingesetzten König. Die dazu notwendige Institution ist der Senat, also der Adelsrat. Dagegen ist das Volk ordinärer Befehlsempfänger — demnach vom »politischen Geschäft« ausgeschlossen. Zur sozialen und politischen Schlechterstellung kommt noch der äußere Machtverfall der etruskischen Könige hinzu. Grund genug, sich der unbequemen Monarchie zu entledigen. Darin sind sich alle Gesellschaftsklassen einig, denn auch die vermögenden Grundbesitzer halten nichts von einer Geschlechterherrschaft des adeligen Senates. Um 490 v. Chr. wird der letzte König einfach aus der Stadt gejagt. Die Republik ist »geboren«.

b) Republikanischer Staats- und Verfassungsaufbau

Nachdem die etruskische Königs- und Einmannherrschaft gestürzt war, wurde der kleine und junge römische Staat in eine Republik umgewandelt, die von wohlhabenden, adeligen Patriziern beherrscht wurde. Doch wir wollen den Staats- und Verfassungsaufbau nicht vorwegnehmen, sondern zeichnen in wenigen Strichen ein Bild des Staates, seiner Organe samt Verfassung sowie der gesellschaftlichen Schichtung seiner Bevölkerung.

Wie sah also die altrömische Verfassung aus? Der bedeutende griechische Historiker Polybios hat in seinem Geschichtswerk »Historien« die römische Verfassung als eine ideale Mischung aus Königtum, Aristokratie und Demokratie bezeichnet. Wieso eigentlich? War denn das Königtum nicht gerade erst abgeschafft worden? Schon — natürlich: Aber die eigenartige Abhängigkeit dreier verfassungsmäßig vorgegebener Institutionen voneinander rechtfertigt des Polybios Ansicht!

Betrachten wir uns den Sachverhalt anhand einer tabellarischen Skizze:

aa) Staatstheoretische Oberbegriffe:

Königtum   —   Aristokratie   —   Demokratie

bb) Römische Verfassung:

Konsuln mit ihren Befugnissen   —   Senat   —   Volksversammlung

Erklärung: aa) und bb) sind einander zugeordnet!

Der antik-griechischen Verfassungs-Kreislauflehre (vgl. Platon), wonach die Geschichte von drei Herrschaftssystemen »in ewiger Wiederkehr« vorangetrieben wird — eben von Königtum, Aristokratie und Demokratie samt extremen und schädlichen Mischformen wie Tyrannis, Oligarchie und Ochlokratie —, entspricht nun laut Polybios der römische Staatsaufbau. Wie die Skizze zeigt, entspricht dem Königtum der kurz vorher gestürzten Etrusker die Weisungs- und Befugnismacht der Konsuln, denen wir uns noch zuwenden werden. Der eigentlich regierenden und Herrschaft ausübenden Aristokratie weniger adeliger und reicher Einwohner — also einer kleinen Führungselite — ist der Senat mit seiner adeligen Patrizierelite zugeordnet und der Demokratie die römische Volksversammlung. Wohlgemerkt unterscheiden sich nach Polybios beide Modelle — das antik-griechische der Philosophen und Theoretiker sowie das lebenspraktische der Römer — in einem grundsätzlich: ersteres meint den zeitlichen Ereignisablauf und letzteres den römischen Staat samt Verfassung, wie ihn Polybios vorfand. Natürlich läßt Polybios keinen Zweifel daran, daß auch diese ideale Mischverfassung Roms eines schönen Tages aus »systemimmanenten« Gründen — wie wir es heute modern formulieren würden — dem Untergang geweiht ist: und damit auch der Staat. Warum und weshalb darf die römische Staatsverfassung der republikanischen Zeit als ideale Mischform bezeichnet werden? Weil die Rechte und Pflichten von Konsuln, Senat und Volksversammlung genau formuliert waren — und sich daraus eben eine wechselseitige Abhängigkeit ergab, die oft zu Unsicherheiten und Verwirrungen führte, wenn man etwa aus spitzfindigen und formalen Gründen gewisse Maßnahmen durchsetzen wollte (wie wir noch im Kapitel Bürgerkrieg und Revolution sehen werden).

Eine Liste der Rechte und Pflichten obiger Institutionen mag des Polybios These von der »idealen Mischform« rein äußerlich bestätigen.

Die Herrschaftspraxis aber sah anders aus!

Befugnisse der Konsuln:

1. Völlige Verfügungsgewalt über alle staatlichen Angelegenheiten.

2. Gesetzesvorlagen und Ausführung von Senatsbeschlüssen ebenfalls in ihrer Hand.

3. Recht auf Einberufung der Volksversammlung (Comitien), Einbringung der Gesetzesanträge sowie Durchführung der Volksbeschlüsse.

4. Oberbefehl über das Heer, ferner Einsetzung von Militärtribunen, Aushebung von Soldaten.

5. In letzter Instanz Finanzvollmacht.

Kommentar:

Man sieht, es handelt sich um »königliche« Rechte und Privilegien, denn Armee, Finanzen (in letzter Instanz) sowie oberste Regierungsgewalt und Gesetzgebung waren in konsularischer Hand.

Befugnisse des Senats:

1. Verfügungsrecht über Finanzen; Einnahmen und Ausgaben.
2. Zuständigkeit für die Rechtspflege.
3. Gestaltung der Außenpolitik und Diplomatie.
4. Innenpolitische Verantwortlichkeit für das gesamte Bauwesen.
5. Schiedsinstanz bei Zwistigkeiten.

Kommentar:

Der Senat hat also großen Einfluß auf wichtige Bereiche, die besonders über das äußere Schicksal des Staates entscheiden konnten (etwa hinsichtlich der Außenpolitik!). Nicht umsonst war der Senat das Forum hitziger und leidenschaftlicher Debatten und Reden! Gleichzeitig war in seiner Gestalt Gewähr für eine kontinuierliche Außenpolitik gegeben, die frei von subjektiven Machenschaften, Gelüsten und Irrtümern eines Einzelherrschers war, denen besonders Monarchie, Tyrannis und Diktatur anheimfallen (ein Blick auf unser eigenes Jahrhundert bestätigt diese Ansicht, Namen wie Hitler, Mussolini und Stalin belegen es). Außerdem war die Exekutive in Gestalt von Rechtspflege und Bauwesen in Senatshand.

Befugnisse der Volksversammlung:

1. Zuständig für Ehrungen und Bestrafungen im Staat (etwa bei Todesurteilen und Verbannungen).
2. Entscheidung über Krieg und Frieden.
3. Bestätigung der Gesetze als letzte Instanz.
4. Berechtigt, Bündnisse, Vereinbarungen und Friedensverträge abzuschließen.

Kommentar:

Die demokratischen Rechte der Bürger waren nicht gering, wie ein Blick auf obige vier Punkte beweist! So entschied das Volk über Auf- und Abstieg von Feldherrn, Konsuln und Volkstribunen, wenn diese entweder großartige Leistungen vollbrachten oder beschämende Niederlagen einstecken mußten. Es war auch für Kriegserklärungen und Friedensabschlüsse zuständig. (Man stelle sich vor, die Völker des 20. Jahrhunderts hätten über die vielen großen und kleinen Kriege zu entscheiden gehabt!) Dazu kam noch die Entscheidungsbefugnis über vorteilhafte und mißliebige Gesetze, die die Konsuln dann nach dem *Plazet* durchführen mußten. Gefährlicher Rivale war freilich der außenpolitisch ambitionierte Senat, der vorgenanntes Recht der Volksversammlung auf Kriegs- und Friedenserklärungen sowie Bündnisabschlüsse zu Fall bringen konnte.

Es sei hier noch auf das Wechselspiel dieser drei politischen Säulen hingewiesen, die in der Praxis stets aufeinander angewiesen waren und so einseitige Machtverschiebungen zum möglichen Vorbild antiker Monarchie, Tyrannis und orientalischer Despotie, aber auch zum umgekehrten Extrem pöbelhafter Massenherrschaft (Ochlokratie) verhinderten. Schon damals praktizierte man also das »Gleichgewicht der Kräfte«.

Im einzelnen ergeben sich drei Abhängigkeiten, nämlich zwischen Konsulat und Senat, Senat und Volk sowie zwischen Konsulat und Volk. Im Wechselspiel zwischen Konsulat und Senat konnte es zu Reibungen im Kriegsfall kommen, wenn der Senat sich weigerte, den nötigen Nachschub zu liefern, oder Feldherrn ernannte bzw. ablöste, was nicht im konsularischen Interesse war. Andererseits war auch der Senat gewissermaßen vom Volk abhängig, da er aus innenpolitischen Gründen auf dessen Sympathien angewiesen war. Und umgekehrt begab sich das Volk in senatorische Abhängigkeit, hing sein Leben doch von staatlichen »Großaufträgen« wie Instandsetzungsarbeiten, Straßenbauten und Verpachtungen (Fischereirechte, Hafenzölle, Bergwerke, Land) ab. Pachtverträge und die daraus resultierenden Gewinne waren schließlich eine der Lebensgrundlagen des Volkes.

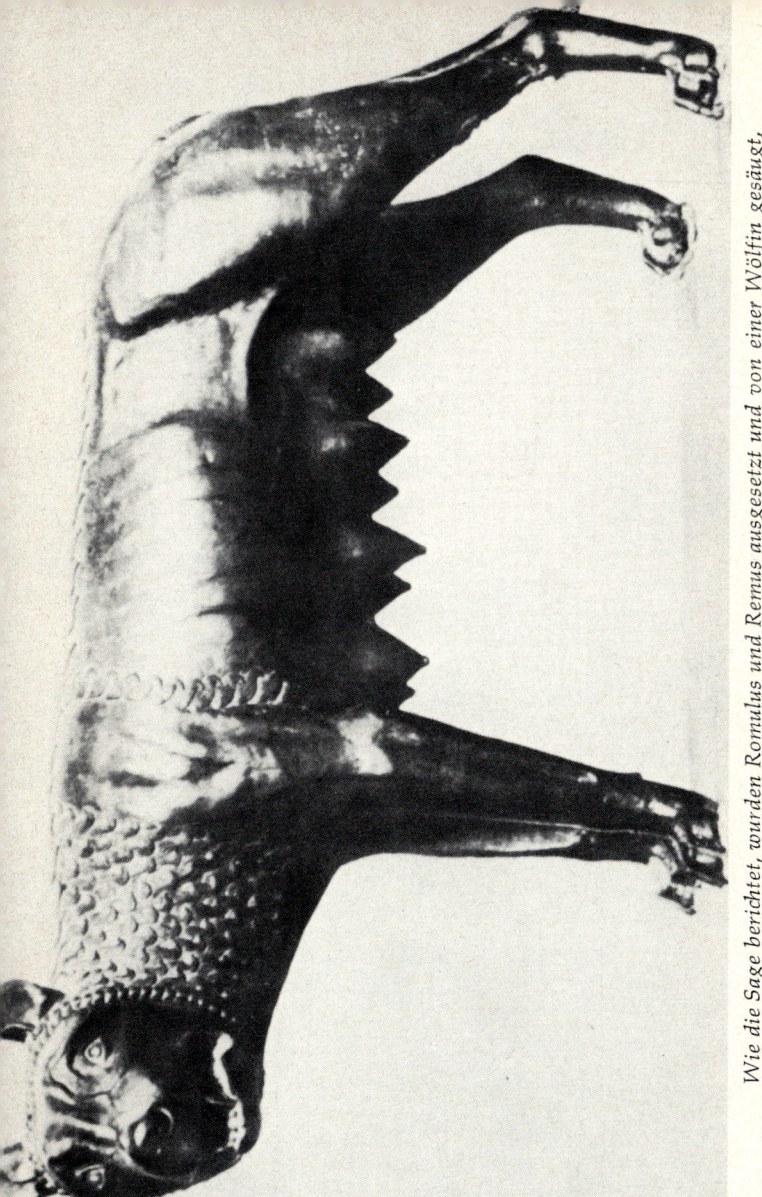

Wie die Sage berichtet, wurden Romulus und Remus ausgesetzt und von einer Wölfin gesäugt, bis sie ein Hirte errettete. Die Brüder sollen 753 v. Chr. Rom gegründet haben.

Lucius Junius Brutus vertrieb den letzten römischen König und soll der erste Konsul der römischen Republik gewesen sein.

Vorhergehende Seite: Das Forum Romanum war der Mittelpunkt Roms. Hier standen die ältesten Bauwerke der Stadt, wie der Saturntempel, der Dioskuren- und der Vestatempel.

Im großen und ganzen war dies gemischte Verfassungssystem zumindest in frührepublikanischer Zeit tatsächlich eine »ideale Verfassung«, wenngleich in der Praxis der Senat eine übergroße Machtrolle innehatte, die zu dauernden sozialen Spannungen, Ständekämpfen (zwischen Patriziern und Plebejern) und Bürgerkriegen führte.

Wir schließen uns vorderhand Polybios an, der hinsichtlich römischer Außen- und Machtpolitik anführt: »Daher ist dieser Staat aufgrund seiner eigentümlichen Struktur — seiner gemischten Verfassung — unüberwindlich und erreicht alles, was er sich vorgenommen hat« (*Historien*, 6. Buch, 18, 4). Polybios urteilt hier als von den Römern geschlagener Grieche, den die Ursachen römischer Stärke naturgemäß interessieren mußten. So modern wie unsere Sozialhistoriker konnte er freilich nicht sein, die immer wieder den Finger auf die sozialen und ökonomischen Unterschiede und Widersprüche antiker Gesellschaftssysteme legten (Fehler, Mängel und Irrtümer im geschichtlichen Handeln wurden von den antiken Historikern stets moralisch begründet, indem sie Sachprobleme auf »böse« und »unsittliche« Haltungen der betreffenden Könige, Feldherrn und Staatsmänner reduzierten).

Widmen wir uns nun den einzelnen Staatsorganen, die der »gemischten Verfassung« dienten.

An der Spitze des Staates stehen zwei Konsuln, denen Prätoren als Heeresstellvertreter beigegeben sind. Die Konsuln wechseln jährlich — haben also nur einjährige Kommandogewalt über die Armee (im Kriegsfall wechselte das Kommando täglich, was sich besonders bei Cannae als verhängnisvoll erwies).

Als Verwalter des Staatsschatzes werden vom Senat zwei Quästoren bestellt, denen unsere heutigen Finanz- und Schatzmeister in etwa entsprechen. Zwei weitere Quästoren fungieren als Kriegszahlmeister, bekamen doch die Legionäre auch schon ihren Sold.

Vorerwähnte Ämter beruhen auf der Machtfülle des Senats, des Rates der Ältesten, dem anfangs 300 Mitglieder der adeligen und vornehmen Patrizierfamilien angehörten. Er ist der eigentliche Träger der Regierungsgewalt, da auch die obersten konsularischen Beamten adeliger Herkunft sein müssen. Neben dieser konsularischen Spitze gibt es noch das Ausnahmeamt des Diktators auf Zeit, der in Krisenzeiten die Staatsgeschäfte führt. In Notzeiten kann man also selbst in der altrömischen Republik nicht ohne diktatorische Zwangsgewalt über die Runden kommen. Interessanterweise hat dieser Diktator einen Reiterobersten als Mitarbeiter, was auf zweierlei hinweist: erstens auf den militärischen Charakter dieses Amtes (es kann sich nur um äußere Gefahren handeln, die eingedämmt werden müssen — innenpolitisch sorgt ja das Verfassungssystem für stabile Verhältnisse!) und zweitens auf die Existenz einer ursprünglichen Reitertruppe und deren enorme Bedeutung für das Staatswesen (vgl. die diesbezügliche These E. Kornemanns).

Dem Senat und seinen Organen stand die Volksversammlung mit ihrem Volkstribunat als Spitzenamt gegenüber, welches als Resultat des Ständekampfes geschaffen wurde. Es hatte dank seiner Vetos eine erhebliche Machtstellung gegenüber Senat plus Konsulat inne (zu Beginn des Jahrhunderts des Bürgerkrieges sollten es die Gracchen für ihr soziales Reformwerk ausgiebig »testen«). Den Volkstribunen standen zwei Ädilen als Gehilfen zur Seite.

Wie stand es nun aber um die soziale Schichtung, also um die gesellschaftliche Ständegliederung im kleinen römischen Stadtstaat? Im wesentlichen stehen sich zwei Gruppen gegenüber. Die kleine Schicht der adeligen Patrizier (zu denen später die Finanz- und Bankmagnaten der Ritter und die reichen Latifundienbesitzer weiter Landstriche stoßen) sowie die breite Masse der bürgerlichen Plebejer. Dank gewonnener Kriege und imperialer Machtausdehnung wird noch die leibeigene, rechtlose Klasse der Sklaven dazustoßen, was die sozialen Probleme des ersten vorchristlichen Jahrhunderts verschärft.

Die römische Republik hat also das Grundproblem der gestürzten etruskischen Königsherrschaft geerbt, nämlich die soziale Ungleichheit: anstelle des Königs und der adeligen etruskischen Herren-Familien waren es nun die Patrizier, die sich auf Kosten der Plebejer bereicherten. Wir können hier nicht der komplizierten Frage nachgehen, wie und warum es überhaupt zu sozialen und wirtschaftlichen Unterschieden in der kleinen römischen Stadtgemeinde kam. Dahinter verbirgt sich auch noch der Konflikt zwischen Stadt und umgebendem Land, konnte doch das römische Bürgerrecht vorerst nur der Stadtbevölkerung verliehen werden. Die ländliche Bevölkerung der unterworfenen Umgebung spaltete sich jedoch rasch in eine kleine Schicht reicher Grundherren, der Latifundienbesitzer, und in die größere ärmer Massen. Erstere zog es naturgemäß in den römischen Stadtstaat, um sich an der patrizischen Adelsherrschaft zu beteiligen. War doch selbst das Patriziat in sich in höhere und niedere Geschlechter (Nobilität) gespalten: gleichwohl schloß man sich von den niederen Plebejern ständisch ab, was mitunter zur Inzucht und politischen Degeneration führte (Kornemann). Logischerweise versuchten wohlhabendes städtisches Plebejertum und ländlicher Grundbesitz sich den niederen Patrizierschichten anzuschließen, um an die »Schalthebel der Macht« zu kommen. So standen sich zwei Gruppen gegenüber, denn der faktische Aristokratenstaat — getragen vom höheren Patriziat — konnte den neuen Macht- und Eigentumsverhältnissen (wirtschaftlicher Aufstieg plebejischer Schichten) nur Rechnung tragen, wenn er sich als Gruppe bzw. Klasse den Verhältnissen anpaßte. Noch war der aristokratische Staat dazu nicht bereit — besser seine patrizische Führungselite; also mußte es zu langwierigen Ständekämpfen kommen, zumal im denkbaren Zeitabschnitt möglicher sozialer Kämpfe keine außenpolitischen Gefahren lauerten.

Zunächst müssen wir aber drei Komplexe im römischen Staats- und Verfassungsleben skizzieren, die unleugbar das Staatsverständnis bereichern: Familie, Wehrwesen und Religion.

Die Familie:

Der heutige Leser, von Freiheitsrechten verwöhnt, wird sicherlich mit Kopfschütteln und Verwunderung die Familienordnung in altrepublikanischer Zeit betrachten. Selbst konservative Denker vom Schlage eines Hegel haben die gänzliche Lieblosigkeit und Härte im familiären Leben Altroms gegeißelt. Liebe, Mitleid, Rechte und persönliche Freiheiten waren »unbekannte Größen«. Die Familie wurde von der väterlichen Herrschaftsgewalt überwölbt, was die »Führerrolle« des Hausvaters — des *Pater familias* — besonders treffend charakterisiert. Er war der Mittelpunkt, die »Sonne« (eine Miniaturausgabe des französischen »Sonnenkönigs« Ludwig XIV.), nach dem sich das häusliche Leben »auszurichten« hatte. Dies hängt zweifellos mit der hohen Wertschätzung der Altrömer für Familientradition und Ahnenkult zusammen — für die »geschaffenen Werte« also. Setzte doch der Familienvater seine ganze Kraft für die staatliche Gemeinschaft und ·deren Wohl und Wehe ein. Die Familie ist damit eine der vier Grundsäulen römischen Denkens und Handelns in republikanischer Zeit (neben Wehrwesen, Verfassung und Religion).

Wie »regiert« der Hausvater seine Familie? Die Frage ist schon bezeichnend genug! Zuerst einmal ist er »im Besitz« — übrigens der zentrale Rechtsbegriff der Römer laut Hegel! — der alleinigen und schrankenlosen Verfügungsgewalt über Ehefrau, Kinder, Sklaven, Vieh und sämtliches bewegliches und unbewegliches Eigentum. Die Familienangehörigen sind nichts anderes als lebendes Inventar — mithin keine Menschen mit Würde und Selbstachtung (von »Mitbestimmung« im privaten und öffentlichen Bereich gar nicht erst zu reden!). Erst mit seinem Tode endigt diese Gewalt. Danach sind seine Söhne freie Herren über ihr Leben und Vermögen. Eine barbarische Ordnung — sollte man meinen. Die Römer — selbst die zum bloßen Eigentum herabgewürdigten Hausbewohner des engsten Familienkreises — haben diese Ordnung anscheinend als »gottgegeben« hingenommen, denn niemals berichten uns die Schriftsteller der damaligen Zeit von »Palast- und Familienverschwörungen«. Wohlgemerkt in sehr alter und ehrwürdiger republikanischer Zeit! Dies hängt sicherlich mit der moralischen Einstellung sowie einer dezidierten Erziehung zusammen, der die Lebens- und Verhaltenswerte noch einfach und verbindlich waren. Bekanntlich tun wir Heu-

tigen uns in Fragen des »richtigen und vernünftigen Handelns«
wesentlich schwerer — weshalb die Ethik und Pädagogik noch
»im dunkeln tappen« — den kantischen Ausdruck variierend,
der ursprünglich der alten Metaphysik galt.

Die Ethik in republikanischer Zeit basiert auf einer gestren-
gen Hauszucht (Disziplin), deren Existenzberechtigung sich auf
die sagenhafte Autorität des Familienvaters gründet, die wiederum von gewissen — allgemein akzeptierten — Qualitäten ab-
hängt. So von der Lebenssumme seiner Erfahrungen, seinem rei-
fen Urteil und seiner Rechtschaffenheit. Alles Dinge, die heute
kaum noch ins Gewicht fallen. Erfahrungen veralten, Urteile sind
vorläufig, und Rechtschaffenheit wird nicht selten als Naivität
und mangelnde Cleverness betrachtet.

Wie verhält sich der Familienvater nun gegenüber den Anfor-
derungen und Problemen des Alltags?

Vor allem handelt er in erster Linie bedächtig. Er kann sich
noch Zeit lassen. Im deutschen Volksmund heißt's ähnlich: »Gut
Ding will Weile haben.« Der »Familienchef« wägt sorgsam unter
verschiedenen Lösungsmöglichkeiten die ihm passende aus, was
zeitlich nicht limitiert ist (deshalb haben die Römer in kriegerischen Unternehmungen anfangs prinzipiell Niederlagen und
Rückschläge erlitten — sie handelten zu bedächtig). Diese uns un-
glaubliche Bedächtigkeit verbindet sich mit einer Strenge und
Selbstbeherrschung, die fürs »Militärhandwerk« prädestinieren.
Assoziationen und Vergleiche zur »Gegenwartsmoral« kann jeder selbst ziehen . . .

Man sieht: eine harte Lebensschule, die jeder Bürger zu durch-
laufen hatte, war er doch ständig von Autoritäten und glänzenden Beispielen tapferer Kriegsleistungen umgeben. Moral wurde
er- und gelebt, nicht von abstrakten Moralprinzipien oder neu-
modischen Verhaltenskategorien bestimmt, wie es heute leider
so dominierend geworden ist (das »Verhaltenstraining« fängt ja
schon in der Schule bei den Abc-Schützen an!). Weitere Tugenden eines altrömischen Familienvaters waren eminent lebenspraktische: Fleiß (daher das Wort »Industrie«) und Zähigkeit
(Konstanz) führten ihn zu politischen und wirtschaftlichen Zie-

len, was der äußeren Politik des römischen Stadtstaates zugute kam. Die Zähigkeit also als eine substantielle Kategorie politischen Denkens und Handelns — was natürlich ohne »Langzeitprogramm« ein sinnloses Unterfangen ist (aber das politische Ziel Roms war ja seine imperiale Machtausdehnung . . .).

Im Erziehungswesen lagen die Dinge ähnlich. Leitbild jeglicher Erziehung war das Vorbild der älteren Generation. Darauf gründet sich ja der ganze gespenstische Ahnenkult. Die Tugenden der jüngeren Generation im Umgang mit den Alten hatten ihre Wurzelgründe in Bescheidenheit, Ehrfurcht (beiläufig gesagt ein Erziehungsideal der Anthroposophie) und Nachahmung. Die ältere Generation konnte deshalb mit Fug und Recht Gehorsam, Respekt und Lauterkeit erwarten. Diese Hausethik bestimmt also das mitmenschliche Zusammenleben, ist ferner die Grundlage schulischer Erziehungsarbeit und militärischer Disziplin. Insgeheim beruht dieses Autoritätsverhältnis — Roms Lebenselixier — auf einer strengen Rangordnung in Staat und Gesellschaft. Angefangen von der Familie bis zur städtischen und ländlichen Sozialhierarchie der Freien und Unfreien, Großgrundbesitzer und Sklaven. Nach außen erschien Rom barbarisch — gemessen an der »griechischen Freiheit und Kultur« (wie sie uns durch die enge Brille unserer Klassiker überliefert ist), gar als herzlos und formalistisch (so Hegel in seiner »Rechtsphilosophie«). Eine einzige Anstalt des Drills und Zwangs. Aber damit wird römische Machtentfaltung erklärlich! Den alten Römern haftete zweifellos der Geruch des bloß Äußerlichen und Formalen an, was dieses Volk andererseits zu seinen großen Rechtsschöpfungen — dem Zivil- und Privatrecht sowie dem Völkerrecht — befähigte. Ebenso danken wir ihnen die Ausformung des Rechtsgefühls zu einer Wissenschaft — der Jurisprudenz —, runzeln jedoch die Stirn angesichts der alles beherrschenden Rolle des analogen Richterstandes, der besonders seit dem römischen Kaiserreich eine Bedeutung erlangt, die bezeichnend für den jeweiligen Stand der Gesellschaft ist. »Untergehende Staaten und Reiche sollen« — nach einem chinesischen Sprichwort — »viele Gesetze haben . . .«

Die römische Familie ist nach allem bisher Gehörten ein fundamentaler Bestandteil römischen Gemeinschaftslebens — keineswegs Selbstzweck. Darauf weisen schon die harten Erziehungsideale hin. Von der Neuzeit her gesehen eine »unsittliche« und »unmoralische« Angelegenheit, weil der Einzelmensch noch nicht »zum Bewußtsein seiner selbst« vorgestoßen war — wie es der große idealistische Philosoph Hegel zu Recht an einer Stelle seines umfangreichen Werkes äußerte.

Damit meint er zweierlei: die Kulturlosigkeit Altroms, die keine »freie Schöpfung« auf geistigem Gebiet gewärtigen ließ (etwa in Literatur, Kunst, Religion und Philosophie). Tatsächlich räuberten sich die Römer bei ihren »Ostfeldzügen« den ganzen hellenistischen Kulturschatz buchstäblich zusammen. Man denke hier speziell an Sulla und dessen zusammengestohlene Bibliothek! Zweitens waren die Römer nie zu einer personalen Liebe bewußtseinsmäßig vorgestoßen, da die Frau als Eigentum eine Sache, ein Ding war. Lediglich das spätere Hausmütterchen — die Matrone — wurde allseits geachtet. Hegel bringt diesen Tatbestand auf originelle Weise in Zusammenhang mit dem Raub- und Gewaltcharakter der ersten Römer, die sich bekanntlich der Sage nach ihre Frauen gewaltsam nahmen (Raub der Sabinerinnen).

Wehrwesen in republikanischer Zeit

> »Waren es doch die Legionen, die Rom so groß gemacht haben!«
> Der Verfasser

Ursprünglich kannte der römische Bauer nur zwei Sphären, in und mit denen er lebte: die »private Sache« (res privata) und die »Sache der Gemeinschaft« (res publica). Im privaten Kreise steht im Mittelpunkt die Familie, hochgehalten und heilig, monarchisch regiert vom Familienvater. Es versteht sich von selbst, daß der winzige Staat — in seiner Anfangsphase — von jedem einzelnen bedingungslose Unterordnung unter die staatlichen Gemeinschaftsaufgaben forderte, war er doch selbst nach der gestürzten etruskischen Königsherrschaft von mächtigen Feinden im Norden und Süden umschlossen. Noch herrschten die Etrusker im norditalienischen Raum bis weit in den Apennin hinein — und im Süden bedrohten die Großgriechen Süditaliens sowie zahlreiche kleinere und größere Nachbarstämme (Volsker, Latiner, Samniten) Roms staatliche Existenz (letztere besonders stark). Neben einem kräftigen und starken Wehrwesen auf bäuerlicher Grundlage mußten bestimmte Verhaltensweisen sowie ein striktes Rechtsempfinden die Grundlage nationalen Aufstiegs abgeben.

Ein Zitat mag das verdeutlichen:

>»*Niemals ist von einem ganzen Volk der kategorische Imperativ der Staatspflicht so in die Tat umgesetzt worden, wie von dem römischen.*« E. Kornemann

Trefflicher kann man die persönliche und staatliche Übereinstimmung im »Katalog der Pflichten« wohl kaum formulieren. Konkret waren es die Tugenden der Disziplin, Pflichterfüllung bis zum letzten und die römische Mannestugend im weiten Sinne des Wortes *virtus*. Alles ordnete sich auf den Staat und seine »nationalen« Interessen hin. Unterstützt wurden diese kriegerischen Tugenden — vergleichbar denen der Spartaner und Preußen — durch eine familiäre und schulische Erziehung, deren höchste Tugenden Tapferkeit, Gerechtigkeit, Frömmigkeit und das Maß waren — und besonders im Privatbereich auf eine bedingungslose Unterordnung unter die väterliche Verfügungsgewalt hinzielten. So eingestimmt war man »bei der Sache« und »in Form«, um den historischen Aufgaben und Prüfungen gewachsen zu sein.

Bemerkenswerterweise entstammt die militärische Gliederung ziviler Gemeindegliederung der städtischen Einwohnerschaft nach Tribus und Kurien — beruht also auf Verwaltungsvorgegebenheiten.

Eben diese Kurien waren die Grundlage des militärischen Aufgebotes und der inneren Verwaltung.

Kommen wir nun zum eigentlichen Militärkomplex. Wie war

eigentlich das römische Heer der vorpunischen und nachpunischen Zeit organisiert? Wie war es taktisch und strategisch gegliedert? Wie sah die Bewaffnung und Ausrüstung aus? Wie lebte der damalige Soldat? Diesen detaillierten Fragen wollen wir uns mit einem Zitat des schon erwähnten Polybios stellen, damit dies »Unternehmen« eine relative Rechtfertigung erfährt. Es lautet:

> »Wer ist nämlich so ohne Sinn für besonders schöne und vortreffliche Leistungen, daß er nicht etwas genauer auf Dinge dieser Art achten wollte? Denn wer einmal etwas darüber gehört hat, weiß Bescheid über eine Sache, die der Erwähnung und Kenntnis wert ist.«
>
> »Historien«, Sechstes Buch, 26/12

Die militärische Kampfeinheit war seit eh und je die Legion, die ursprünglich ein Bürgeraufgebot von ca. 3000 Mann umfaßte (1000 Mann je Gemeindedrittel — Tribus). Etwa seit 400 v. Chr. erhöhte sich die personelle Stärke dieses taktischen Kampfverbandes auf ca. 6000 Mann. Hier schwanken die Zahlenangaben, denn Polybios — übrigens einer der genauesten und theoretischsten Historiker der Antike — beziffert die Stärke einer Legion mit ca. 4200—5000 Mann. Von ihm haben wir auch nähere Aufschlüsse über Taktik, Gliederung und Bewaffnung eines Legionsverbandes erhalten, was nicht ganz ohne kriegsgeschichtliches Interesse sein könnte.

Zum Vergleich: der antiken Legion entspricht heute — hinsichtlich personellem Umfang und taktischer Verwendung auf dem Gefechts- und Schlachtfeld — in etwa die Brigade unserer Bundeswehr (— aber auch der israelischen Armee). Die Heeresreform des Marius, der wir uns später noch zuwenden, brachte eine Erhöhung des Mannschaftsbestandes auf 6000 Mann pro Legion, was ungefähr den Divisionsstärken der Roten Armee im und nach dem II. Weltkrieg bzw. den »Volksgrenadier-Divisionen« Hitlers gegen Ende des Krieges entspricht.

Polybios gliedert die Legion zur Zeit der Punischen Kriege wie folgt auf:

600 Mann *triarii*	— Kriegsveteranen, Schwerbewaffnete, die Elite.
1200 Mann *principes*	— minder Schwerbewaffnete.
1200 Mann *hastati*	— gleichfalls minder Schwerbewaffnete, jedoch mit geringerem Steueraufkommen.
Rest *velites*	— Leichtbewaffnete des jüngsten und ärmsten Mannschaftsbestands.

4200—5000 Mann pro Legion.

Man muß bei einer Legion zwei verschiedene Einteilungen bzw. Gliederungen unterscheiden: einmal nach dem Steueraufkommen respc. der soziologischen Sozialstruktur, wonach sich selbstverständlich auch die Bewaffnung richtete, sodann nach den taktischen Bedürfnissen auf dem Schlachtfeld. Über die Begriffe Taktik und Strategie wollen wir uns hier nicht weiter auslassen, die Experten sind da stets unterschiedlicher Meinung. Uns genügt zu wissen, daß die Strategie den Gesamtkriegsplan im Auge zu haben, die Taktik diesen flexibel in Gefechten und Schlachten durchzuführen hat. Hin und wieder wird die Taktik auch enger gefaßt — als »Schlachtenkunst«, welche Angriffsmethode samt Gliederung zum örtlichen Schlachtensieg führt. Seit dem II. Weltkrieg kennt die Kriegstheorie den Begriff der »Operation«, der die Mitte zwischen Strategie und Taktik bildet (als direkte Folge der Mechanisierung großer Verbände, die eine größere Beweglichkeit vermittelt).

Zurück zu Polybios. Betrachten wir uns die Gliederung einer Legion näher. Bezeichnenderweise sind es die jüngsten, unerfahrensten und ärmsten Soldaten — zumal nur leicht bewaffnet —, die in der 1. Linie — Treffen genannt — sich des ungestümen Feindes zu erwehren haben bzw. selber zum Angriff übergehen müssen. Zwei weitere Linien bildeten die »Tiefengliederung«, wie es im Militärjargon heißt. Selbstverständlich kämpften hier die besser ausgestatteten *principes* und *triarii*. Letztere war die taktische »Eingreifreserve« und zugleich eine Elitetruppe. Vielfach trug gerade sie die Hauptlast in der Schlacht, wie wir anläßlich der Entscheidungsschlacht von Zama sehen werden.

Wie sah die Struktur eines so großen Verbandes, wie die Legion es nun einmal war, aus? Je nach Altersklasse gab es jeweils 10 Abteilungen, die sogenannten Manipel, die wiederum von 2 Führern und 2 Unterführern befehligt wurden. Die Manipel war die eigentliche Kampfeinheit während der Schlacht, während die Legion den übergeordneten Rahmen darstellte, der die einzelnen Abteilungen zusammenhielt. Ferner gab es noch pro Manipel 2 Fahnenträger. Die Reiterei (Kavallerie) gliederte sich ebenfalls in 10 Abteilungen.

Im Kriegsfall verfügte jeder der beiden befehlshabenden Konsuln über zwei Legionen, womit das römische Heer vor der Zeit des Polybios auf eine Stärke von 4 Legionen mit ca. 20 000 Mann kam, unterstützt von den Hilfstruppen der Bundesgenossen. Die Leitung dieser Verbündeten übernahmen zwölf Präfekten, die ihrerseits die besten Soldaten — die »Ausgewählten« — für die konsularischen Legionen bereitstellten. Die Fußtruppen der Bundesgenossen waren laut Polybios in etwa gleich stark, dagegen war die Reiterei der Bundesgenossen dreimal größer. Anzumerken bleibt noch, daß die Elitetruppen der Bundesgenossen den dritten Teil der eigenen Reiterei und den fünften Teil ihrer Fußtruppen ausmachten.

Wenden wir uns abschließend noch der Bewaffnung der römischen Legionen zu. Die Jüngsten, die Rekruten, verfügten über ein Schwert, einen Wurfspeer, einen Schild sowie über einen einfachen Helm, ansonsten setzten sie sich ein Wolfsfell aufs Haupt.

Die Leichtbewaffneten — die *hastati* — waren mit einem gewaltigen Türschild ausgerüstet, der mit einer doppelten Bretterschicht versehen und mit Rinderleim verbunden war. An der Außenfläche war der Schild mit Leinwand bespannt, dann mit Kalbsleder überzogen. Der Rand war oben und unten mit einem eisernen Band bedeckt. Daneben trugen die *hastati* am rechten Schenkel ein Schwert (das sogenannte iberische Schwert). Dies stellte aber noch nicht die gesamte Ausrüstung dar! Ein Wurfspieß *(pila)*, ein eherner Helm und Beinschienen komplettierten sie. Schmuckstück war — nach Art der Indianer — ein Kranz von drei senkrecht stehenden, purpurnen oder schwarzen Federn, die etwa 44 cm lang waren. Als Brustpanzer diente eine eherne Platte, 22 cm lang und breit. Die Reicheren trugen den sichereren Kettenpanzer. Ähnlich ausgerüstet waren ebenfalls die *principes* und die Gardetruppe der *triarii*.

Neben Leicht- und Schwerbewaffneten sowie Reitern gab es noch Nachschub- und Versorgungseinheiten sowie »Artillerie-verbände«, wie sie der Historiker Th. Mommsen fälschlich genannt hat. Es handelte sich um sehr wirkungsvolle Katapult-schleudern, die mächtige Steine gegen feindliche Befestigun-gen schleuderten (etwa bei Stadtbelagerungen, wobei zusätzliches Belagerungsgerät und Wurfgeschütze zum Einsatz kamen). Son-stige militärische Kräfte von Belang waren die angegliederten Hilfs- und Miliztruppen, deren Kampfwert von unterschiedlicher Bedeutung war.

Der Seeflotte können wir nur am Rande einige Zeilen widmen, da der Aufbau einer eigenen Flotte im großen Stil erst in den Punischen Kriegen begann. Und da übertrugen die Römer ihre bewährte Infantrietaktik des Landkampfes genialerweise einfach auf die unsicheren Seeverhältnisse (siehe Kapitel III).

Noch einige Worte zur Kampftaktik der römischen Feldherrn:

Die Römer stellten sich dem Gegner meist in drei Linien bzw. Treffen zur Schlacht: mit den Leichtbewaffneten in vorderster Linie, den Schwerbewaffneten in der zweiten Linie sowie mit den routinierten Veteranen und Eliteeinheiten in der dritten. Diese unterschiedlich Bewaffneten waren in Manipeln zusam-mengefaßt, die ein Höchstmaß an Beweglichkeit im damaligen Sinne garantierten. Aufgestellt wurden diese Abteilungen in großem Abstand, was am besten mit dem Bild eines Schachbret-tes vergleichbar ist, zumal die Abteilungen in der Tiefe des Schlacht- und Gefechtsfeldes wiederum in drei Treffen gestaffelt waren. Diese weite und tiefgegliederte Schlachtanordnung zeigt römische Feldherrnkunst auf ihrem Gipfelpunkt — der Manipu-lartaktik, die sich von der antik-griechischen Phalanxtaktik mit ihrer starren und schematischen Linearschlachtordnung gebüh-rend unterschied. Als weiterer Pluspunkt fiel noch die römische

Tapferkeit des einzelnen Soldaten ins Gewicht, der dafür Lob und Auszeichnungen erhielt — und bei Versagen erbarmungslos bestraft wurde.

Die römische Religion zur Zeit der Republik

> *»Da aber jede Masse wankelmütig und von gesetzwidrigen Wünschen, blindem Zorn und unbändiger Wut erfüllt ist, kann man die Massen nur durch die Furcht vor dem Unsichtbaren und durch Mythen, wie sie nur der Tragödie eigen sind, zusammenhalten.«*
>
> Polybios, »Historien«, 6. Buch, 52/11

> *»So regierte sich die römische Gemeinde, ein freies Volk, das zu gehorchen verstand, in klarer Absagung von allem mystischen Priesterschwindel . . . !«*
>
> Th. Mommsen, »Römische Geschichte«

> *»Altrömische Religion als bäurische Natur-Magie hatte keine transzendenten Hoffnungen nötig. Aber auch keine Unsterblichkeit.«*
>
> Der Verfasser

Aus obigen Zitaten ist — so glaube ich — ein wesentlicher Zug römischer Religiosität spürbar geworden, den es näher zu beleuchten gilt; verdanken wir den Römern überhaupt zuallererst unseren Ausdruck »Religion«.

Der Ordnung halber müssen wir uns bei diesem summarischen Ausflug auf eine Trennung in zwei unterschiedliche Religionsauffassungen gefaßt machen: nämlich in diejenige Altroms und die exotischere des spätrömischen Kaisertums.

»Älteste römische Religion war der Glaube an zahlreiche höhere Mächte — die *numina*. Deren Kult gestaltete der Staat« (H. von Glasenapp). Diese *numina* waren Träger von Willensäußerungen und wurden als männliche und weibliche Götter vorgestellt (man kann auch sagen . . . »sich eingebildet«). Es waren aber keine »plastischen Persönlichkeiten«, sie wurden also nicht bildlich dargestellt, wie es noch jede Primitiv- oder Hochreligion praktizierte. Sie waren auch nicht Gegenstand reicher und mannigfaltiger Mythen- und Legendenbildung. Ganz zu schweigen von prophetischen Büchern mit ihren sagenhaften und ominösen Weissagungen. Mit einem Wort: die altrömische Religion kannte keine »heiligen Schriften«. Dafür gab es einen numanischen Kalender, der auf eine Überfülle festlicher Veranstaltungen hinwies, die einer magischen Weltanschauung entstammten. Im Zusammenhang mit diesen Festivitäten ist auf den überkommenen Ausdruck »Religion« hinzuweisen, dessen ursprüngliche Wortbedeutung der »religio« kultischen Vorschriften entnommen ist, die später mit emotionalem Gehalt ausgeschmückt bzw. zu bestimmten Gefühlsregungen hochstilisiert wurden. Uns ist vielleicht noch der stehende Ausdruck »religiöse Tage« geläufig, der im Zusammenhang mit dem Tabu-Verzicht steht.

Der zweite Schritt in der Ausgestaltung ihrer Religion bestand in der eher nüchternen Entwicklung von der ursprünglichen »magischen Weltanschauung« zu einer »Funktional-Religion«, einer »Entmythologisierung« sozusagen, wie ja auch im christlichen Bereich die Schöpfungsgeschichte sowie das Erscheinen und Wirken von Jesus Christus eine gewisse »Entmythologisierung« darstellen (die des Judentums nämlich). Wie realistisch die Römer in religiösen Dingen dachten, ist allein schon aus der hohen Wertschätzung des Kriegsgottes Mars ersichtlich, der neben dem Himmelsgott Jupiter seine Entsprechung im Quirinus fand.

Hier haben wir schon die erste Trias bzw. religiöse Dreiheit im altrömischen Glauben – nämlich: Jupiter – Mars – Quirinus, die mit der etruskischen Dreiheit von Tinia – Uni – Menrva auf geheimnisvolle Weise zusammenfällt. Auch in der weiteren Umgestaltung jener ersten Triade zu den Göttern Jupiter Optimus Maximus, Juno und Minerva ist die Idee der Dreiheit präsent.

Übrigens taucht sie dann wieder in der christlichen Glaubenslehre bzw. -dogmatik als Trinität von »Gottvater – Heiliger Geist – Gottsohn Jesus Christus« auf.

Auffallend ist in altrömisch-republikanischer Zeit die enge Verquickung von Religion und Sozialleben. Bestimmte Stände und Berufszweige standen mit dem Heiligtum einer bestimmten Gottheit in Verbindung.

Bevor wir auf dieses Faktum eingehen, möchten wir zuallererst einmal seine Bewohner vorstellen. Welche Göttinnen und Götter begleiten den Römer durchs Leben? An erster Stelle — wie gesagt — die Trias von Jupiter — Mars — Quirinus, womit auf die entscheidende Rolle des Krieges als »Lebensbereich« des Römers verwiesen sei.

Daneben gibt es eine bunte Schar »treuer Lebensbegleiter«, als da sind:

Vesta plus Janus als Götter von Haus und Herd, die häuslichen Beschützer im Privatbereich; sodann:

Diva Angerona	— Sonne
Fons	— Quellengott
Volturnus	— Flußgott
Portunus	— Hafengott
Neptunus	— Wasser- und Meergott
Volcanus	— Feuergott
Faunus	— Gott der Herden und Hirten
Penaten	— Götter für das Vorratswesen
Tellus, Flora, Pomona	— untergeordnete Gottheiten, die dem Agrarwesen vorstanden
Genius	— Lebens- und Zeugungskraft des Mannes
Juno	— Pendant zur Frau
Carmenta Mater Matuta	— für eine komplikationslose Geburt zuständig
Lar	— Beschützer von Familie plus Grundstück (Eigentum), ein »kapitalistischer« Gott sozusagen

Am Ende seines Lebens ging der Römer in den »Kreis der Manen« ein, der für die Toten »reserviert« war.

Zurück zu unserem Hinweis auf die Verbindung von Religion und Sozialleben, die anhand einer Gegenüberstellung dargestellt werden soll:

Religiöse Heiligtümer	Stände
Minerva-Heiligtum auf dem Aventin	Kultstätte der Handwerker
Tempel des Merkur	Kaufmannsgilden
Tempel der Venus	Gärtner
Tempel des Kastor und Pollux	Ritter
Tempel der Diana	Sklaven
Ceres und Liber + Libera	plebejisches Heiligtum

Im Rahmen der machtpolitischen Expansion der römischen Republik wurden griechische und orientalische Kulte, Zeremonien, Gottheiten und Mysterien in den römischen Götterhimmel aufgenommen, indem den neuen Gottheiten Tempel errichtet bzw. ihre Namen ins Lateinische übertragen wurden (besonders der farbenreiche Götterkosmos der Griechen). Vorbei war es mit der analogen Ethik altrömischer Diesseitsreligion (denn an ein persönliches Weiterleben, gar an eine Unsterblichkeit glaubte der Römer nicht einen Augenblick, wie ja auch die Juden mit ihrer diesseitigen Gesetzesreligion nicht an ein »Jenseits« glauben mochten), die auf Redlichkeit, Zuverlässigkeit zwecks Erfüllung ritueller und staatlicher Gesetze Wert legte. Beinahe hätten wir einen fundamentalen Charakterzug im Leben eines Römers vergessen: seinen tiefen Aberglauben angesichts privater oder staatlicher Aufgaben und Pflichten, die nicht vorher durch die Auspizien, also den Vogelflug, die Eingeweideschau und die Befragung der Sibyllinischen Bücher kultisch »abgesegnet« waren. Dieser naive Aberglaube sollte sich selbst noch bei aufgeklärten und eher philosophischen Geistern auffällig zeigen — wie bei Cicero.

Wenden wir uns jetzt der eklektizistischen Religion des römischen Kaisertums zu, nachdem bereits in spätrepublikanischer Zeit dank siegreicher Kriege eine Fülle von außerrömischen Gottheiten und Kulten Zugang und Zuspruch in Rom gefunden hatten. Eigentlich müßten wir diese »unrömische« Entwicklung schon einige Jahrhunderte früher ansetzen: bei den Etruskern! Unter der Herrschaft der etruskischen Tarquiner übernahm

Rom die oben beschriebene Weissagekunst, auch der Kultus der Diana von Aricia fand Eingang, außerdem wurde das kapitolinische Heiligtum (mit der schon skizzierten Trias von Jupiter — Juno — Minerva) auf dem Aventin errichtet. In ihm befanden sich auch die um ca. 500 v. Chr. eingeführten Sibyllinischen Bücher, wozu noch der Kult von Gebeten und Opferriten bei kleinsten Fehlern hinzukam, damit der Zauber wirksam sei. Anders formuliert: damit der Sühnende bei seinen privaten und dem Staate gewidmeten Aufgaben von Rückschlägen und Mißerfolgen bewahrt bliebe.

An außeritalischen Einflüssen lassen sich die sprachlichen Umformungen griechischer Götter erkennen; so wird der griechische Hermes zum Merkurius, die Demeter zur Ceres, der Dionysos zum Liber, die Kore zur Libera. Weitere Kulte, die der Dioskuren, des Herakles, des Asklepios und des Pluton wurden gleichfalls übernommen. Erstmals auch rituelle Prozessionen und öffentliche Götterbewirtungen.

Der Schau- und Masseneffekt lag dem Altrömer eigentlich überhaupt nicht. Andererseits hatten sich die Verhältnisse inzwischen radikal geändert. Rom war nicht mehr kleiner Stadtstaat und Festlandmacht, sondern erste Weltmacht! Dementsprechend änderten sich auch die religiösen Bedürfnisse und Gefühle. An orientalischen Kulten fanden in der Kaiserzeit die Götter der besiegten Ostvölker bedenkenlos den Weg nach Rom: so die phrygische Göttermutter Kybele, die Magna Mater, ein Ma, Sabazios sowie der persische Mithras. Schon unter Caligula — dem wir noch in anderem Zusammenhang begegnen werden — hatte die Verehrung der Isis eingesetzt, und unter dem syrischen Kaiser Elagabal, der auf den römischen Thron kam, sein eigener Sonnenkult. Gleichzeitig lernten die Römer viele kleinere und größere Sekten kennen, denen sie mitunter trotz ihrer sonstigen Toleranz ernste Schwierigkeiten bereiteten.

Die Abneigung gegen das Judentum und Christentum verblüfft bei den sonst so eklektizistisch und tolerant eingestellten Römern kaum, handelte es sich doch bei beiden Religionen um solche mit Absolutheitsansprüchen — waren sie nach eigenem

Selbstverständnis nicht das »auserwählte Volk«? Erstere deuteten es mehr politisch im Sinne der anzustrebenden Unabhängigkeit und Weltherrschaft, und letztere verkündeten eine unduldsame Glaubenslehre, der sich alle Völker zu unterwerfen hätten (deshalb auch die großen Missionsreisen der ersten Apostel). Selbst die so glaubenswilligen Römer mit ihren kultischen Sehnsüchten mußte der politische und religiös-fanatische Eifer dieser beider nahöstlichen Sekten abstoßen! Den renitenten Juden wurde im Jüdischen Krieg mit der Zerstörung ihres Tempels durch Titus die staatliche Existenz genommen, die Basis ihres religiösen Glaubens. Der Exodus des jüdischen Volkes begann. Mit den Christen hatte es hingegen seine eigene Bewandtnis: hier stießen sich die Römer an ihrem Sektierertum sowie an ihrer Geheimniskrämerei — und natürlich an ihrer widervernünftigen und unlogischen Religion, kurz an der Lehre vom Tod und der Auferstehung Jesu Christi, der für Römer nur einer von zahllosen kleinen Rebellen, Aufrührern und religiösen Schwärmern war, an denen in Umbruchzeiten gewöhnlich kein Mangel herrscht (vgl. das Zeitalter der Reformation mit ihren »Religionsaufbrüchen«). Jedenfalls bezeugen es uns die römischen Historiker, die vor der christlichen Lebenspraxis einen tiefen Abscheu empfanden: deren Duldsamkeit, Leidensfähigkeit, Märtyrertum, Standhaftigkeit für eine — in römischen Augen! — dubiose Sache befremden mußte (vgl. die Ansichten von Tacitus, Josephus und Celsus). Auffallend war auch ihre konspirative Tätigkeit, die buchstäblich im Untergrund geschah: pflegten die Christen sich doch in den Höhlen und Katakomben Roms zu versammeln, um ihre »seltsamen Gebräuche und Kulthandlungen« zu vollziehen.

In römischen Augen handelte es sich bei ihnen um eine gefährliche, den Staat bedrohende Sekte, die angeblich vor nichts zurückschreckte. Eigentlich mußte die christliche Ethik und Verhaltenslehre ganz im römischen Sinne sein, lehrte doch Paulus — laut Nietzsche der eigentliche Gründer, Stifter und Ideologe des Christentums — seinen Anhängern den Gehorsam gegenüber den irdischen Herrschern und Machthabern, da »Christi

Reich nicht von dieser Welt sei«, sondern wahre Erlösung erst im Jenseits zu gewärtigen, was natürlich auf die theologische Lehre von der persönlichen Erlösung durch den Herrn Jesus Christus hinauslief, der durch seinen Kreuzestod die Menschheit de facto schon erlöst hatte.

Nun waren aber die irdischen Machthaber in Gestalt der römischen Kaiser so »dreist« und »unfolgsam«, sich selbst als Götter verehren zu lassen, was natürlich mit der christlichen Lehre von der Suprematie des »dreieinigen Gottes« unvereinbar war. Ein Mensch, sei er noch so hochgestellt, konnte niemals die Stelle Gottes einnehmen!

Die Christen machten es sich zu schwer, forderten die Kaiser doch nur formal, rein äußerlich die Anerkennung ihrer Göttlichkeit. Der Kaiser- und Gotteskult diente ja hauptsächlich als politisches Bindemittel, um die Reichseinheit zu garantieren (nicht zuletzt waren ja die Römer Formalisten und Rechtskünstler allerersten Ranges!). Gleichzeitig galt die Huldigung als ein Akt persönlicher Treue und Anhänglichkeit der römischen Sache gegenüber — fordert doch jeder Staat die Anerkennung »letzter unveräußerlicher Werte« bzw. Ordnungsvorstellungen (z. B. ist jeder Bundesbürger gehalten, die »freiheitlich-demokratische Grundordnung« des Grundgesetzes zu respektieren, andernfalls kann er Schaden nehmen an seiner beruflichen und politischen Karriere!). Die christliche Gemeinde im römischen Weltreich akzeptierte jedoch einzig und allein nur ihren Gott — und war deshalb zu keinen formalen Zugeständnissen zu bewegen (viele ihrer Anhänger widerriefen allerdings bald darauf!).

Dem Glauben nach waren die ersten Christen kämpferisch, unduldsam — aber ethisch entsprachen die »Gläubigen« den Zeitbedürfnissen: eben humanen, weichlichen und muckerhaften Moral- und Verhaltensweisen, wie sie der »Antichrist« Nietzsche festzustellen glaubte. Die Rolle des Christentums am Nieder- und Untergang des römischen Weltreiches wird noch im letzten Kapitel unseres Buches näher zu beleuchten sein.

Nicht von ungefähr fiel die christliche Lehre mitsamt ihrer

pessimistischen Lebensauffassung in der Spätantike auf frucht-
baren Boden. Allenthalben war man von der eher nüchternen,
realistischen und diesseitigen altrömischen Funktional-Religion
abgekommen, da mit den orientalischen Religionskulten und
griechischen Philosophierichtungen — u. a. Platonismus und Stoa
— entweder jenseitige oder diesseitige Erlösungsvorstellungen
die Szene beherrschten. Dieser Entwicklung entsprach nun gewissermaßen auch der Kaiser- und Gotteskult, der die Gesamt-
bevölkerung auf die Unsterblichkeit und Höchststellung eines
einzelnen hinwies, was unweigerlich zu Verehrung und Anhänglichkeit führte (deshalb erklärt sich unter anderem auch
die jahrhundertelange Herrschaft Roms im Mittelmeerraum,
denn seine Legionen konnten niemals allein diesen gewaltigen
Raum sichern und beherrschen, es mußte schon eine gewisse
Sympathie vorhanden gewesen sein — vgl. Le Bons »Psychologie
der Massen«).

Historisch gesehen ist der ominöse Kaiserkult auf Cäsar zurückzuführen, dem Göttlichkeit zugebilligt wurde (man muß
also nur ein erkleckliches Territorium erobern . . .).

Ferner sind orientalische Einflüsse auch hier unverkennbar.
Man denke etwa an den Pharaonenkult oder an die Vergöttlichung Alexanders des Großen einschließlich des seleukidischen
Götterkults. Selbst Kaiser Augustus, der eigentlich eine Erneuerung und Wiederbelebung der altrömischen Religion herbeifüh-
ren wollte, wurde schließlich Gegenstand göttlicher Verehrung.
Besonders unter den Kaisern Commodus und Diokletian stand
dieser Kult in voller Blüte, wenn wir uns auf die Aussagen des
Religionsforschers v. Glasenapp stützen.

Am Rande sei noch des seltsamen Versuchs gedacht, den die
Römer in Sachen Religion veranstalteten: die Vergöttlichung
abstrakter Begriffe wie Concordia, Pietas, Pax und Clementia.
Dies geschah schon in uralter Zeit. Aber — vergöttlichen wir
heute nicht ebenfalls Schlagwörter, Begriffe und Redensarten?
Man denke beispielsweise an: Fortschritt, Wachstum, Geld,
Wirtschaft, Wissenschaft, Sozialismus, Kommunismus, Demo-
kratie usw.!

Wiederholt sich nicht Geschichte? Für die Römer stand religiöses Denken und Handeln jedenfalls immer im Zusammenhang mit den Aufgaben der Praxis, des Lebens also, wie sie in Politik, Familie und Lebensbewältigung sich zeigen.

c) Zeitalter der Ständekämpfe zwischen Patriziern und Plebejern

Engstens mit der Entwicklung des römischen Verfassungs- und Staatslebens ist der »Sozialkonflikt« zwischen Patriziern und Plebejern »vorprogrammiert«. Es ist ein wechselseitiger und sich über die Jahrhunderte der römischen Geschichte erstreckender Problem-Prozeß, der um politische, religiöse und wirtschaftliche Vorrechte kleiner Kreise geführt wird. In drei Zeitabschnitten kam diese Problematik zum Vorschein: zuerst im Ständekampf — der qualvoll lange dauerte (von 494 bis ca. 300 v. Chr.) —, sodann im Zeitalter des Bürgerkrieges und der Graccheschen Sozialreformen sowie im Feudalisierungsprozeß des spätrömischen Kaiserreiches. Mit den sich daraus ergebenden Lösungsversuchen können wir uns leider nur bruchstückhaft und sporadisch abgeben — ist doch bisher kein einziges, in sich abgeschlossenes Werk über die Sozial- und Wirtschaftsgeschichte der römischen Zeit erschienen. (Eine Ausnahme bildet hier nur das Werk Max Webers.)

Wie sahen die sozialen und wirtschaftlichen Probleme zur Gründungszeit der römischen Republik aus? Mit dem Sturz der etruskischen Königsherrschaft versteifte sich der Gegensatz zwischen besitzendem und politisch handelndem bzw. die Macht ausübendem Patriziat und der breiten Masse des Volkes — der Plebs, wie es folgerichtig genannt wurde (der Name *Terrae filii* heißt wörtlich »Söhne der Erde«, was auf gänzliche Besitzlosigkeit hindeutet). Privilegien und Vorteile also, die für eine kleine Minderheit heraussprangen, die eben die sattsam bekannten »Schalthebel der Macht« bediente, wie es sportlich heißt.

Welcher Art waren diese Privilegien? Hauptsächlich rechtlicher und wirtschaftlich-finanzieller Art. Es ist bezeichnend, daß die Plebejer so lange den »Sozialpakt« mit dem »Gegner« aufrechterhielten, nachdem letzterer sie mit zahlreichen Versprechungen hingehalten hatte. Was tut man, wenn sich keine Rechts- und Wirtschaftsreformen einstellen wollen, gar die Verschuldung wächst?

Man protestiert in der damals — nach der Sage! — einzig denkbaren Form: man spielt nicht mehr mit — und zieht aus der Stadtgemeinde einfach aus! Es handelt sich hier um die sagenhafte Heerschar der Plebejer, die eine »verschworene« Gemeinschaft bilden und in Richtung Heiligen Berg — Aventin — ziehen. Welch einfache und geniale Form des Sozialprotests! Mahatma Gandhi hat ihn später seinem Volk vordemonstriert und damit eine Weltmacht in Verlegenheit gebracht.

Der passive Protest des Nicht-Mittuns hat jedenfalls die patrizische Oberschicht zum Einlenken gezwungen. Geht's doch nicht ganz ohne »Handarbeit« — wofür die Plebejer »geeignet« waren. Politik treiben und Kriege führen geht eben nicht ohne Zivilarbeit an der »Heimatfront«! Folgende Zugeständnisse seien genannt: Den Plebejern wird eine eigene Versammlung zugebilligt, die von einem Volkstribunen geleitet wird — ihre Zahl wird ständig erhöht. Diese Institution haben wir schon im vorhergehenden Kapitel kennengelernt. Die Rechte und Pflichten dieses Amtes — sowie die der Volksversammlung — sind folgende: letztere ist für die Wahl ihrer »Volksvertreter« sowie für Plebiszite (Volksbeschlüsse) zuständig. Umgekehrt ist es die Pflicht des Volkstribunen, die Plebejer vor Willkürakten des Magistrats — der Beamtenschaft — zu schützen. Er hat Einspruchsrecht bei Bestrafung und Verhaftung eines Bürgers, bei Amtshandlungen der Verwaltung und Regierung sowie bei Senatsbeschlüssen. Im Zuge der Hortensischen Gesetze — 287 v. Chr. — werden die Beschlüsse der Volksversammlung für das gesamte Volk verbindlich. Natürlich brauchen die solcherart vielbeschäftigen Volkstribunen Mitarbeiter. Es sind dies die plebejischen Ädilen, die eigenartigerweise als Vorsteher des plebejischen Heiligtums der göttlichen Drei — Ceres, Liber und Libera — fungieren. Dieser sakral-religiöse Tempelmittelpunkt steht auf dem Aventin und beherbergt die Kasse des Volkes samt Archiv. Eine immense Freiheitsfülle — oder doch nicht? Damit kommen wir zu den Gegenmaßnahmen der Patrizier, die sich als Standesschicht beeinträchtigt fühlen mußten. Schließlich war es eine ziemlich verknöcherte und in sich abgeschlossene Kaste, die derartige Sozialreformen und Experimente nicht ohne weiteres hinnehmen mochte. Der Althistoriker Kornemann weist auf die Sozialschichtung bzw. -trennung selbst im Patriziat hin. Auch hier gab es höhere und niedere Geschlechter bzw. Schichten. An der Spitze also eine »patrizische Adelsherrschaft«. Die wehrt sich nun. Neun Jahre nach Auszug der Plebejer treffen sie eine Reihe von Gegenmaßnahmen. Wie jeder Revolutionär und Reaktionär weiß, fängt man erst einmal bei sich selber an (mit der »Säuberung«): im Patriziat schließen sich die berühmten Geschlechter von den »niederen« ab, die Inzucht ist die Folge (Kornemann). Auch ist es den Patriziern verboten, Ehen mit Partnern aus dem Volke einzugehen. Dieser Punkt wird später im Rahmen des Zwölftafelgesetzes zwar ausdrücklich festgehalten, doch schon kurz danach wieder aufgehoben. Dahinter verbirgt sich ein Elite- und Rassebewußtsein, welches sich weitere — reaktionäre — Aktionen zutraut. Die kommen auch. Die Patrizier nehmen ihre ländliche Klientel »ins Gebet«, um gegen die Plebejer »Stimmung zu machen«. Die Plebejer zahlen es ihnen durch ihre Volkstribunen heim, indem diese der patrizischen Oberschicht den Prozeß vor der plebejischen Volksversammlung androhen (Kapitalprozesse!). Dreißig Jahre dauern diese Sozialkonflikte, dann hat man satt. Resultat ist die vorläufige Einigung auf der Basis eines Kompromisses. Mit der Aufstellung der zwölf Bronzetafeln auf dem städtischen Forum Roms besitzen die Römer aller Stände einen umfangreichen Katalog privater und öffentlicher Rechte und Pflichten (was bei den Römern in erster Linie juristisch fixiert wird: Privatrecht, Straf- und Prozeßrecht sowie Staats- und Sakralrecht). Es sind dies die berühmten Gesetze des Zwölftafelgesetzes.

Vorerst siegt — laut Geschichtsbuch — die Staatsidee über kleinliches Standesdenken. Ironisch könnte man hinzufügen — bis zum nächsten Krieg! Dann wachsen einem die Probleme über den Kopf, was insbesondere nach den Punischen Kriegen der Fall sein sollte. Aber davon später mehr. Die formale Seite der Reform, wie sie das Zwölftafelgesetz unstreitig beinhaltet, harrt einer sozial-inhaltlichen Ergänzung. Gleich nach Überwindung der Gallierkatastrophe sehen die Einsichtigen im Staate deren Notwendigkeit ein. Unter dem Namen der Licinisch-sextischen Gesetze — 367/66 v. Chr. — kommt es zu drei wesentlichen Neuerungen:

1. Reform des Schuldenwesens — Abzugsfähigkeit des gezahlten Zinsen von den Schulden. Sozusagen eine »Finanzreform« für den kleinen Mann, der in Schulden zu ersticken drohte.
2. Landreform — Festsetzung der Höchstgrenze des aus Staatsland käuflichen Grundbesitzes (etwa auf 125 ha beschränkt). Anmerkung: bei den Reformen der Gracchen sollte einige Jahrhunderte später der Grundbesitz aus Staatsland auf das Doppelte erhöht werden — ein Zeichen der ungeheuren Geld- und Landbereicherung der »führenden Schichten«. Aber auch Indiz für den Machtaufstieg Roms.
3. Beamtenreform — Zulassung der Plebejer zum Konsulat. Allerdings kam dies in der Praxis meist nur der plebejischen Oberschicht zugute — vergleichbar der »Arbeiteraristokratie« zu Beginn unseres Jahrhunderts in den westeuropäischen Ländern.

Seit dieser Zeit entsteht auch ein Amtsadel, der sich aus Plebejern und Patriziern rekrutiert (die sogenannten Populaten bzw. die Nobilität). Mit ihm gelangt die plebejische Oberschicht in die wichtigen Ämter des Diktators, Zensors und Prätors. Mit der Zulassung zu den sakralen Priesterämtern ist der Ständekampf eigentlich abgeschlossen — wie es im »dtv-Atlas zur Weltgeschichte« heißt. Abschließend soll noch einmal auf die wechselseitige Beeinflussung verfassungsmäßiger, sozialer und außenpolitisch-militärischer Faktoren hingewiesen werden. Auf dieses Problembündel konnten wir ja nur kurz eingehen, indem wir die Konflikte und Entwicklungslinien dieser Bereiche sehr bescheiden aufzeigen konnten — bzw. es erst im Kapitel »Kriegsschauplatz Italien« aufzeigen werden.

Die wichtigste »demokratische« Reform (unter Demokratie stellen wir Heutigen uns nämlich etwas ganz anderes vor) ist zweifellos die »Aufwertung« der Volksversammlung und ihrer Führung: die Ernennung der Volkstribunen zu »Volksanwälten (Kornemann), die sich um die Sorgen und Belange des kleinen Mannes zu kümmern haben — sind sie doch auf die Plebs aus Wahlgründen angewiesen! Bemerkenswerterweise hat es keine radikale Umstrukturierung« in den Ständen gegeben: im Sinne eines Herrschaftswechsels etwa, von dem unsere »Polit-Soziologen« hin und wieder schwärmen. Schon hier wird aber eines deutlich: die »soziale Frage« des Standesausgleichs ist engstens mit der »Agrar- und Landfrage« gekoppelt, dem einzigen Wirtschaftsbereich von Belang. Und an letzteren hängt sich die liebe alte »Geldfrage« — die stets virulent ist: sei es in Form des Kredit- und Zinswesens oder in Gestalt einer Theorie von der richtigen Bewertung von Arbeit und pekuniärer Gegenleistung sowie in der aus dem Gelde resultierenden Standesfixierung.

Der Begriff »Ständekämpfe« taucht bekanntlich wiederholt in der Geschichte auf. Beispielsweise innerhalb der mittelalterlichen Feudalgesellschaft der Städte mit ihrer zünftlerischen Ordnung. Hier stehen sich »Meister und Geselle« (Marx) oft unversöhnlich gegenüber, um die engen und muffigen Zunftschranken entweder zu verewigen oder gewalttätig zu sprengen. Diese Schranken sind wiederum die Ursache der dürftigen »Industrieproduktion«. Im Kontrast zum römisch-republikanischen Ständekampf brachte der mittelalterliche etwas vollständig Neues hervor: den Bürger mit seiner autonomen Vernunft sowie seinen »Industrialismus« kapitalistischer Manufakturproduktion und späterer Maschinenproduktion. Wir können uns nicht auf die Frage einlassen, warum die immerhin knapp zweihundertjährige Epoche römischer Ständekämpfe keine neuartigen Sozialbindungen bzw. -bildungen und »Produktionsweisen«

zeitigte. Dies sind Fragen an den Wirtschafts- und Sozialhistoriker.

Vielleicht interessierten sich die Römer mehr für Politik,
Krieg und häusliche Angelegenheiten. Im vorhergehenden Kapitel haben wir ja die richtungweisende Rolle alles Staatlichen,
Gemeinschaftlichen mitsamt der Religion als »Kitt« kennengelernt. Wir müssen uns auf pure Vermutungen beschränken.

Vor einer verhängnisvollen Verwechslung sei schon hier gewarnt: vor der Identifizierung des Begriffs »Ständekampf« mit
dem marxistisch verstandenen »Klassenkampf«! Wir werden
die marxistische Doktrin noch gelegentlich kritisch anführen
(bei den Gracchen etwa oder im Kapitel über den Niedergang
des Imperiums), da gegenwärtig die Geschichtswissenschaft von
ihren Fragestellungen bestimmt wird; die Sozial- und Wirtschaftsgeschichte ist ja ein Ableger von Marx' Historischem Materialismus.

Gerade der Ausdruck »Klassenkampf« ist ideologisch und ge-
schichts-philosophisch vorbelastet — einerseits als politisches
Kampfinstrument der Agitation und Propaganda und andererseits als Mittel der Geschichtsprophetie. Dies trifft nicht auf die
Ständekämpfe der römischen Frühgeschichte zu. Der Antike war
die Idee einer geradlinigen Geschichtsentwicklung zu immer besseren und »fortschrittlicheren« Zuständen völlig unbekannt.

d) Kriegsschauplatz Italien —
Roms Herrschaft über den »Stiefel«

Sind die inneren Verhältnisse konsolidiert, kann man sich einer
offensiven und dynamischen Außenpolitik zuwenden, die von
den weiterschwelenden Spannungen im Innern — in Wirtschaft,
Sozialwesen und politischer Selbstverwaltung — abzulenken
hat. Die Kriege, die der römische Staat im Zeitraum von 498
bis 272 v. Chr. führt, kann man als »nationale Einigungskriege«
bezeichnen. Natürlich ist der Begriff »national« inhaltlich an
die Einigungskriege des 19. und 20. Jahrhunderts gebunden,

damit schwerlich auf die antike Geschichte übertragbar. Aber eines bewirken die Kriege der römischen Republik doch — die buntscheckige Schar kleinerer und größerer Völker in Nord-, Mittel- und Unteritalien wird per Krieg, Drohung, Diplomatie und Propaganda »nationalisiert«. Rom vereinheitlicht den »Stiefel«, indem es seine Denk- und Lebensgewohnheiten überall durchsetzt. Wir verzichten auf eine langweilige Aufzählung der einzelnen »Einigungskriege«. Die Stammesgegner der römischen Republik sind dem Gegenwartsbewußtsein ohnehin entschwunden.

Lediglich die Auseinandersetzung mit Kelten und Samniten einerseits und Etruskern sowie Griechen andererseits sei kurz und flüchtig skizziert. Rom kämpfte stets an zwei Fronten: im Norden zuerst gegen Etrusker, später gegen die gefährlicheren Kelten bzw. Gallier — und im Süden gegen Samniten und Griechen der Stadtrepublik Tarent und ihres Schutzherrn, des Königs Pyrrhus von Epirus. Zweifellos der härteste Brocken, den die Römer und ihre Legionen zu verdauen hatten, war der Kelten- und Galliereinfall um 400 v. Chr. in Nord- und Mittelitalien. Ihre militärische Überlegenheit dank eiserner Waffen konnte auch die sprichwörtliche Tapferkeit des Legionärs nicht ausgleichen. Die verheerende Niederlage an der Allia war für die sieggewohnten Römer ein derartiger Schock, einzig mit den Gefühlen Karthagos nach Zama oder der Deutschen im Frühjahr 1945 bei der näherrückenden Ostfront vergleichbar. Die eigene Hauptstadt mußte preisgegeben werden! Damit nicht genug: die Kelten bestanden auf Zahlung eines Lösegeldes — noch heute ein beliebtes Spiel —, von der Beute ganz zu schweigen. Der Ruf »Wehe den Besiegten!« ist sprichwörtlich geworden. Militärisch gesehen hat die Preisgabe der Hauptstadt die Niederlage für kurze Zeit komplett gemacht — langfristig war sie belanglos. Jedenfalls zogen die Römer ihre politischen und militärischen Lehren aus der Schlappe. Bis zum gallischen Sieg an der Allia, 387 v. Chr., hatte Rom — so der Historiker Kornemann — an seiner »Nord- und Südfront« vom Interessengegensatz zwischen Etruskern und Galliern einerseits sowie

Karthagern und Griechen andererseits profitiert. Pflegt doch ein Staat zwischen zwei bedrohlichen Fronten normalerweise zermahlen zu werden — militärisch und politisch! Nach dem Galliereinfall sank Roms Stern. Die umliegenden Ministämme Latiums schritten zur Offensive. Trotzdem behauptete sich die römische Staatsidee, Gegenmaßnahmen wurden eingeleitet. Im Innenbereich wurde die zerstörte Hauptstadt wiederaufgebaut, ein starker Mauerring um die sieben Hügel zum Schutze Roms gezogen (die Servianische Mauer).

Als kluge Politiker und Diplomaten schlossen sie nun Bündnisse — »Nichtangriffspakte« — mit den benachbarten Stämmen. So mit den Latinern und Hernikern, nicht ohne Hinweis auf die latente Kelten- und Galliergefahr. Einzig die Samniten — ein süditalienischer Stammesbund — machten den Römern einige Schwierigkeiten. In drei Kriegen — von 343—290 v. Chr. — wechselt Fortuna die Seiten. Rom kämpft damit erstmals an zwei Fronten — im Norden gegen die Etrusker und im Süden gegen die gefährlicheren Samniten. Die Anlässe dieser jahrzehntelangen Auseinandersetzungen sind stets geringfügiger Natur: im ersten Krieg ist es ein Bündnisvertrag Roms mit der von den Samniten umgebenen Stadt Capua. Er endet nach zweijährigem Kampf mit einem Kompromißfrieden, wobei Capua doch noch den Römern zugeschanzt wird.

Der zweite Krieg mit dem samnitischen Staatenbund sieht Rom am Rande des Abgrunds. In den östlich von Capua gelegenen Caudinischen Pässen wird die römische Hauptstreitmacht vom Gegner eingeschlossen. An diesen Schlachtort heftet sich der berüchtigte Ausdruck »Unterjochung«, da die geschlagenen Legionäre buchstäblich durchs Joch hindurch mußten. Trotzdem sollte dieser zweite Krieg genauso lange dauern wie später der 2. Punische. Eine Heerstraße — die Via Appia — dient der schnelleren Verschiebung römischer Legionen an den südlichen Kriegsschauplatz. Außerdem sichern die Römer hier ihren Vormarsch durch Anlage von Garnisonen (im Festungswesen und im Lagerbau waren die Römer ja exzellente Profis). Ferner machen sie an der Nordfront kurzen Prozeß mit den niedergehenden Etruskern. Danach Verlagerung des Schwergewichts wiederum zum südlichen Kriegsschauplatz. Die Einnahme der samnitischen Hauptstadt Bovianum markiert den Erfolg solcher »Schwerpunkt-Strategie«. Von hier aus begann bei Ausbruch der Feindseligkeiten die samnitische Offensive in Richtung Nordosten. Den Rest besorgen die Römer flugs: die Besetzung Apuliens etwa. Dieser zweite Samnitenkrieg hat eine verblüffende Ähnlichkeit mit dem späteren 2. Punischen, hinsichtlich des Kriegsanlasses — hier Neapel, dort Sagunt —, der Länge der militärischen Operationen sowie des Kriegsausganges (sowohl der samnitische Staatenbund als auch Karthago bleiben als Machtfaktor — besser Wirtschaftsfaktor — erhalten).

Zwischen diese Kriege fallen noch Auseinandersetzungen mit den auf Unabhängigkeit bedachten Latinern sowie zwei Wirtschafts- und Seeverträge mit der Supermacht Karthago, die den wirtschaftlichen Machtanspruch der nordafrikanischen Handelsmetropole im westlichen Mittelmeer bestätigen.

Schließlich kommt es zu einem dritten Krieg mit den noch immer unruhigen Samniten. Gleich zu Beginn dieses achtjährigen Schlagabtausches — von 298—290 v. Chr. — gelingt den Römern die Eroberung der feindlichen Hauptstadt; ein in der Kriegsgeschichte beispielloser Vorgang (die logische Konsequenz der vorgeschobenen Positionen in Apulien). Allerdings entwischen die Samniten nach Norden und vereinigen sich mit den Kelten und Galliern — gegen Rom natürlich. Aber auch hier ist den Samniten das Kriegsglück nicht hold. In einer weiteren Schlacht wird ihnen mitsamt keltischem, gallischem und etruskischem Anhang vorexerziert, »wie man's macht«. In den Geschichtsbüchern heißt es dann lapidar: »Roms Herrschaft in Mittelitalien ist damit gesichert«.

Jetzt beginnt der Schlußkampf um den »Stiefel« im Süden — in Unteritalien. Kriegsanlaß ist erneut eine »uneigennützige« Hilfeleistung Roms für ein süditalienisches Hafennest — Thurii übrigens —, das gerade mit dem angrenzenden Volk der Lukaner »in Fehde« lag. Auch die weitere »uneigennützige« Unterstützung der im äußersten Süden gelegenen Hafenstädte Rhegium und Locri mußte Rom zwangsläufig die Feindschaft mit der großgriechischen Hafen- und Handelsmetropole Tarent bescheren. Als reiche Stadt — wie später Karthago — läßt man andere die Kastanien aus dem Feuer holen. In diesem Fall engagiert man den König Pyrrhus von Epirus, der gerade »beschäftigungslos« ist. Er soll die militärischen Aktionen Tarents leiten. Als neuer Oberbefehlshaber Tarents bringt er ein stattliches Heer mit: 20 000 Söldner, 3000 thessalische Reiter und als Überraschung 26 Kriegselefanten. Der Auftritt dieses vorzüglichen Feldherrn bereichert die Kriegsgeschichte um drei »Neuerungen«:

1. erstmalig kommt es zu einem Zusammenprall westlicher und östlicher Heere. Die römischen Legionen contra griechisch-hellenistische Traditionsheere.

2. Der Kriegseinsatz der Elefanten — dieser »Panzertruppe der Antike« — gibt den Operationen ein neues Gepräge (der Elefant als »beweglicher Faktor«).

3. An die Schlachten dieses Königs heftet sich das in Fachkreisen gefürchtete Prädikat »Pyrrhussiege« — siegreiche, aber unter Verlusten durchkämpfte Aktionen.

Einen glanzvollen Sieg, einen »Pyrrhussieg«, sowie eine Niederlage kennzeichnen seine Feldherrnlaufbahn. In der ersten Schlacht — bei Heraclea — gelingt ihm der große Überraschungstreffer. Beweis? Die umliegenden Volksstämme der Bruttier, Samniten (der trotzige Rest vermutlich) und Lukaner schließen sich ihm an. In der Kriegsgeschichte ein geradliniger Weg: von Pyrrhus über Hannibal bis zu Napoleon und Hitler. Heraclea verdankt Pyrrhus seinen Elefanten, an deren Anblick sich die Römer erst gewöhnen mußten (Parallele: die englischen Tanks in der 17er-Schlacht bei Cambrai im Ersten Weltkrieg).

Ein Jahr später wagt sich Pyrrhus, mutig geworden, bis nach Apulien vor. Hier siegt er zwar, aber unter so großen Verlusten, daß er sich zu einem Friedensangebot an den Senat genötigt sieht. Rom weist es brüsk ab, da von seiten des Senats auf die Räumung Unteritaliens Wert gelegt wird (und wohl auch auf die »Wiederherstellung der gekränkten Ehre«).

Obendrein verbündet sich Rom mit Karthago, das eine Hilfsflotte entsendet, die militärisch gesehen überhaupt nicht in Erscheinung tritt. Pyrrhus bleibt nichts anderes übrig, als sich nach Sizilien zurückzuziehen, zumal er von den griechischen Stadtkolonien zu Hilfe gerufen wird. Hier kann er seine militärischen Fähigkeiten voll entfalten.

Hart trifft er die karthagische Macht, erobert er doch nahezu ganz Sizilien, was den insularen Griechenstädten fürs erste nur recht sein kann. Inzwischen ist der König ehrgeizig geworden. Er möchte ein Königreich in Unteritalien und Sizilien »einrichten«, was die freiheitsliebenden Griechenstädte und natürlich Rom zu durchkreuzen wissen. Erstere »honorieren« dem König seine Hilfe per Abfall, und letztere bereiten sich auf eine militärische »Endabrechnung« vor. Pyrrhus muß sich aufs Festland absetzen, wo ihm die Römer bei Benevent eine Abfuhr erteilen. Jetzt resigniert der König — er zieht ins heimatliche Epirus, mitten hinein in die griechischen Wirren, wo er bei der Belagerung und Erstürmung irgendeiner Stadt — durch Zufall? — ums Leben kommt. Ein herunterstürzender — oder geworfener? — Stein erschlägt ihn. Ein ähnliches Schicksal sollte der große Stratege Karl XVI. von Schweden bei der Belagerung einer norwegischen Festung erleiden. Hier ist's eine verirrte Kugel. Zufälle als geschichtliche Majestäten allerersten Ranges!

Sehr eindrucksvoll hat der italienische Staatsphilosoph Machiavelli in seinem Furore machenden Buch über den »Fürsten« das notwendige Scheitern des Pyrrhus mit dem Nationalcharakter der Römer und ihrer Bundesgenossen begründet. Pyrrhus sei ein gleich guter Feldherr wie Alexander der Große gewesen, habe jedoch mit einem aus »härterem Holz« geschnitzten Volk zu kämpfen gehabt, wogegen Alexander auf ein »niedergehendes« Volk getroffen sei.

Mit dem Schlußkampf an der »Südfront« hat Rom die endgültige Vorherrschaft auf dem italienischen »Stiefel« erzwungen. Nationalisten nennen es die »Einigung«. Mit dieser Tat sicherlich Vorbild unzähliger Einigungsbewegungen. Vor allem zur Zeit Machiavellis und der italienischen Renaissance gegen Ende des Mittelalters. Hier sei auch an das »national« gesinnte 19. Jahrhundert erinnert (mit Garibaldi als Prototyp).

Diese Machtausdehnung geschah nicht immer mit »friedlichen Mitteln« — ganz im Gegenteil! —, aber die Römer der republikanischen Zeit hatten eigene Moralvorstellungen. »Friedliebend« waren sie jedenfalls nicht. Aber die »ollen Griechen« waren's ja auch nicht, wie uns der Kulturphilosoph E. Friedell trefflich-amüsant belehrt (vor diesem edlen Volk der »Bildung« und »stillen Größe« ängstigten sich sogar die Barbaren!). Die endlose Kette militärischer Auseinandersetzungen sollte nur für ganze acht Jahre unterbrochen werden, dann ging es in die »zweite Runde« mit der Supermacht Karthago.

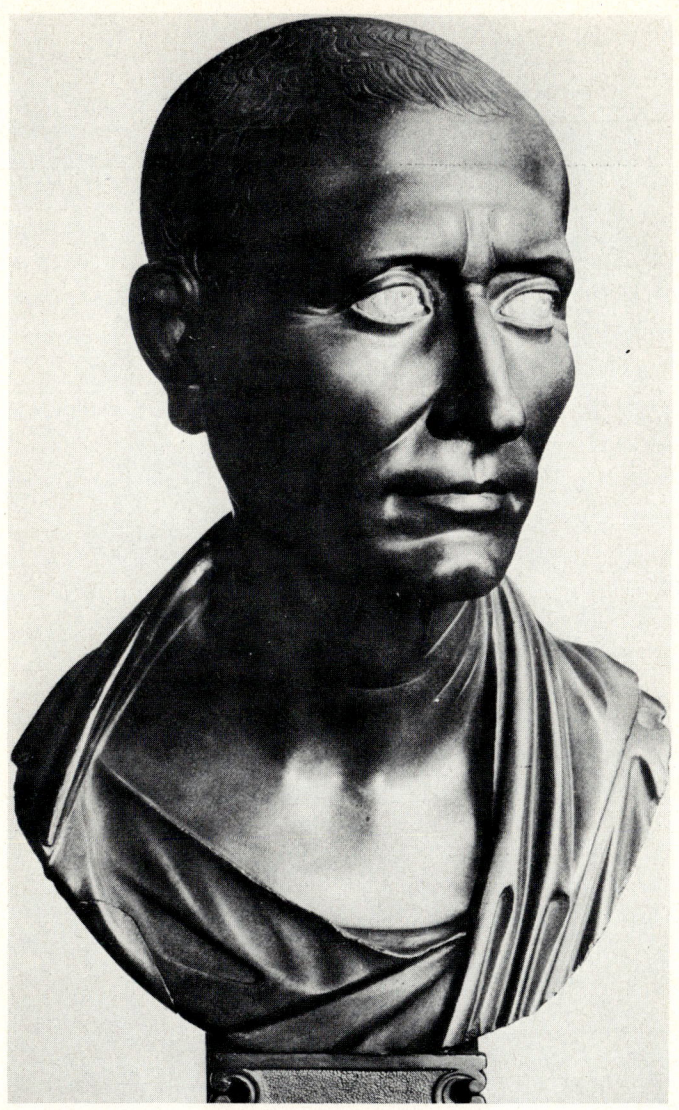

Gajus Julius Caesar

Hannibal, der geniale karthagische Feldherr.

Links: Die Truppen Hannibals überqueren auf dem Marsch nach
Rom die Rhône (Historienbild von H. Motte, 1875).

Marcus Tullius Cicero, der berühmte Redner und Schriftsteller.

III. Roms Kampf um das Mittelmeer

a) Die Zeit der Punischen Kriege und die Kämpfe im Osten (264—146 v. Chr.)

Der 1. Punische Krieg 264 - 241 v. Chr.

Mit der Niederlage des Pyrrhus bei Benevent war der italische Stiefel bis weit im Norden unter römischer Kontrolle. Wer jetzt aber Frieden und eine Phase innerer Ruhe inmitten gesicherter Grenzen erwartet hätte, der begreift nicht den Mechanismus, in den Rom seit den frühen Tagen der Königsherrschaft geraten war. Mit jeder Eroberung wurde ein Räderwerk in Gang gesetzt, das den Römern immer gefährlichere Feinde bescherte. Hinter jeder neuen Grenze standen mißtrauischere Nachbarn.

Die Schlacht bei Benevent markiert gleichzeitig das Ende einer Größenordnung: Hatte man sich noch mit der Großmacht Karthago gegen den Anspruch Großgriechenlands verbünden können, so war Rom mittlerweile so erstarkt, daß es sich im nächsten Konflikt auf die eigenen Kräfte besinnen mußte, denn außer seinen Bundesgenossen in den italischen Stadtstaaten verfügte es über keine größeren Alliierten.

Es ging um nichts geringeres als die Vorherrschaft im westlichen Mittelmeer — und der Gegner war nun der einstige karthagische Verbündete!

Es war kein aggressiver Imperialismus, wie einige Historiker behaupteten, der das Volk der Bauern und Bürger in die Uniform der Legionäre zwang. Es war vielmehr die ungeheure Vitalität Roms, die es nicht hinnehmen konnte, irgendwo in die Schranken gewiesen zu werden.

Rom orientierte sich nach seinen jüngsten Eroberungen auf dem italischen Festland in Südrichtung, zum Mittelmeer hin. Es hatte das Protektorat über das westliche Hellenentum übernommen. Unmittelbar vor der eigenen Haustür besaß der karthagische Rivale die Vormachtstellung über Sizilien und bedrohte die Südflanke Roms sowie den noch unabhängigen griechischen Teil Siziliens. Dank seiner durch Stützpunkte gesicherten Kontrolle des mediterranen Handels war ein Zusammenprall der Seemacht Karthago mit der römischen Republik auch auf wirtschaftlichem Gebiet vorgezeichnet.

Der Anlaß des heraufziehenden 1. Punischen Krieges war ein Hilfeersuchen meuternder mamertinischer Söldner an den römischen Senat. Diese Mamertiner, die sich in Messana auf Sizilien niedergelassen hatten, wurden ihrerseits von Hieron von Syrakus bedroht. Syrakus war die Beherrscherin des östlichen Sizilien und griechische Siedlung. Messana war von kampanischen Söldnern besetzt und doch gleichzeitig vierte Partei im Kraftfeld um Sizilien. In ihrer Not wandten sich die in zwei Parteien gespaltenen Mamertiner an die beiden rivalisierenden Großmächte Rom und Karthago. Den Puniern — also Karthago — wurde die Zitadelle der Stadt übertragen, während die pro-römische Partei beim römischen Volk Gehör fand, nachdem zunächst der Senat hinhaltend reagierte.

Mit den militärischen Operationen betraute Rom Appius Claudius, da die Wirren auf der sizilischen Insel nicht aufhörten. Er setzte über die Meerenge nach Sizilien und konnte die Karthager nach einem Rückschlag zurückdrängen. Syrakus fiel überdies von Karthago ab und schloß mit den Römern einen Separatfrieden. Nun standen sich die Großmächte allein gegenüber. Es ergab sich ein militärisches Patt, das nur derjenige überwinden konnte, der die strategischen Voraussetzungen zu seinen Gunsten änderte, der also über den längeren Atem verfügte, wie es in der Militärsprache heißt. Es war dies Rom. Bislang nur eine Landmacht mit fast unbezwingbaren Bürgerlegionären, nahm Rom die Herausforderung an. Legionäre und noch so ausgeklügeltes Belagerungsgerät allein konnten einer Seemacht nicht zu Leibe rücken, die überfallartig die römischen Küsten verheerte. Was man brauchte, um sowohl kurzfristig dem festgefahrenen Krieg eine Wende zu geben als auch langfristig eine mediterrane Macht zu werden, war eine Flotte.

Und Rom baute eine Flotte. Nach dem Muster eines gestrandeten punischen Fünfruderers und mit Hilfe seiner seeerfahrenen Bundesgenossen wurden die ersten Geschwader aufgestellt. Römische Geduld überwand die ersten unvermeidlichen Rückschläge, und römische Phantasie führte zur Perfektion und zu taktischen Verbesserungen: Die Römer erfanden den Enterhaken, mit dessen Hilfe Seegefechte wieder von der Infanterie entschieden wurden. Und die besten Infanteristen jener Zeit waren die römischen Legionäre.

260 v. Chr. endet die erste bedeutende Seeschlacht mit einem römischen Sieg bei Mylae. Der Krieg freilich geht weiter. Auf Sizilien wird er praktisch zum »Stellungskrieg«, denn beide Parteien beschränken sich auf hinhaltende Aktionen, die nichts einbringen. Belagerungen erstrecken sich über Jahre, und es wird beiden kriegführenden Parteien klar, daß nur mit kombinierten See-Land-Operationen eine Entscheidung fallen kann. Die junge Seemacht Rom prescht keck vor und landet überraschend in Afrika, ohne zunächst auf großen Widerstand zu stoßen.

Karthago ist nach verlustreichen Seegefechten nicht mehr die unumschränkte Seemacht Nr. 1 im Mittelmeer und muß sogar der Verwüstung seines Hinterlandes zusehen. Es bittet Rom um Frieden. Aber der schnelle Erfolg verhärtet die römischen Verhandlungsfronten. Kurz vor der Hauptstadt des Gegners will Rom nun plötzlich alles. Die Karthager sollen als Vasallen Roms fortan eine zweitrangige Rolle spielen. Regulus, der römische Feldherr, hat überzogen. Rom ist noch nicht soweit, das durch die Zerschlagung Karthagos entstehende Vakuum zu füllen. Der Widerstand der Punier versteift sich und findet seinen Organisator in Xanthippos, einem lakedämonischen Söldner. Dieser bringt »Fronterfahrung« von den östlichen Schlachtfeldern ein und entdeckt die Achillesferse der Legionäre: Sie kämpfen ohne kavalleristische Unterstützung, stehen gänzlich unvorbereitet den gegnerischen Elefanten, der »Panzertruppe des Altertums«, gegenüber. Pferd und Elefant werden Römern noch im 2. Punischen Krieg schwer zu schaffen machen.

So endet denn die Schlacht von Tunis (255 v. Chr.) mit der fast gänzlichen Zerschlagung des römischen Expeditionskorps. Zu allem Unglück scheitert noch eine römische Flotte mit den geretteten Resten des Heeres in einem Sturm. Dieses Jahr wird in die römischen Annalen als Unglücksjahr eingehen. Aber die Römer wären nicht sie selbst, wenn sie nicht immer wieder selbstkritische Lehren aus ihren Fehlern ziehen würden.

Im weiteren Verlauf des Krieges verlegte Rom den Schwerpunkt der Kampfhandlungen nach Sizilien. Systematisch drängte man den Gegner immer weiter zurück und baute gleichzeitig an einer neuen Flotte. Deren Vernichtung 249 v. Chr. bei Drepanum führte zu einem neuen Remis — und zu einer Verlängerung des Krieges. Beide Seiten waren erschöpft und konnten sich keine wesentlichen Hoffnungen mehr machen. Da waren es die Römer, die durch privaten Opfermut die Mittel zu einer neuen Flotte aufbrachten. Die in Rekordzeit erstellten 200 Penteren (Fünfruderer) waren eine gute Investition. Der Lohn ließ nicht lange auf sich warten: mit ihrem Seesieg bei den Ägatischen Inseln 241 v. Chr. zerschlagen die Römer eine karthagische Flotte, die mit Proviant für das sizilische Expeditionskorps unterwegs war. Mit dieser Aktion geht das dreiundzwanzigjährige Ringen zu Ende.

Der Frieden kostet die punische Kasse 3200 Talente, zahlbar in zehn Jahresraten. Außerdem ging die uralte Handelsmetropole Sizilien verloren. Den Römern bringt er die erste Provinz. Sie geben auf der Insel ihren Einstand als Administratoren und als per Gesetz legitimierte Ausplünderer (vgl. Kapitel IV: Der Bürgerkrieg). Die Kornkammer Sizilien mit ihrer strategischen Bedeutung als Sprungbrett nach Afrika stärkt Roms heraufdämmernde Stellung als imperiale Großmacht. Als Jahre später die Schwäche Karthagos durch meuternde Söldner ihren Höhepunkt findet, ist Rom als lachender Dritter zur Stelle und kassiert Sardinien und Korsika. Damit ist das Tyrrhenische Meer sowie das gesamte westliche Mittelmeer zum Mare Nostrum geworden.

Rom aber muß für diese billigen Erfolge als »Leichenfledderer« noch sehr viel Lehrgeld bezahlen. Die Gegensätze zu Karthago haben sich vertieft — und auf beiden Seiten beginnen Haß und Fanatismus zu keimen. In Karthago werden die Weichen für eine Familie — die Barkiden — gestellt, deren Leben dem Kampf gegen Rom gewidmet ist. Eines dieser Mitglieder wird die Erinnerung an Alexander den Großen wachrufen — und sein Feldherrntum wird von der Kriegsgeschichte in einem Atemzug mit den Taten Alexanders genannt werden.

Noch war die Zeit nicht reif für das Auftreten Hannibals. Das Ergebnis des 1. Punischen Krieges mußte erst von beiden Seiten »verdaut« werden. Wenn Zyniker den Frieden als die Zeit zwischen zwei Kriegen definieren, dann trifft dieser Spruch nirgendwo besser zu als auf die gespannte Lage zwischen Karthago und Rom im Zeitraum von 241—218 v. Chr. Formal herrschte zwar Friede, doch die Geschichte kennt das Phänomen Krieg auch in subtileren Formen als jenen des physischen Aufeinanderprallens (unseren »kalten Krieg« der 50er und 60er Jahre etwa).

Der 2. Punische Krieg 218 - 202 v. Chr.

Rom als Sieger des Zweikampfes mußte seine Neuerwerbungen sichern und energische Maßnahmen zur Verteidigung des Imperiums treffen. Zu Recht meint der englische Feldmarschall Montgomery, ». . . daß es den Römern gelang, die Eroberungen ihrer Feldherren zugunsten der Republik und später des Kaiserreiches politisch und administrativ zu festigen, eine Fähigkeit, an der es im klassischen Griechenland mangelt«.

Diese Aussage bezieht sich selbstverständlich auf den vorhandenen Besitzstand. Die Sicherung eines gegebenen militärischen, wirtschaftlichen und kulturellen Potentials läßt sich freilich nicht nur defensiv, sondern auch offensiv verwirklichen. Die römische »Vorwärtsverteidigung« erstrebte sichere natürliche Grenzen. Aufgrund der geographischen Lage war nach Inbesitznahme des italischen Stiefels bis nördlich des Apennin die Alpenbarriere das nächste natürliche Hindernis vor möglichen Invasionen. Die Hochgebirgslandschaft der Alpen galt seinerzeit für größere Truppenverbände als unpassierbar: Ein Irrtum, der sich in der Kriegsgeschichte oft wiederholen sollte (z. B. galten die bergigen Ardennen zu Beginn des Frankreich-Feldzuges von 1940 als natürliches Panzerhindernis, der »Sichelschnitt« widerlegte diese These). Wie ein Zufall mutet es an, daß gerade zu jener Zeit zahlreiche der in der oberitalienischen Ebene und im angrenzenden Alpengebiet ansässigen keltischen Völkerschaften zum Krieg gegen Rom aufriefen. Indes waren diese Keltenvölker zu uneins, einzig auf den eigenen Vorteil bedacht. Den Römern gelang es in vielen, teilweise dramatischen Runden, mit diplomatischen und schließlich militärischen Mitteln, die italischen Kelten nacheinander zu besiegen. Der 2. Punische Krieg wird die antike Linientreue angesichts harter Prüfungen als eine physische und psychische Probe herausstellen, der die von Rom Beherrschten und Unterworfenen nicht immer gewachsen waren. Auch im Mittelmeerraum zeichnete sich die römische »Rundumsicherung« ab. Korsika und Sardinien wurden steuerpflichtige Provinzen. Im Adriatischen Meer wurden die unbotmäßigen illyrischen Piraten samt ihrer Schutzpatronin, der illyrischen Königin Teuta, tributpflichtig. Römisches Recht setzte sich dank eindrucksvoller Flottenpräsenz durch und ermöglichte friedlichen Handelsaustausch.

Im Innern waren die Verhältnisse stabil. Diese innere Stärke kam nicht von ungefähr. In einer endlosen Kette von Feldzügen war das römische Volk zur italischen Wehrgemeinschaft zusammengeschmiedet worden. Der Blick war in solchen kriegerischen Zeiten nach außen gerichtet und übersah so leicht die sozialen Spannungen im Innern, die unterirdisch weiterschwelten und schnell in einem allgemeinen Bürgerkrieg zum Ausbruch kommen konnten. Aber das Primat der Außenpolitik war nicht nur ein Ablenkungsmanöver, sondern auch Ausdruck der exponierten Lage inmitten einer feindlichen Umwelt. Roms Patriotismus, geweckt durch sein eigentümliches Staats- und Verfassungsverständnis — (vgl. Kapitel IIb) — sowie durch seine »Antwort« auf »äußere Herausforderung« (vgl. Toynbees

Geschichtstheorien), sollte noch für geraume Zeit einen Schleier über die soziale Lage im Innern legen.

Während sich Rom solcherart — räumlich — auf die nächste Runde mit Karthago vorbereitete, war dort der Tiefpunkt überwunden. Die Ordnung im Innern der Handelsrepublik war wieder hergestellt, die römischen Bedingungen wurden erfüllt. Der Verlust der sizilianischen Stützpunkte nach 400 Jahren Herrschaft sowie die Wegnahme Korsikas und Sardiniens schmerzten zwar, aber die guten Geschäfte trösteten über diesen Verlust hinweg. Das einzige Machtkapital Karthagos war sein schon in Sizilien unbesiegt gebliebener Feldherr Hamilkar Barkas. Er machte binnen kurzem Schluß mit meuternden Söldnern und besaß vor allem genug Phantasie, um Karthago im vertagten Konflikt mit Rom in eine günstigere Ausgangsposition zu bringen. Es galt Soldaten, Hilfsquellen und Operationsbasen in die karthagische Waagschale einzubringen, »um gegenüber Rom nicht für zu leicht befunden zu werden«. Hamilkar ging mit einem aus libyschen Rekruten und Söldnern gebildeten Heer nach Spanien. Hier unterwarf er in zahlreichen Feldzügen die einheimischen iberischen Stämme, ohne die Unterstützung oder den Auftrag der karthagischen Regierung »in der Hinterhand« zu haben. (Hierüber existieren widersprüchliche Quellenangaben.) Er kam aber nicht nur als Eroberer, sondern auch als Staatsmann. Allmählich brachte er die ganze Süd- und Ostküste Spaniens unter seine Kontrolle. Städte und Stützpunkte wurden angelegt, worunter Cartagena der bedeutendste wurde. Um ein erobertes Gebiet als scharfe Waffe zu gebrauchen, ist mehr notwendig als die pure Macht der Waffen. Hamilkar und sein Schwiegersohn Hasdrubal sorgten für eine gesunde Wirtschaft, was wiederum den karthagischen Händlern zugute kam (besonders die Ausbeutung der reichen Eisenlager und anderer Rohstoffe). Diese neuen Provinzen mußten auch den Rest der Kriegsentschädigungen aufbringen. Ferner diente Spanien den Barkiden als Rekrutierungsbasis und Kriegskasse für die im Entstehen begriffene Söldnerarmee.

Als 221 v. Chr. Hasdrubal ermordet wurde, wählte die Armee

den Sohn Hamilkars — Hannibal — zum Oberbefehlshaber. Mit Hannibal betrat ein Mann die Bühne der Weltgeschichte, der vom Vater systematisch zum Haß und Kampf gegen Rom erzogen wurde. Schon früh mit dem Militärdienst vertraut, besaß er alle Eigenschaften eines tapferen Soldaten und überlegenen Feldherrn, unter denen die römischen Legionäre später so zu leiden hatten.

Von der Armee zum Nachfolger erkoren, ging er daran, die Lebensaufgabe der Barkiden, Rom zu schlagen, Wirklichkeit werden zu lassen. Zunächst sicherte er die vom Vater und Schwager übernommenen Positionen und brachte das gesamte Gebiet südlich des Ebro unter karthagische Militärverwaltung. Seine Stellung im Vaterland, wo republikanische Kreise höchst unbehaglich das Entstehen einer Familiendiktatur verfolgten, wurde aus Dankbarkeit gegenüber dem Vater und wegen der Öffentlichkeit offiziell bestätigt. Nun konnte Hannibal der Unterstützung der Heimat sicher sein, wenngleich nur zeitweilig und schleppend. Der Krieg konnte beginnen. Über den Charakter dieses entscheidenden Krieges berichtet uns Livius, Roms Staatsbiograph: »Kaum jemals kämpften mächtigere Staaten und Völker gegeneinander, dazu mit einem solchen Maß von Angriffsgeist und Widerstandskraft.«

Was aber hatte Rom getan, um den Barkiden zu begegnen? Rechtzeitig vom griechischen Verbündeten Massalia (Marseille) auf das rapide Erstarken des römischen Rivalen aufmerksam gemacht, befand sich Rom in einer militärischen Zwangslage. Einerseits war es in Norditalien und Illyrien sowie an der makedonischen Grenze engagiert, andererseits begriff es die immer größer werdende strategische Bedrohung. Um wichtige Versorgungslinien für Zinn aus Cornwall zu sichern und um die eigenen Handelsinteressen zu wahren, schloß Rom noch 236 v. Chr. mit Hasdrubal den Ebro-Vertrag. Die karthagische Interessensphäre wurde auf die Gebiete südlich des Ebros festgelegt. Die an dieser Grenzlinie gelegene Stadt Sagunt begab sich nach Vertragsabschluß unter römischen Schutz. Hannibal fand in Sagunt den Anlaß zur »Entfesselung des 2. Punischen

Krieges«. Er provozierte unter fadenscheinigen Vorwänden Sagunt und griff es auf eigene Faust an. Die betroffenen Römer stellten sich auf den Rechtsstandpunkt und verlangten die strikte Einhaltung des Ebro-Abkommens sowie die Auslieferung Hannibals. In Karthago war nur eine Minderheit geneigt, dem stattzugeben. Die Mehrheit aber war bereit, an der Seite ihres Idols in den Krieg zu ziehen. Mit dem Fall Sagunts waren die Feindseligkeiten eröffnet.

Hannibals Feldzugsplan sah die maritime und militärische Sicherung Spaniens und Afrikas vor, während er selber mit der Masse seines großen Heeres die Alpen überqueren wollte, um in Norditalien einzufallen. Diese Idee basierte auf folgenden Voraussetzungen:

1. Rom besaß die Vorherrschaft zur See. Kombinierte See-Land-Operationen großen Stils hatten die Unbilden des Wetters gegen sich. Auch war die Kampfkraft und Stärke der römischen Flotte nicht richtig einschätzbar. Außerdem mußte die karthagische Flotte zwecks Sicherung der Nachschublinien und Küsten defensiv bleiben.
2. Das römische Staatswesen war in Norditalien am wenigsten konsolidiert. Bei den dortigen keltischen Stämmen konnte Hannibal mit Zulauf rechnen. Noch waren die Wunden der Vergangenheit nicht recht vernarbt. Überdies bot die Po-Ebene günstige räumliche Voraussetzungen für ein Bündnis mit dem makedonischen Königreich.
3. Schließlich mußte Rom als Militärmacht auf seinem eigenen Boden militärisch ausgebootet werden (schon aus Zeitgründen konnte sich Hannibal keinen langen und raumgreifenden Feldzug erlauben).

Eine unbekannte Größe waren noch die Völkerschaften, durch deren Stammesgebiet der Zug Hannibals erfolgen sollte. Zwar arbeiteten karthagische Diplomatie und Spionage exzellent, allein — sicher war nichts. Hannibal kannte keine Vorbilder, die mit solcher Tollkühnheit in geographisches Neuland vorgestoßen waren, wenn man einmal von Alexander dem Großen absieht. Hannibals Pioniertat des schwierigen Alpenübergangs kann sich neben seinen Schlachterfolgen durchaus sehen lassen.

Roms Plan sah eine Neuauflage des 1. Punischen Krieges vor. Zwei Konsuln sollten mit der Flotte Invasionsarmeen in Spanien und Nordafrika absetzen. Man wollte den Krieg offensiv in Feindesland tragen, was für den strategischen Weitblick der Römer spricht. Hannibal wäre somit auf dem italischen Festlandstiefel isoliert gewesen.

Beide Entwürfe waren logisch durchdacht und dennoch voller Imponderabilien. Hannibal brach mit 90 000 Mann Fußtruppen, 12 000 Reitern und mit seiner »Panzertruppe« von Elefanten in Spanien auf. In Oberitalien sollte er mit 20 000 Fußsoldaten und 6000 Reitern eintreffen. Die Differenz erklärt sich aus Gefallenen, Deserteuren und infolge Erschöpfung, Krankheit und Hunger »Ausgeschiedener«.

Welche Einschätzung der militärischen Kraft Roms besaß Hannibal? Polybios deutet in einer Aufstellung anläßlich der Unterwerfung Norditaliens an, daß der Römische Bund nahezu 800 000 Mann unter Waffen hatte. Eine Gegenüberstellung, die eine eindeutige Sprache spricht, wenngleich man den antiken Zahlenangaben nicht unbedingt trauen kann. Und doch brauchte Hannibal vor dieser gewaltigen Streitmacht nicht zu resignieren. Die Masse der Legionen war als Besatzungstruppe in einer Unzahl befestigter Standorte gebunden und mußte das eroberte Land sichern. Für das aktive Feldheer konnten die Römer auch nur begrenzte Truppen bzw. Legionen bereitstellen. Dieses Feldheer wiederum wurde auf die einzelnen Kriegsschauplätze verteilt, so daß sich die Kräfte zersplitterten. Sicherlich spekulierte Hannibal sowohl auf norditalische Verstärkungen von Galliern und Ligurern als auch auf italische Überläufer bei karthagischen Siegen. In zahlreichen Veröffentlichungen wird Hannibal als strategisches Genie gefeiert. Es muß aber gesagt werden, daß einige dieser Autoren bisweilen Strategie mit simpler Taktik verwechseln. Hannibal war ein hervorragender Organisator und Menschenführer, ein begabter Taktiker der Schlachtentwürfe, ein strategisches Genie war er schwerlich — gewinnen letztere doch ihre Kriege. Im Haß auf Rom erzogen, kannte er Karthago und Spanien, nicht aber das in seinem Selbstverständnis wesensverschiedene Rom. Beide Kulturkreise können eben nicht auf einen gemeinsamen Nenner gebracht werden, weil sie nicht direkt vergleichbar sind.

Eine Zwischenfrage, die jedoch den Fluß des Geschehens tangiert: Was macht denn eigentlich den großen Strategen aus?

Darauf gibt es eine indirekte Antwort: Ein Feldherr kann gegnerische Truppenstärke und Schlachtplan, Rüstungsumfang und sonstige militärische Hilfsquellen ins Kalkül ziehen und darauf aufbauen. Ein Stratege aber muß tiefer blicken! Er muß Einblick haben in die Bereiche von Politik, Wirtschaft und Völkerpsychologie. Erst dann kann er seinen Kriegsplan aufbauen. Aber da greifen wir nach den Sternen — die Antike dachte einfacher, handlicher (waren die Lebens- und Wirtschaftsverhältnisse doch überschaubarer).

Welche Gefühle und Ideen treiben Tausende unbekannter Soldaten an, ihr Leben in diesem gewaltigen, jahrelangen Ringen aufs Spiel zu setzen? Auf punisch-karthagischer Seite kämpfen Söldner vieler Länder letztlich für klingende Münze und aus Beutegier. Das Charisma ihres Feldherrn vermag nicht immer zu verdecken, daß die volle Kriegskasse und die Aussicht auf Plünderungen vordergründiger sind als der Wunsch, mit Rom abzurechnen. Karthagos führende Leute können ihre Vergangenheit nicht leugnen, sind sie doch phönizische »Krämerseelen« und Handelsherren, die immer dann zu feilschen beginnen, wenn die eingesetzten Mittel den möglichen Ertrag übersteigen. Am Ende des 2. Punischen Krieges ging ihre Rechnung dann nicht auf . . .!

Für Rom dagegen marschierten Legionen, die ihr Vaterland, ihre Familien und nicht zuletzt ihre Freiheit — der Form nach! — verteidigen. Mit dem Rücken zur Wand fechtend werden sie noch im Moment der totalen Niederlage sich ihren Glauben an Rom als Staatsprinzip zäh bewahren! Kurz gesagt: der Bürger tritt gegen den Söldner an. Die republikanische und straff organisierte Armee gegen den seinem Feldherrn hörigen Söldner-haufen. Römische Pflichterfüllung und Treue kontra Haß und Beutegier. Freilich ist dies kein blinder Haß mit dem Ziel voll-ständiger Vernichtung Roms. Staatsmännisch meint zumindest Hannibal: »Ich bin nicht gekommen, um gegen die Italiker zu kämpfen, sondern ich kämpfe für die Italiker gegen Rom!« (Livius) Einzig der Stadt Rom galt der Kampf. Also der Zelle des »zusammengeräuberten Staates« (Hegel).

Rom ist zu dieser Zeit aber nicht mehr der gnadenlose Unter-jocher der Nachbarvölker von gestern, sondern es ist Schutz-macht Italiens, die von ihren Bundesgenossen nimmt und dies mit Leistungen (zugegebenermaßen bescheidenen) vergilt. Wenn Hannibal ohne Belagerungsgerät die Halbinsel betritt, scheint er zu glauben, daß ihm die italischen Städte willig ihre Tore öffnen. Da dem nicht so ist, wird sich der Krieg über nahezu zwei Dekaden erstrecken und in der Geschichte Spuren ohne-gleichen hinterlassen. Beim Endkampf um die antike Weltherr-schaft wird der Sieger von Cannae dem Untergang näher sein als der Besiegte.

Nach diesem theoretischen Vorspann nun zum eigentlichen Kriegsverlauf:

Nach seinem Aufbruch aus Spanien gelangt Hannibal ohne Feindberührung über die Alpen. Rom unterließ es, den Gegner rechtzeitig schon in Spanien oder während des Marsches zu stellen. Damit verzichtet man römischerseits von vornherein auf die Unterstützung keltischer Stämme, die gegen Karthago eingestellt waren.

An der Rhône verfehlt ein konsularisches Heer den Abmarsch der Karthager um ganze drei Tagesmärsche. Diese Unterlassung wird sich bitter rächen. Damit wird der Krieg nach Hannibals Alpenübergang auf den Boden Italiens getragen. In Oberitalien bedarf die arg geschundene Truppe Hannibals dringend der Rast und Auffrischung. Roms Heere sind zur rechten Zeit am falschen Ort (sah der Kriegsplan doch Offensiven gegen Spa-nien und Nordafrika vor). Eine Hauptarmee ist in Spanien gelandet, und eine zweite befindet sich an der sizilischen

Küste: bereit, um von dort aus den Sprung nach Afrika zu wagen. Lediglich ein römisches »Korps« unter dem Kommando Scipios steht auf dem norditalischen Kriegsschauplatz zur Verfügung. Ganze 20 000 Mann stark. Dieses Heer hatte nur die Aufgabe, die noch sporadisch rebellierenden Kelten in Schach zu halten. Jetzt aber war es überfordert. Dennoch marschierte Scipio den Karthagern entgegen (rechtzeitig kamen die in Sizilien stehenden Kräfte noch heran). In dem Reitertreffen am Ticino überrumpelte die schwere numidische Reiterei diejenige der Römer. Daraufhin vermied Scipio die offene Feldschlacht und zog sich unter Aufgabe der Po-Ebene zurück. Hannibals Zulauf aus gallischen und keltischen Freiwilligen wuchs. Indes gelang es den Römern, sich an der Trebia — einem kleinen Fluß — mit einem Ersatzheer auf 40 000 Mann zu verstärken. Gut verschanzt in einem Lager hatte man einen taktischen Vorteil und konnte den Vormarsch des Feindes verhindern. Nun war Hannibal am Zug. Mit der ihm eigenen List lockte er die Römer unter Vorgaukelung eines leichten Sieges über den Fluß und erzwang die Schlacht. Die Römer wurden vernichtend geschlagen. Nur 10 000 Mann entkamen dieser Falle. Sie flüchteten in die rückwärtigen Festungen Cremona und Pacentia. Der »Marsch auf Rom« konnte beginnen. Allein »General Winter« ließ Hannibal feste Quartiere aufsuchen. Er organisierte die Erhebung der cisalpinen Gallier und beschränkte sich darauf, seine Position zu stärken. Es erwies sich wieder einmal, daß bei Wankelmütigen nichts so erfolgreich ist wie der Erfolg. 60 000 Fußsoldaten und 4000 Berittene schlossen sich seinem Heer an.

Wie ging es weiter?

Wir wollen uns von Hannibals jahrelangen Feldzügen und Schlachten auf dem italischen Kriegsschauplatz — von 218—203 v. Chr. —, vor allem mit der großen Vernichtungsschlacht (besser Umfassungsschlacht) bei Cannae auseinandersetzen, da sie als Muster und Vorbild späterer Strategien galt. Vergleiche mit dem deutschen Schlieffen-Plan kurz vor dem I. Weltkrieg, ferner mit der Tannenbergschlacht gleich zu Beginn des I. Welt-

krieges 1914 sowie mit den Umfassungsschlachten der Hitler-
schen Wehrmacht im ersten und zweiten Feldzugsjahr gegen die
Rote Armee sowie deren Sieg bei Stalingrad sind hier durchaus
angebracht, wenn man Abstecher in die Kriegsgeschichte wagt.
Als »umgekehrtes Cannae« soll die letzte Entscheidungsschlacht
des 2. Punischen Krieges Erwähnung finden, die bei Zama das
Meister-Schüler-Verhältnis umkehrte: Hannibal fand seinen
Bezwinger in einer offenen Feldschlacht. Natürlich waren die
Kriegsjahre zwischen diesen beiden Entscheidungs- bzw. Ver-
nichtungsschlachten mit zahlreichen kriegerischen Unternehmungen wie Belagerungen, Märschen und Gefechten einschließlich schonungsloser Plünderungen »ausgefüllt«. Diese Aktionen
waren jedoch nicht kriegsentscheidend. Weder die größere
Schlacht am Trasimenischen See noch die Ereignisse in Süditalien, Sizilien oder in Spanien konnten daran etwas ändern.

Die Vernichtungsschlacht von Cannae gilt als die militärische
Katastrophe des römischen Heeres, von der sich die Römer
erstaunlicherweise bald erholen sollten (während sich die Deutschen von Stalingrad nicht erholten).

Warum wurde das immerhin ca. 8 Legionen starke römische
Heer von den zahlenmäßig schwächeren Streitkräften Hannibals
geschlagen? Weil die Taktik der beiden römischen Konsuln und
Feldherren an diesem schicksalhaften Tag derjenigen Hannibals
unterlegen war (hinsichtlich der Aufstellung der Legionen zur
Schlacht). Außerdem waren die beiden Oberbefehlshaber unter-
schiedlicher Ansicht, wie den Karthagern zu begegnen sei.
Aemilius Paullus bevorzugte eine hinhaltende Ermattungsstrate-
gie (als Schüler des berühmten Fabius »Cunctator«), während
T. Varro für eine offensive Entscheidungsstrategie eintrat.

Unglücklicherweise wechselten sich beide täglich im Kommando ab, so daß am Tage von Cannae — im August 216
v. Chr. — der ungestüme und unbegabte Varro als Oberbefehlshaber mit seiner Meinung durchdrang. Der Ablauf dieses gigantischen Gemetzels ist bekannt; den Ausschlag gab die besser
ausgebildete, zudem zahlenmäßig stärkere numidisch-kartha-
gische Reiterei, der die römische des linken Flügels unter dem

bedächtigen Paullus nicht gewachsen war. Außerdem hatte Hannibal im Zentrum der Schlacht seine schwächere Fußtruppe keilförmig aufgestellt und an den beiden Flügeln des Keils seine besten Infanteriereserven postiert, die den auf engstem Raum vordringenden römischen Fußtruppen zangenförmig in die ungeschützten Flanken fielen. Die an sich gute römische Manipulartaktik — Aufmarsch der Infanterie in größerem, schachbrettartigem Abstand — konnte sich hier nicht bewähren, da Varro auf engstem Raum immer stärkere Fußtruppen gegen den weichenden karthagischen Keil entsandte. So verloren die Legionen ihre vorzügliche Beweglichkeit im Angriff. An die Sicherung seiner Flanken hatte Varro nicht gedacht, weil er sich eben auf den Frontaldurchbruch versteifte. So stürzten die Römer buchstäblich immer tiefer in ihr Verhängnis.

Zwischen den parallel verlaufenden karthagischen Flanken wurde die von drei Seiten eingedrückte römische Fußtruppe förmlich zermahlen. Die numidische Reiterei umfaßte die unglücklichen Legionen im Rücken, nachdem sie die römische Kavallerie vernichtet hatte. Der Rest ist Metzelei — Routine.

Diese schwere Niederlage trug zu einer Abänderung des Kriegsplanes bei, denn von nun an beschränkten sich die Römer und ihre Bundesgenossen darauf, Hannibal systematisch zu ermatten (wie sie es vor Cannae schon praktiziert hatten). Trauten sie sich doch keine offene Feldschlacht mehr zu (mit einigen wenigen, unbedeutenden Ausnahmen, die beiden Seiten nichts einbrachten).

Ihre Ermattungsstrategie sah die Unterbrechung und Abschnürung der karthagischen Nachschublinien über Land und zur See vor. Zusätzlich ergriffen sie auf den Nebenkriegsschauplätzen in Spanien, Sizilien und in Makedonien die Initiative; schlugen karthagische Entsatzheere in Spanien (u. a. Hannibals Bruder Hasdrubal), eroberten dies Land und hielten mit ihrem Sieg bei Apollonia die Makedonen unter Philipp V. von einer Landung in Unteritalien ab. Es gab einige Seegefechte, doch beschränkten sich beide Flotten auf die Sicherung ihrer jeweiligen Küstengebiete. Einzig Hannibal war nach all den karthagischen Niederlagen und Fehlschlägen noch unbesiegt, stand dazu noch tief in Feindesland, verlor aber seine rückwärtige Operationsbasis Sizilien (wo 212 der berühmte Erfinder und Mathematiker Archimedes bei der Eroberung Syrakus' durch die Römer umkam). Dies mußte natürlich seine Operationen in Süditalien beeinträchtigen.

Sein gegnerischer Feldherrenkonkurrent Scipio der Jüngere trug nun den Krieg nach Afrika, um dem verhaßten Gegner Karthago den Todesstoß zu versetzen. Er konnte diesen gewagten Schritt ruhigen Gewissens durchführen, war in Spanien doch keine Flankenbedrohung zu gewärtigen.

Der römische Entscheidungssieg am Metaurus in der Po-Ebene ließ den karthagischen Kriegsplan einer Vereinigung der Streitkräfte Hasdrubals mit denen Hannibals illusorisch erscheinen. Karthago war nicht Rom, verfügte über kein stehendes »Heimat- und Ersatzheer«, das sich den Römern auf afrikanischem Boden entgegenzustellen vermochte. Deshalb wurde Hannibal nach Afrika zurückgerufen, um das Vaterland zu retten bzw. zu verteidigen. Zwischenzeitlich hatte Karthago vorsichtshalber einen Waffenstillstand mit Rom abgeschlossen, der den Machtverhältnissen Rechnung trug. Als aber Hannibal mit seiner Armee auf afrikanischem Boden erschien, brach Karthago das Abkommen. Es hoffte auf einen Sieg über die Römer, zumal sein großer Feldherr höchstpersönlich dies Unternehmen leitete. Vor der Entscheidungsschlacht von Zama gab es noch ein denkwürdiges Treffen zwischen den beiden großen Heerführern. Hannibal plädierte für eine friedliche Einigung, mußte aber Scipios bedingungslose Kapitulationsforderung ablehnen. »So mußten die Waffen das letzte Wort sprechen« (Gavin de Beer: »Hannibal — Ein Leben gegen Rom«). Ergreifend sodann die beiderseitigen Appelle an die Soldaten, in dieser entscheidenden Schlacht wirklich bis aufs Letzte zu kämpfen. Hannibal erinnerte seine Soldaten an die einstige Größe der Armee, die noch in keiner offenen Feldschlacht besiegt worden war, ferner an die personelle Überlegenheit der eigenen Seite sowie an das Los, das Kinder, Frauen und Greise bei einem römischen Sieg treffen mußte (diese und Scipios »Durchhalterede« erinnern an ähnlich lautende Tagesbefehle Napoleons und Hitlers vor entscheidenden Unternehmen bzw. Schlachten).

Hannibal war demnach Zweckoptimist (vgl. Polybios, »Historien«). Er hat in diesem Treffen, dem entscheidenden des 2. Punischen Krieges, »keine Fehler gemacht«, wie uns der schon erwähnte britische Feldmarschall Montgomery in seiner »Weltgeschichte der Schlachten und Kriegszüge« versichert. Zum ersten Mal mußte Hannibal auf sein Patentrezept des Umfassungsgedankens verzichten, da seine Reiterei quantitativ und qualitativ unterlegen war (sein Verbündeter Masinissa war inzwischen mit seiner Reitertruppe zu den Römern gestoßen). Ferner setzte sich seine Armee praktisch aus dem letzten Aufgebot zusammen. Darunter litten Ausbildung und Durchhaltevermögen. Er stellte deshalb seine Taktik auf eine Frontalschlacht um. Siegreich konnte man sein, wenn das römische Zentrum zerschlagen war und die eigenen Infanteriereserven des dritten Treffens, die italischen Veteranen, bei einem raschen Vormarsch möglicherweise für eine Zeitlang die überlegene gegnerische Reiterei auf den Flügeln beschäftigten, um diese an der Umfassung der eigenen Kräfte zu hindern, bis die gegnerische Infanterie vernichtet war.

Man sieht, Hannibal war ein vorsichtiger und realistischer Stratege, der seine Truppen taktisch gut vorbereitet in die Schlacht schickte, in der auch ohne Umfassung ein Sieg denkbar war. Zahlenmäßig war ja die karthagische Seite im Vorteil. Als bewegliche Angriffswaffe dienten den Karthagern Elefanten, die als erste in das gegnerische Zentrum einbrechen sollten. Aber diese »Panzer der Antike« hatten ihre Schwächen, war doch ihr Verhalten nie recht einzuschätzen (vergleichbar den Panzern unserer Tage). Hinter den Elefanten hatte Hannibal seine Fußtruppen in drei tiefgestaffelten Reihen bzw. Treffen und Linien aufgestellt, die den Frontaldurchbruch der »Dickhäuter« (de Beer) nutzen sollten. An beiden Flügeln stand seine spärliche Reiterei von jeweils 1000 Reitern.

Es kam, wie es kommen mußte.

Die römische Reiterei warf die karthagische, nachdem die Elefanten dank Scipios raffinierter Taktik ins Leere stießen, teils auch auf die eigenen Linien abgedrängt wurden. Die 80 Elefanten griffen zwar frontal an, wurden aber von der römischen Fußtruppe in leere Gassen gelockt, wo sie kaum Schaden anrichteten.

Nun eröffnete die römische Infanterie den Angriff auf Hannibals erste Linie, die von kampfstarken Galliern und Ligurern gebildet wurde. Sie wurde geworfen, fand aber bei ihrer zweiten Linie — afrikanischen und karthagischen Rekruten — keine Aufnahme, so daß beide Linien nach harten Kämpfen weichen mußten. Hannibals dritte Linie — die aus italischen Veteranen gebildete Reserve — focht nun gegen die erschöpften Römer. Die Schlacht nahm keine entscheidende Wendung, zumal die römischen Leicht- und Schwerbewaffneten nach dem gelungenen Frontaldurchbruch vom erbitterten Kampf mit beiden karthagischen Linien physisch gezeichnet waren, während Hannibals Reserve ja noch frisch war. Die Entscheidung brachte die römische Kavallerie, vor allem die des verbündeten Masinissa, die — Ironie der Geschichte! — Hannibals Truppen in den Rücken fiel, nachdem Scipio die karthagischen Linien rein frontal mittels Verlängerung seiner eigenen Kampflinie zu umfassen begann. Damit war Scipio der Sieger, wogegen Hannibal trotz taktischem Geschick der Schlacht keinen günstigen Ausgang geben konnte. Die Umstände hatten ihn bezwungen.

Es ist oft gefragt worden, warum und weshalb Hannibal nach strahlenden Anfangserfolgen schließlich doch noch den Römern erlag? Mögliche Gründe sind:

1. Hannibal handelte vielleicht zu politisch — paradoxerweise! (großer Respekt vor Rom als politischer Schaltzentrale — mißlungene Abwerbungsversuche bei Roms Bundesgenossen)

2. Selbstmörderische Toleranz gegenüber der unfähigen karthagischen Staatsführung: diese handelte einzig nach wirt-

schaftlichen Gesichtspunkten und Interessen. Verständlich bei einer Führungsspitze von Kaufleuten und Grundbesitzern.

3. Rein militärische Gründe:
   a) die Vernichtungsschlacht bei Cannae wurde nicht entscheidend ausgenutzt. Hannibal versäumte die Vernichtung der römischen Garnisonen auf dem eroberten Festland (diesen Fehler sollte Hitler 1940 bei Dünkirchen begehen!),
   b) Hannibal verfügte über kein schweres Belagerungsgerät, mit dem man Rom und die größeren Städte hätte nehmen können,
   c) die überdehnten Nachschublinien bei der damaligen Transportlage,
   d) die bedrohten Flanken auf den westlichen und östlichen Kriegsschauplätzen (in Spanien, Südfrankreich, Sizilien, Makedonien),
   e) schließlich die personelle und materielle Ersatzlage. Hier konnten sich die Karthager trotz allen Reichtums in keiner Weise mit dem anscheinend über schier unerschöpfliche Material- und Menschenreserven gebietenden Rom messen. Rom hatte zeitweilig fast 1 Million Mann unter Waffen.

Und doch beherrscht Hannibal als legendärer Heerführer die Geschichte und unser Denken (vor allem in den Generalstabskreisen der deutschen Armee bis 1945), während sein nicht minder brillanter Gegenspieler Scipio der Jüngere einzig als Sieger des 2. Punischen Krieges in die Geschichte eingegangen ist.

Es lag vielleicht daran, daß Scipio *der* Schüler Hannibals in militärisch-strategischen Dingen war und schon in seinen jungen Jahren vom Glück verwöhnt wurde, was nicht gerade ein Vorzeichen »historischer Größe« ist. (Später überwarf er sich bekanntlich mit Rom und endete ähnlich wie sein großer Gegenspieler Hannibal.) Karthago schied als Großmacht aus, mußte sämtliche Besitzungen im Mittelmeer einschließlich Spanien an Rom abtreten — und bekam einen Friedensvertrag, der vom Sieger diktiert wurde.

Die Kämpfe im Osten 200-146 v. Chr.

Kaum war der 2. Punische Krieg beendet, wandte sich das siegreiche Rom nach dem Osten, um einen weiteren Machtrivalen auszuschalten: Makedonien. Es war das zweite Mal, daß es die römischen Legionäre mit griechisch-hellenistischen Heeren großen Stils zu tun hatten (nach dem Krieg mit Pyrrhus). Abgesehen die Episode von Apollonia im 1. Makedonischen Krieg, also während der Zeit des 2. Punischen Krieges.

Der äußere Anlaß war die wachsende Expansionspolitik Philipps V., der mit dem Seleukiden Antiochos III. von Syrien eine Neuaufteilung der ägyptischen Gebiete außerhalb des Kernreiches am Nil plante. Für seinen Teil dachte der Makedone wohl in erster Linie an die griechischen Städte und Gebiete (ein Mini-Alexander sozusagen). Damit war auch der beginnende »Osthandel« Roms gefährdet, da die maritimen Handelswege jederzeit gesperrt werden konnten. Etwa der Verkehr mit den illyrischen Gebieten.

Zusätzlich war der makedonische Rivale während des 2. Punischen Krieges Verbündeter des gefürchteten Hannibal gewesen, was die Meinung Roms nicht gerade günstiger stimmte. Dieser zweite makedonische Krieg dauerte nur drei Jahre und sah die römischen Legionen nach anfänglichen Mißerfolgen als Sieger aus ihm hervorgehen (Schlacht bei den »Hundsköpfen« in Thessalien 197 v. Chr., dem einzigen größeren Treffen).

Makedonien wurde auf seine ursprüngliche Größe zurückgeworfen, was den Römern Gebiete auf dem Balkan als Siegespreis bescherte (Illyrien, Thessalien und griechische Festungen). Der römische Feldherr Flamininus verkündete bei dieser Gelegenheit die Freiheit der Griechen vom »makedonischen Joch«, obwohl das politisch machtlose und zerrissene Griechenland einzig seine Herren wechselte.

Der nächste Gegner, der die römische »Schutzherrschaft« über Griechenland nicht anerkannte, war Syrien, das unter Antiochos III. eine große Machterweiterung erfahren hatte (u. a. Festsetzung in der Ägäis). Der griechisch-ätolische Bund — einer der zahllosen von den griechischen »Staatsnarren« (Nietzsche) gegründeten Bünde — unterstützte seinen Krieg, war er doch gegen die ausgreifenden Interessen Roms gerichtet (übrigens diente der exilierte Hannibal als strategischer »Berater« am syrischen Hof). Bei den Thermopylen — dieser historischen Stätte — schlugen die römischen Legionen das seleukidische Heer. Kurz darauf bei Magnesia — auf kleinasiatischem Boden — entscheidend. Ungeheure Siegesbeute für Rom: 15 000 Talente, die Kriegsflotte und die syrischen Elefanten. Das mit Rom verbündete Königreich Pergamon bekam als Siegesbeute die Gebiete um den Taurus. Syrien hörte als hellenistische Großmacht auf zu existieren. Dem angeschlagenen Makedonien bereitete Rom bei Pydna 168 v. Chr. sein staatliches Ende, was auf die restlose Absicherung der römischen Weltgeltung auch im östlichen Mittelmeer hinauslief. Restliche Aufstände und Erhebungen schlug Rom blutig nieder: so 167 v. Chr. im Gebiet um Epeiros (Zerstörung von 70 Städten und Verkauf von 150 000 Einwohnern in die Sklaverei italischer Latifundienbesitzer), 147 v. Chr. Niederwerfung der makedonisch-griechischen Unabhängigkeitsbewegung (Plünderung und Zerstörung der Kulturmetropole Korinth). Makedonien und Griechenland wurden Provinz, Athen und Sparta abhängige Satelliten. Der friedliche Erwerb des kleinasiatischen Königreichs von Pergamon — durch Erbschaft — rundete die Herrschaft im Osten vorläufig ab.

Der 3. Punische Krieg 149 - 146 v. Chr.

Der 3. Punische Krieg von 149 bis 146 v. Chr. war für die krieggewohnten römischen Legionen eine Formsache, da sich Karthago von den katastrophalen Friedensbedingungen des 2. Punischen Krieges nie mehr erholte. Allerdings provozierten die Römer diesen letzten Krieg geradezu, da sie unannehmbare Forderungen stellten — u. a. wurden sie von Cato dem Älteren und der aristokratischen Senatspartei vorgebracht —, die praktisch auf staatlichen Selbstmord hinausliefen.

Militärisch wurde Karthago hauptsächlich durch Abdrosselung seiner Versorgungswege unterworfen. Der Rest war die völlige Liquidierung dieser alten Handelsstadt. Eine neue Provinz war »geboren«. Bezeichnenderweise erhoben sich auch in den iberischen Ländern die Einwohner, die den römischen Legionen arg zusetzten (monatelange Belagerung der kleinen Bergfeste Numantia, die erst durch Aushungerung bezwungen wurde). Die römische Armee war nach einem knappen Jahrhundert ununterbrochener Kriege, Kämpfe und Feldzüge sowie sogenannter »Befriedungsunternehmungen« am Ende ihrer physischen und moralischen Kraft — was der anschließende Krieg gegen den Numidierkönig Jugurtha deutlich zeigte.

Fassen wir noch einmal die Leitideen römischer Kriegspolitik zusammen:

1. Ablenkung von inneren Schwierigkeiten (soziale Spannungen zwischen Plebejern und Patriziern, die schwebende Boden- und Agrarfrage).
2. Die »nationale« Einigung der italischen Halbinsel »mit dem Schwert«, danach konsequentes Ausgreifen auf fremde Gebiete und Länder.
3. Daneben handelspolitische Motive: Ausschaltung der karthagischen, rhodischen und griechischen Konkurrenz auf dem damaligen »Weltmarkt«.

Diese drei Beweggründe haben sich zeitlich und sachlich gekreuzt, was manche Historiker so deutlich nicht sehen mochten, da sie einzelne Aspekte verabsolutierten (etwa der Historiker Th. Mommsen unseren 2. Punkt).

b) Resultat: Rom als erste Weltmacht des Mittelmeerraums

Mit dem Endsieg gegen die See- und Handelsmacht Karthago, der immerhin über ein Jahrhundert auf sich warten ließ — von 264 bis 146 v. Chr. — hatte Rom praktisch die Weltherrschaft im Mittelmeerraum gewonnen, denn die abschließenden Kriege gegen Makedonien, Syrien und den Achäisch-griechischen Bund waren nur noch von sekundärer Bedeutung. Die Nachfolgerstaaten Alexanders des Großen konnten in diesen Auseinandersetzungen weder militärisch, politisch noch moralisch mit der jungen Weltmacht mithalten, da diese hellenistischen Diadochenreiche als uralte Kulturstaaten in jeder Beziehung abgewirtschaftet hatten (der Philosoph nennt's »Herbst« eines Volkes). Zudem verdankte Rom seine Weltgeltung der eigentümlichen und neuartigen Verquickung von Staats- und Wehrwesen (vgl. H. Stegemann). Roms Kriege beruhten auf seiner »formellen Staatsauffassung« (Hegel), der sich die Bürger zu Zeiten der Republik unterschiedslos unterzuordnen hatten. Da dieser kämpferisch eingestellte Staat jederzeit um seine Existenz und Selbstbehauptung kämpfte, verlangte er gewisse kriegerische Tugenden wie Tapferkeit, Disziplin, Todesmut und Selbstverleugnung, damit seine Bürgerlegionäre sich so mit der Sache, mit dem Staat und Vaterland identifizieren konnten. Die Römer in ihrer rassisch und kulturell noch einfachen und »unverdorbenen« Epoche besaßen noch keine übersteigerten, raffinierten Luxusbedürfnisse, weil sie noch in keiner historischen Hoch- und Spätkultur lebten. Es war ein einfaches, karges und arbeitsreiches Leben für den Staat, der auf religiösen und rechtlichen Pfeilern ruhte. Der Soldatenberuf ging ja ursprünglich auch aus einer staatlich festgelegten Einteilung der städtischen Bürgerschaft hervor. Die Legion war zuerst ein in Tribus und Centurien eingeteilter wehrhafter Bürgerverband, bevor sie eine militärisch-taktische Kampfeinheit wurde.

Gesundes, rassisch wenig gemischtes Bauerntum war die Wehrsubstanz, die sich mit einem moralisch einfachen und deshalb so hohen Staatsethos verband, welches wiederum auf klaren Religions- und Rechtsanschauungen basierte. Rom wußte deshalb stets, warum es überhaupt langdauernde Kriege führte, ging es doch um die Existenz; während die Kriege und Feldzüge Karthagos oder der hellenistischen Staaten des Ostens einzig um wirtschaftliche und dynastische Interessen geführt wurden. Schwere Niederlagen und Mißerfolge wurden von den Römern nie bzw. kaum als kriegsentscheidend angesehen — im Gegenteil: desto trotziger und radikaler unternahm man neue Kriegsanstrengungen, um sich im Felde zu behaupten. Die Römer also Anhänger des Krieges »als Selbstzweck«? Nein, wußten sie als kluge Politiker doch, daß erfolgreiche Kriege politische Ursachen haben und zeitigen, gleichgültig wie die einzelnen Schlachten und Feldzüge verlaufen, wenn nur die Entscheidungsschlacht siegreich beendet wird.

Die Punischen Kriege — vor allem der zweite — sind ein Indiz für strategischen Fernblick, vor allem beim Senat und einigen hervorragenden konsularischen Feldherren. Die im vorhergehenden Abschnitt skizzierten Schlachten von Cannae und Zama zeigen auf schlagende Weise, wie es um die Kriegführung der beiden Großmächte bestellt war. Lassen wir die wichtigsten Pläne, Maßnahmen und Fehlentscheidungen noch einmal Revue passieren, um uns über den gegen- und wechselseitigen Zusammenhang von Politik (einschließlich Wirtschaft und Moral) und Krieg anhand der Auseinandersetzung Hannibals mit Rom klarzuwerden.

1. Hannibal dachte als Staatsmann und handelte als Feldherr. Er kannte die begrenzten politischen Möglichkeiten seiner Heimatstadt, die keine langwährenden »Kriege auf Leben und Tod« zuließen (mangelndes Staatsbewußtsein — fehlende Mobilisierung materieller und personeller Hilfsquellen — Krieg im unwichtigen weil vordergründigen Dienst wirtschaftlicher Interessen: jedes »Interesse« hört einmal auf).

Deshalb die Notwendigkeit eines raschen Sieges über Rom, bei gleichzeitiger Abwerbung der italischen Verbündeten des Erzfeindes. Diese Stämme sowie keltische und gallische Hilfsvölker sollten natürlich das Reservoir für sein Söldnerheer abgeben, verfügte Hannibal doch nicht über regelmäßigen Ersatz. Um die römischen Bürgerheere zu zerschlagen, mußte er in deren Macht- und Aufmarschgebiet einbrechen, also nach Italien marschieren, um die gegnerischen Legionen auszuschalten. Den Kriegsschauplätzen an den Flanken — Spanien, Sizilien, Afrika, Balkan — konnte und durfte er nicht die gebührende Beachtung schenken, wie auch nicht den beiderseitigen Flottenoperationen, mußte er doch die feindliche Hauptmacht stellen und entscheidend besiegen. In diesem Fall wäre die Flankenbedrohung illusorisch gewesen, die Legionen hätten auf dem italienischen Festland gegen Hannibal eingesetzt werden müssen (was ja auch teilweise der Fall war). Dieses Verfahren führte über den grandiosen Alpenübergang zu den denkwürdigen Schlachtfeldern an der Trebia, zum Trasimenischen See bis nach Cannae, dieser ersten großen Umfassungs- und Vernichtungsschlacht der Kriegsgeschichte. Eine einzige Folge und Kette von Schlachtensiegen. Und doch war es kein Entscheidungssieg, wie der weitere Kriegsverlauf bewies.

2. Die bedeutsame Rolle des Krieges an den Flanken: Nach Cannae gaben die Römer reguläre Feld- und Frontalschlachten auf, verstärkten ihre maritimen Operationen (zwecks Nachschubunterbindung), verlagerten ihre Landoperationen auf die strategisch wichtigen Flügel, schlugen die karthagischen Ersatzheere und isolierten Hannibals Hauptmacht in Mittel- und Süditalien. Trotzdem war er nach jahrelangen Kämpfen, kunstvollen Ausmanövrierungsmärschen nach wie vor »im Feld unbesiegt«, denn mit diesem Bewußtsein stellte er sich nach seiner Abberufung zum afrikanischen Kriegsschauplatz zur letzten, alles entscheidenden Schlacht von Zama.

Der Zeitraum zwischen Cannae und Zama hatte den römischen Siegeswillen in einem Ausmaß gezeigt, der gerade noch die eigenen Hilfsmittel richtig einzuordnen wußte, denn auch Rom war physisch und ökonomisch am Ende (was die mühevollen und langwierigen Feldzüge gegen Makedonien im Anschluß an den 2. Punischen Krieg bewiesen). Aber der Sieg war letztlich ein Sieg des römischen Staatsprinzips über das karthagische Handelsinteresse, nicht so sehr einer des begabten jüngeren Scipio über Hannibal, dessen politische und militärische Maßnahmen und Ansichten auf eine zu abgewogene Beurteilung des Gegners hindeuteten. Noch ein entscheidender Punkt: Hannibals Söldner- und Berufsarmee rekrutierte sich aus der buntscheckigen Stammes- und Völkervielfalt verbündeter, befreiter oder eroberter Gebiete — was naturgemäß das Ausbildungsniveau schmälerte (allein schon der Sprachenwirrwarr!). Des weiteren kämpften diese Söldner allein um Geld und Beute (wie jede Söldnertruppe der Welt), kannten demnach kein geistig-moralisches Ethos, für das sie sich bedingungslos einsetzten; nur der genialen Führerpersönlichkeit Hannibals ist es zu danken, daß seine Armee überhaupt »bei der Stange« blieb. Allerdings war das karthagische Berufsheer anfangs den Bürgerlegionären taktisch überlegen. Dagegen war die römische Reitertruppe der Ritter und Verbündeten zahlenmäßig schwach vertreten, was Hannibals Umfassungstaktik eigentlich begünstigte.

3. Nach Cannae änderten die Römer ihre Taktik und Bewaffnung, paßten sie dem karthagischen Standard an, was dann bekanntlich zu Zama führte.

Abschließend bleibt uns bei diesem eher nachdenklich stimmenden Kapitel noch die Frage, warum die hellenistischen Diadochenstaaten mit ihren großen Armeen angesichts einer höheren Kulturstufe nahezu in sämtlichen Kriegen und Schlachten unterlagen? Es waren militärische, staatspolitische und kulturgeschichtliche Gründe, welche die Diadochenreiche von vornherein zu Verlierern stempelten (vgl. das höhnische, aber zutreffende Urteil Hannibals über die syrische Armee). Militärisch beharrten sie auf der griechisch-makedonischen Phalanxtaktik mit schwerbewaffneten Hopliten im Zentrum, was gegenüber der beweglicheren und erprobteren Manipular- und Umfassungstaktik der Römer ein entscheidender Nachteil war, zumal diese orientalisch-griechischen Armeen über keine fähigen Feldherren verfügten, die neuen Ansichten und Methoden zum Durchbruch verhalfen. Diese militärische Erstarrung war wiederum eine Folge des orientalischen Staatsgedankens, der auf eine despotische Monarchie hinauslief (so in Syrien). Das Prinzip der schrankenlosen, unkontrollierten Einmannherrschaft war weder rechtlich noch bot es Raum für freie, phantasievolle Entscheidungen in Staat, Wirtschaft und Militärwesen. Der monarchische Despotismus selbst in der hellenistischen Variante war ein Erfordernis vergangener Zeiten, die noch einen Perserkönig und einen Alexander den Großen im Entscheidungskampf gesehen hatten. Außerdem waren die hellenistischen Nachfolgestaaten des großen Alexander späte Kulturgebilde, die nicht mehr »in Form« waren, um es mit O. Spengler auszudrücken. Luxus, Dekadenz, Korruption und morbide Moral waren nicht der Boden, auf dem man zukünftige Entscheidungen beeinflussen oder gar gestalten konnte. Es war also eine »historische Notwendigkeit«, die Rom zur meerbeherrschenden Seemacht werden ließ.

Nach diesen äußeren Erfolgen brachen im italischen Kernland innere und sozialökonomisch bedingte Unruhen, Wirren und Aufstände aus. In Anlehnung an die Geschichtsbücher bezeichnen wir diese Periode als das »große Jahrhundert des Bürgerkrieges«. Während der militärischen Auseinandersetzungen mit den äußeren Feinden waren enorme Sozial- und Wirtschaftsprobleme aus Gründen der »Staatsräson« mühsam verdeckt worden, die nach den gewonnenen Kriegen in aller Schärfe entbrannten, was naturgemäß zu einer außenpolitischen Schwäche führte. Der lange Bürgerkrieg, dem wir uns nun zuwenden wollen, schließt thematisch an das Zeitalter der Ständekämpfe an (vgl. II. Kapitel) — ist also nichts Neues. Die Auseinandersetzungen zwischen aristokratischen Patriziern und plebejischen Bürgern und Bauern endeten zwar mit einem Kompromiß, der im Interesse des Staatsganzen lag und zweifellos den Plebejern gewisse politische, rechtliche und soziale Erleichterungen brachte, jedoch den grundsätzlichen Widerspruch zwischen grund- und eigentumbesitzenden Patriziern und Besitzlosen nicht verwischen konnte. Ganz im Gegenteil: gerade durch die lange Kriegszeit gerieten die Plebejer in wachsende Schwierigkeiten, da sie einerseits Kriegsdienste leisten mußten, andererseits ihren handwerklichen und landwirtschaftlichen Verpflichtungen nicht nachkommen konnten. Aber da sind wir schon mitten im so aufregenden Kapitel des Bürgerkrieges, den es jetzt genauer zu beleuchten gilt. Vorher noch eine grundsätzliche Feststellung: Sowohl das Zeitalter der Ständekämpfe als auch das gefährlichere des folgenden Bürgerkrieges waren keine Klassenkämpfe im strengen Sinne der marxistischen Geschichtsanschauung, denn erstens ist es irrig, neuere Begriffe aus Philosophie, Geschichte, Soziologie und Volkswirtschaftslehre einfach auf ältere Epochen übertragen zu wollen, wie es der Marxismus praktiziert (der Geist einer Zeit läßt sich nicht auf ein einziges »Gesetz« reduzieren!), und zweitens arteten die Auseinandersetzungen nie in gnadenlose Entscheidungskämpfe aus, die mit dem restlosen Sieg und Untergang einer Klasse endeten. Eine derartige Geschichtsdeutung wird der römischen Denkweise, wie sie sich in Religion, Staatsethos und Gemeinschaftsleben äußert, in keiner Weise gerecht. Einseitige Hervorhebung und Bevorzugung ökonomischer Faktoren und deren Stilisierung zu unerbittlichen Klassenkämpfen ist nicht unsere Sache, da wir keine materialistisch-dialektische Geschichtsschreibung favorisieren: ist es doch der gesamte Kulturkomplex, der dämpfend oder verschärfend auf soziale und wirtschaftliche Spannungen einwirkt.

IV. Das große Jahrhundert des Bürgerkrieges 133—31 v. Chr.

a) Sozialgeschichtliche Voraussetzungen und Gründe

Mit dem Ende der Punischen Kriege — einschließlich der militärischen Strafexpeditionen in Spanien, auf dem Balkan und in Griechenland — hat sich die politische, wirtschaftliche und soziale Lage der Republik grundlegend gewandelt. Im Anschluß an die Auseinandersetzungen mit Karthago bilden sich zwei politische Parteien, deren Auffassungen nicht auf einen Nenner zu bringen sind. Es ist die schon bekannte Adelspartei der Optimaten auf der einen, der »privilegierten« Seite — sowie die Volkspartei der Populaten auf der »unterprivilegierten« Seite breiter Volksmassen. Der Adelspartei gehören die Nachkommen berühmter Geschlechter an, während die Führer der Volkspartei durch ihre Popularität, ihr Geschick und ihr Rednertalent in diese Positionen gelangten. Und natürlich durch ihr Gespür für die »hautnahen« Tagesprobleme eines arbeits-, land- und rechtlosen »Massenpöbels«, der immer stärker an Bedeutung gewann.

Zwischen beiden Parteien sollte der Bürgerkrieg zum Austrag kommen, wobei man sich keinen unerbittlichen Klassenkampf auf Dauer vorzustellen hat, wie es die marxistische Geschichtsschreibung deklariert.

Der Krieg hatte die wirtschaftlichen Strukturen verwandelt, was durch zwei Momente hervorgerufen wurde: mit dem Hereinströmen großer Sklavenheere in den inneritalischen Wirtschaftsraum mußte sich der Charakter der städtischen und landwirtschaftlichen Produktion ändern.

Im Zuge der totalen Mobilisierung für die Legionsarmeen mußte der Arbeitskräftebedarf des Handwerks — und zunehmend der Kriegsindustrie — sowie der Landwirtschaft von den gefangengenommenen Sklaven der eroberten Länder gedeckt werden. Infolge der Einberufungen zur Armee sowie der Verwüstung breiter unteritalischer Landstriche im Rahmen der militärischen Operationen veränderte sich zuerst bei der Landwirtschaft der wirtschaftliche und soziale Charakter. Es entstanden agrarische Großgüter — die Latifundienbetriebe —, auf denen kriegsgefangene Sklaven für den Latifundienbesitzer bestimmte Produkte anbauten (Tendenz zur Monokultur). Der ursprüngliche Landbesitzer — meist kleine Bauern — verlor seine Existenzgrundlage, da seine Länder verwüstet waren. Außerdem war dieser »freie« Bürger wegen langjähriger Kriegsdienste das schwere und arbeitsreiche Leben auf dem »flachen Lande« nicht mehr gewohnt, konnte man doch auf billigere Weise zu Geld und Nahrung kommen.

Deshalb strömten diese Soldaten-Veteranen und die wenigen noch übriggebliebenen »Freibauern« nach Rom, wo man leichter leben konnte, wie es hieß (ihnen ging es relativ besser als dem Stadtproletariat in gegenwärtiger »Dritter Welt«).

Damit entstand ein großes und die Staatsführung immer stärker beunruhigendes Problem: Wohin mit den Neuankömmlingen? Wie sie beschäftigen? — vor allem: wie sie bei Laune halten? Mit der Zeit wurden sie zu einem wichtigen politischen Faktor, dessen Gunst sich Optimaten und Populaten sichern mußten. Aber da greifen wir den Ereignissen bereits vor.

Halten wir noch einmal fest: mit der Ausdehnung der auf Sklavenarbeit beruhenden Großgrundbetriebe auf dem Lande wurden die alten Eigentumsverhältnisse umgestoßen. Eine kleine Schicht finanzstarker und spekulationssicherer Großgrundbesitzer eignete sich brachliegende Ländereien an, die der Staat an sie verpachtete bzw. verkaufte. Zu Niedrigst- und Spottpreisen — wie sich von selbst versteht! Der altrömische Agrarstaat und Bauernstand war am Ende. Mit dem Zustrom ehemaliger Soldaten und Bauern in die Hauptstadt nahm auch die handwerkliche Produktion zu, nicht etwa durch Beschäftigung dieser Schichten, sondern durch »Integrierung« der auf dem Sklavenmarkt erworbenen Sklaven, die jetzt als Gewerbesklaven für ihren neuen Besitzer arbeiten mußten. Nicht wesentlich besser erging es den eingeströmten »freien Römern« — also den Veteranen und besitzlosen Kleinbauern —, die zum »Lumpenproletariat« herabsanken. Allerdings mit einem feinen Unterschied: letztere waren selbstbewußter — waren sie doch römische Bürger mit einigen formalen Rechten! Also wurden sie bestechlich und korrupt, launisch und genußsüchtig. Warben nicht permanent zwei Parteien um ihre Stimme und Gunst? Man konnte wählen, denjenigen Konsuln oder Volkstribunen nachlaufen, die ihnen »goldene Berge« versprachen (wollten die armen Schelme einzig ihre Posten sichern bzw. in diese höchsten und einträglichen Staatsämter per Wahl einrücken, was natürlich ohne gewisse »Auslagen« und Gratifikationen schlecht zu bewerkstelligen war). Dieses anspruchsvolle »Wahlvolk« bekam wenigstens noch ordentliche »Wahlgeschenke« *in natura* — wir Heutigen sehen nach der Wahl ins Schwarze.

Aber Massen sind andererseits stets undankbar — wie uns neuere Massenpsychologie belehrt. Hinter der römischen Wahlpropaganda verbarg sich jedoch ein schwerwiegendes Problem: wie konnte das ständig anschwellende »Lumpenproletariat« beschäftigt werden? Etwa per Ansiedlung auf eigenem Lande — als Neubauern sozusagen? Den breiten Massen der Hauptstadt zu eigenem Land zu verhelfen, hieß nichts anderes, als diesen Besitzlosen Land aus der immensen Länderbeute in den neugegründeten Reichsprovinzen zuzuweisen. Der Theorie nach! Gleichzeitig konnten die neuen Kolonisten als Wehrbauern die Eroberungen verteidigen. Dagegen war auf dem italischen Stiefel kein Raum für siedlungswillige Bürger und Veteranen mehr vorhanden, er war längst an die Latifundienbesitzer verteilt. Die Versorgung der Veteranen war mit dem Ende der Kriege ein ständiges Problem. Landverteilung und Existenzsicherung konnte da eigentlich nur eine groß angelegte Land- und Agrarreform bringen (wohlgemerkt auf dem italischen Boden!).

Ebendies nahmen die Gracchen in Angriff. Bevor wir uns

ihnen zuwenden, wollen wir einige zeitgenössische Stimmen zur sozialen Lage Roms nach den Punischen Kriegen hören, die uns ein anschauliches und lebendiges Bild über die Lage der unteren Klassen vermitteln.

Über die Lage im Bauernstand berichtet uns Plutarch folgendes:

> »Tiberius Gracchus: ›Die Tiere Italiens haben Höhle und Unterschlupf, aber die Helden des Landes werden mit Licht und Luft abgefunden. Ohne Haus und Hof irren sie mit Weib und Kindern durchs Land. Eine Lüge ist es, wenn ihnen die Feldherrn in der Schlacht zurufen, Vätergrab und Altar zu verteidigen, denn keiner von ihnen hat einen Hausaltar und ein Ahnengrab. Für Schwelgerei und Luxus der andern kämpfen und sterben sie. Herren der Erde heißen sie, und doch hat keiner von ihnen eine Scholle zu eigen.‹«
>
> Plutarch, Tiberius Gracchus (9)

Ist es nicht eine flammende Rede? Ein Aufschrei, der auch in die Gegenwart passen könnte? Plutarch zitiert hier einen der beiden berühmten Gracchen-Brüder, wie der aufmerksame Leser bemerkt haben wird.

Hier wird mit weihevollen und salbungsvollen Appellen und Formeln aufgeräumt. Der Kriegseinsatz für »Volk und Vaterland« — (man ist versucht für »Führer« hinzuzufügen) — hat sich für die Menschen noch nie bezahlt gemacht! Der »Dank des Vaterlandes« ist seit eh und je eine Phrase gewesen. Aber diese und ähnliche Äußerungen und Ansichten hört man seit anno 1914 vielfach — auch aus einer politischen Ecke, die sich den Sklavenempörer Spartakus als Idol erwählt hat!

Der elenden Verfassung des Bauernstandes entspricht der Aufstieg der Nobilität auf dem Lande. Über die dortigen sozialen und wirtschaftlichen Veränderungen berichtet uns Appian:

> »Als die Römer nach und nach Italien im Kriege unterwarfen, nahmen sie jedesmal einen Teil des eroberten Landes für sich und gründeten Städte darauf oder wählten für die schon vorhandenen Gemeinden aus ihren Reihen Siedler aus. Diese Städte sollten, so war ihre Absicht, Festungen ersetzen; von

Augustus

Nächste Seite: Eine Rekonstruktion des antiken Forum Romanum.

Die 38 Meter hohe Trajanssäule ist von einem 200 Meter langen Reliefband umgeben, das von den zwei dakischen Feldzügen Trajans erzählt.

dem jeweils erbeuteten Lande aber verteilten sie den bebau-
ten Teil sogleich an die Siedler oder verkauften oder verpach-
teten ihn; das Land aber, das infolge des Krieges unbebaut
war – und das war bei weitem der überwiegende Teil, nahm
man sich nicht die Zeit, zu verteilen, vielmehr sprachen sie es
durch eine Bekanntmachung einstweilen demjenigen zu, der
bereit war, es zu bearbeiten gegen eine bestimmte Abgabe
vom jährlichen Ertrag ... Und das taten sie, um den italischen
Stamm, der ihnen besonders ausdauernd erschien, zu vermeh-
ren, um so Bundesgenossen aus dem eigenen Lande zu haben.

Doch gerade das Gegenteil davon trat ein. Denn die Rei-
chen rissen den größten Teil dieses nicht verteilten Bodens
an sich und kamen mit der Zeit zu der festen Überzeugung,
niemand werde ihnen das wieder wegnehmen. Und von dem
angrenzenden Land und sonstigen Kleinbesitz der Armen
kauften sie das eine auf, indem sie ihnen gut zuredeten, das
andere nahmen sie mit Gewalt fort; so behaupteten sie bald
große Landgebiete an Stelle einzelner Plätze, die sie mit ge-
kauften Landarbeitern und Hirten bewirtschafteten, um so
zu vermeiden, daß freie Bauern von der Landarbeit für den
Kriegsdienst abgezogen würden. Dazu brachten ihnen jene
auch noch reichen Gewinn ein durch ihren Kinderreichtum, da
sie sich dank ihrer Befreiung vom Kriegsdienst stark vermehr-
ten. Infolgedessen wurden die Mächtigen immer noch reicher,
und die Klasse der Sklaven nahm auf dem Lande überhand.«

Appian, bella civilia, 1, 7

Geld, List, Gewalt und Einfluß als Mittel des Landerwerbs, was
die sozialen Spannungen zwischen Nobilität und armen Bauern
plus Landsklaven einerseits sowie zwischen städtischem Pöbel
und der Adelspartei andererseits verstärkte, womit die eigentlichen Gründe für den Bürgerkrieg genannt sind.

Wie geht es zur gleichen Zeit dem römischen »Lumpenproletariat«? Da lesen wir in den »Satiren« des Lucilius Erstaunliches:

»Jetzt, von früh bis spät, ob Feiertag oder Werktag, treiben
sich alle, tagaus, tagein, so Volk wie die Väter, nur auf dem
Forum herum, und keiner weicht da vom Platze. Ein und der-
selben Kunst und Übung ergeben sich alle: Schlau und behut-

sam Worte zu setzen, mit Listen zu streiten. Wettzueifern im
Schmeicheln, des Biedermanns Rolle zu spielen, andern Gru-
ben zu graben, als sei Krieg aller gegen alle.«

Lucilius, Satiren, frg. 571

Dem ist nichts hinzuzufügen! Wie kam es aber zu solch irdischen Zuständen wie im Schlaraffenland? Halten wir uns an
Plutarch. In einer seiner zahllosen Biographien und Würdigun-
gen stellt er ganz klar die Ursachen des plötzlichen Reichtums in
Rom heraus. In der Biographie des Aemilius Paullus heißt es:

> *»Den Taten des Aemilius im Makedonischen Kriege – 168*
> *v. Chr. – rechnet man als ein seine Beliebtheit erhöhendes,*
> *allen zugute kommendes Ergebnis auch die Tatsache zu, daß*
> *durch ihn damals so viel Geld in den Staatsschatz überführt*
> *wurde, daß das Volk bis auf die Zeiten des Hirtius und Paosa*
> *– 43 v. Chr. – keine Steuern zu zahlen brauchte.«*

Plutarch, Aemilius Paullus, 38

Dazu hat man sich die verbilligten Lebensmittellieferungen an
das römische Stadtvolk — eben das von Marx so genannte
»Lumpenproletariat« — hinzuzudenken, was seit Caesar als
kostenlose Getreidespende den Müßiggang der römischen Massen geradezu zu einer »Staatspflicht« machte.

Welch sozialer Kontrast zwischen armen Bauern und durch-
gefüttertem Stadtvolk — wird sich der Leser mit Empörung
fragen! Dieses von Staats wegen gehätschelte »Stadtpack« war
allerdings von der politischen Beteiligung und Mitverantwor-
tung sowie von persönlichem Eigentum und Reichtum auch »be-
freit«, um den Freiheitsbegriff einmal negativ zu gebrauchen.
Es hatte keinen Einfluß auf die mächtigen »Pressure Groups«,
die Interessengruppen der Ritter, der ländlichen Großgrundbesitzer, sowie auf die Kommandostellen und Schalthebel in Staat,
Verwaltung und Justiz. Von Kontrolle gänzlich zu schweigen!
Ferner war die Außenpolitik eine Domäne des Senats, der Optimaten also. Später wurde sie von Diktatoren, von Caesar und
den Kaisern in eigener Regie übernommen. Auch auf die Pro-
vinzialverwaltung des Reiches hatte der städtische Massenpöbel,
wie auch römische Vollbürger und angegliederte Bundesgenos-

sen, keine Einflußmöglichkeit. Hier schalteten und walteten —
oft willkürlich — die Prätoren als Provinzstatthalter des römischen Volkes. Gegen immense Geld- und Bestechungssummen
übereigneten — sprich verpachteten — sie das gesamte Steuer-
und Zollwesen an Steuerpächter, die dem Ritterstand angehörten. Diese Herren bereicherten sich nach Lust und Laune. Hier
wollen wir als weiteren dokumentarischen Beleg zwei Autoritäten bemühen — eine damals zeitgenössische und eine aus Histo-
rikerkreisen. Der Historiker Matthias Gelzer beschreibt in seinem Buch »Vom römischen Staat« auf drastische Weise, wie in
den Provinzen regiert wurde:

> »Als schwerstes Hindernis stellte sich dazu einer wirklichen
> Gesundung der Verhältnisse die unsägliche Korruption ent-
> gegen ... Die Durchschnittsrömer ... gewöhnten sich daran,
> in den Provinzen alles für erlaubt zu halten, was ihnen der
> Eigennutz eingab. In Statthalterschaften und Offiziersstellen
> brachten die Senatoren ihre ererbten Vermögen, die durch
> vornehmes Leben und die unumgänglichen Aufwendungen
> zu politischen Zwecken arg zusammenzuschmelzen pflegten,
> wieder auf standesgemäße Höhe.«

Dies »praktische Verfahren« erinnert an Praktiken der »Reichs-
statthalter« und »Reichskommissare« in einem anderen »Reich«!
Nicht weniger laut klagt der Philosoph und Staatsmann Cicero, den wir in einem anderen Zusammenhang noch kritisch
würdigen werden (im Kapitel über die philosophischen und reli-
giösen Gründe des Niedergangs des römischen Imperiums). In
seinen brillanten Reden gegen den sizilischen Statthalter Verres — ein Markstein in der Geschichte der Rhetorik! — zieht er
folgendermaßen vom Leder:

> »42. Welcher Landmann hat wohl während deiner Praetur
> nur den einfachen Zehnten abgeliefert? Oder auch nur den
> doppelten Zehnten? Wer glaubt nicht, besonders bevorzugt
> zu sein, wenn er mit dem dreifachen Zehnten davonkam?
> Abgesehen von den wenigen, die, weil sie bei deinen Diebes-
> streichen mitmachten, überhaupt nichts abzuliefern brauch-
> ten? ...

47. *Als ich nach einem Zeitraum von vier Jahren – nach mei-*
ner Quaestur – wieder nach Sizilien zurückkam, erschien mir
Sizilien in einem Zustand, wie ihn sonst nur Länder zeigen,
die Schauplatz eines erbitterten und langdauernden Krieges
gewesen sind. Die Felder und Hügel, die ich vordem im üppig-
sten Grün hatte prangen sehen, lagen jetzt wüst und verödet
vor meinen Augen; man hätte glauben können, der Boden
selbst wünsche sich sehnsüchtig seinen Bebauer zurück und
traure um seinen einstigen Herrn ... Die Fluren um den Ätna,
sonst so wohlbestellt, die Gefilde von Leontinoi, das Zentrum
des Getreidebaues, deren Anblick früher ... einen Gedanken
an Getreideteuerung gar nicht aufkommen ließ, waren jetzt
derart entstellt und schrecklich anzusehen, daß ich im frucht-
barsten Teil Siziliens vergebens – Sizilien suchte.«

Eine andere Stelle:

»2,2, S. 120 f.: Welche Möglichkeit, Geld zu machen, hat sich
dieser Verres entgehen lassen? ... In ganz Sizilien ist in die-
sen drei Jahren niemand in irgendeiner Gemeinde Ratsherr
geworden, ohne daß er dafür hätte zahlen müssen, niemand
durch Wahlen, wie es dort Gesetz ist, überhaupt niemand,
es sei denn auf den Machtspruch oder ein Empfehlungsschrei-
ben des Verres hin ... Wer immer Ratsherr werden wollte,
mochte er noch im Knabenalter stehen, mochte er noch so un-
würdig sein oder seinem Stande nach nicht dafür in Frage
kommen: wenn er nur auf Grund der Gelder, die er zahlte,
diesem Verres geeignet schien, die anderen Bewerber auszu-
stechen, so wurde er es.«

Noch ein letztes Zitat aus diesem aufschlußreichen Dokument:

»2,4, S. 1 f.: Ich komme nun zu sprechen auf das, was er
selbst mit Liebhaberei bezeichnet, was seine Freunde krank-
hafte Veranlagung und Versessenheit nennen, die Sizilier
nennen es blanke Straßenräuberei ... Ich behaupte, in ganz
Sizilien, einer so reichen, so alten Provinz, mit ihren so zahl-
reichen Städten, mit ihren zahllosen wohlhabenden Häusern,
gab es kein silbernes Gefäß, kein Geschirr aus Korinth oder
Delos, keinen kostbaren Stein und keine Perle, keine Arbeit

aus Gold oder Elfenbein, keine einzige Statue aus Bronze,
Marmor oder Elfenbein, kein Gemälde und keinen Gobe-
lin..., den Verres nicht aufgestöbert, besichtigt und, wenn
er ihm gefiel, weggeschafft hätte ...«

Cicero, Reden gegen Verres, 2. Verhandlung, 3

Der gestrenge Cicero übertreibt natürlich ein bißchen, galt es
doch, durch brillante Reden sich selbst in Erinnerung zu rufen!
Zeugnisse für seine Eitelkeit gibt es genug — beispielsweise die
zahlreichen Briefe an seinen Freund und Verleger Atticus.

Wir haben im Laufe unserer sozialkritischen »Bestandsauf-
nahme« erst drei Schichten charakterisiert — die Bauern, den
Stadtpöbel und die Provinzstatthalter —, müssen uns folglich
noch dem Ritterstand zuwenden und die Lage bei den verbündeten Italikern kurz streifen.

Dazu wiederum zwei Zitate aus ausgewählten Quellen:

1. Die Entstehung des Ritterstandes

*»Seit dem 3. Jahrhundert entwickelte sich dann aus dem mili-
tärischen Rang der Reiter, die im Offiziersrang standen und
besondere Vorrechte und Abzeichen besaßen, der gesellschaftliche Stand der Ritter. Es handelte sich politisch um diejenige
soziale Schicht, die finanziell so hoch eingestuft war, daß sie
im Kriege Reiterdienst leisten konnte; ... Die gesellschaftliche Trennung von der Nobilität ergab sich seit dem 2. Punischen Kriege aus der Tatsache des Spekulationsverbotes für
den Amtsadel (218 v. Chr.). Denn seit dieser Zeit umfaßte
der ordo equester die Spekulanten Roms, die in Finanzie-
rungsgesellschaften Steuern und Zölle pachteten, das Bank-
geschäft betrieben und die Mittel zur Deckung des Kapital-
bedarfs beschafften. Die verfassungsmäßige Trennung vom
Senatorenstand erfolgte erst im 2. Jh. v. Chr. Erst damals
nämlich wurde den Senatoren das Staatspferd und damit auch
die Abstimmung in den Rittercenturien genommen.«*

Henses Griechisch-römische Altertumskunde, S. 265 f.

2. Geschäfte der Ritter

*»Aus den Zöllen und Abgaben der Provinzen erzielten die
Staatspachtgesellschaften ihre großen Gewinne, und noch*

einträglicher waren für die römischen Kapitalisten die Dar-
lehen, welche die untertänigen Gemeinden in Rom zu höch-
stem Zinsfuß von 48% aufnehmen mußten.«

Matthias Gelzer, Vom römischen Staat, II, S. 50 f.

Die Ritter waren demnach kapitalistische Bank- und Finanzleute,
denen das gesamte Kredit- und Darlehnsgeschäft einschließlich
der Steuerpacht unterstand (siehe ihre Steuerpachtgesellschaften,
wenngleich sich einzelne Statthalter zusätzlich enorm bereicherten).

Die Klassenkluft zwischen Rittern und Nobilität auf der einen
und der armen, besitzlosen Masse der Bauern, Sklaven und des
städtischen Pöbels auf der anderen Seite wurde durch das sogenannte Bundesgenossenproblem um eine Variante vertieft. Die
soziale und politische Lage der Italiker war gelinde gesagt uner-
träglich. Hören wir wiederum, was der Agrarschriftsteller und
Historiker Appian zu diesem Thema berichtet:

> *».. . stieg der Reichtum der Reichen und Mächtigen, wuchs die*
> *Zahl der Sklaven auf dem Lande, befiel ein empfindlicher Be-*
> *völkerungsrückgang die Italiker, besonders die Wehrhaften,*
> *die unter Armut und Abgaben und Kriegsdienst zu leiden hat-*
> *ten. Auch wenn sie davon frei waren, d. h. in Friedenszeiten,*
> *blieben sie zur Untätigkeit verdammt, weil das Land den Rei-*
> *chen gehörte, die Sklaven statt freier Landarbeiter verwen-*
> *deten.«*

Appian, bella civilia, 1, 7

Beredter kann es ein gegenwärtiger Geschichtsschreiber auch nicht
schildern. Es würde zu weit führen, sämtliche Zitate zu unserem
Problemkreis intensiv zu entschlüsseln bzw. zu interpretieren.
So müssen die Texte für sich selbst sprechen — wie es immer so
schön heißt. Gerade bei den antiken griechischen und römischen
Geschichtsschreibern fällt dem heutigen Leser die pauschale moralische Empörung und Anklage gegen »die Reichen« auf — ohne
daß sie die soziale und wirtschaftliche Problematik als solche
erkannten; dafür — im doppelten Sinne des Wortes! — mußten
Einzelpersonen als Missetäter herhalten: eben die verhaßten

»Reichen«. Aber auch sie waren Gefangene der sich ändernden Verhältnisse und Umstände, worunter wir beispielsweise die Folgen der Punischen Kriege zu rechnen haben. Allerdings war die soziale Lage nicht »gut« — diesen Schlüsselbegriff der Ethik gebrauchend. Wirksame Hilfe konnte nur ein umfassendes Reformprogramm bringen, welches den wirtschaftlichen und sozialen Unterschied zwischen den beiden gegnerischen Gesellschaftsklassen allmählich einebnen würde. Hier setzten die großen Sozialreformer — die Gracchen — ein.

b) Bedeutsame Gestalten

1. Die Gracchen und ihr Reformwerk

Um uns von den anstrengenden und ermüdenden Expeditionen in die römische Sozial- und Wirtschaftsgeschichte der republikanischen Zeit etwas zu erholen, wollen wir das Zeitalter des Bürgerkrieges, das eher eines sozialer Kämpfe war, mit einigen aufgelockerten Bemerkungen und Betrachtungen einleiten. Über die Gracchen als Hauptrepräsentanten der Epoche heißt's sinngemäß:

> »Er – Gaius Gracchus – gehört zu den größten Staatsmännern, die Rom gesehen hat.«
>
> Ernst Kornemann, Römische Geschichte, Bd. I, S. 398

> »Wahre Leidenschaft muß auf etwas wirklich Neues abzielen.«
>
> J. Burckhardt, Weltgeschichtliche Betrachtungen, den Mißerfolg der Gracchen hervorhebend

> »In Rom ist bei allen sogenannten Revolutionen doch die eigentliche, große, gründliche Krisis, d. h. der Durchgang der Geschichte durch Massenherrschaft, immer vermieden worden. Rom war bereits ein Weltreich, bevor die Revolutionen begannen.«
>
> J. Burckhardt, ebenda S. 165

»Und nun zeigen die sogenannten Bürgerkriege seit den Gracchen folgendes Bild: gegen eine allein genießende, mehr und mehr entartende Nobilität werden ins Feld geführt: verarmende Bürger, Latiner, Italiker, Sklaven.«

J. Burckhardt, ebenda S. 165

»... wir bemitleiden z. B. die römischen Plebejer in ihrem Kampf von Jahrhunderten gegenüber den harten Patriziern und dem erbarmungslosen Schuldrecht derselben.«

J. Burckhardt, Weltgeschichtliche Betrachtungen, Glück und Unglück in der Weltgeschichte, S. 255

»Ständekämpfe müssen keine unerbittlichen und geschichtsnotwendigen Klassenkämpfe in Permanenz sein, wie uns römische Geschichte belehrt.«

Der Verfasser

Den Einstieg in dieses dramatische Kapitel — paradieren doch solch illustre Gestalten wie Marius, Sulla, Pompeius und Caesar an uns vorbei — haben wir hoffentlich einmal anders gefunden! Kommen wir schnurstracks zur Hauptfrage, was wollten und taten die Gracchen eigentlich? In den Geschichtsbüchern werden sie als Reformer präsentiert, die eine ganze Bewegung in Gang gebracht haben: das »Jahrhundertwerk« der Agrar- und Sozialreform sich als Ziel setzend. Nicht die einzige Reformbemühung! Gehen wir einmal von der verfassungsmäßigen Stellung beider Brüder — des Tiberius und Gaius — aus, so erkennen wir die Volksnähe ihres weitgespannten Programms. Beide waren Volkstribunen und damit der Sache des Volkes verhaftet — politisch auf seiten der Volkspartei, der Popularen. Beide waren auch brillante Redner — was bei Erfolg leicht ins Demagogische umzuschlagen pflegt. Es wundert einen daher nicht, wenn beide in manchen Geschichtsbüchern als Demagogen dargestellt werden. Sind nicht gerade die besten Redner unseres Jahrhunderts ausgesprochene Demagogen gewesen . . .? Dies als Randnotiz. Mit ihren Sozial- und Wirtschaftsreformen stießen sie natürlich bei der adeligen Optimatenpartei des Senats auf wenig Gegenliebe. Ein rascher Blick auf die wesentlichen Reformpunkte ihres Programmes beweist es.

Da ist zuerst einmal das Ackergesetz des älteren der beiden Brüder, des Tiberius Sempronius Gracchus.

Es sieht die Ansiedlung breiter Schichten städtischer Proletarier auf dem Gemeindeland vor, was mit einer Beschränkung des Großgrundbesitzes aus Gemeindeland auf 230 Hektar — die Zahl schwankt bei verschiedenen Autoren — verbunden ist. Hier sollten in erster Linie von Staats wegen Ländereien an Bauern mit zwei Söhnen verpachtet werden — der Hauptmasse des städtischen Proletariats. Fragt sich im nachhinein, ob diese Bedürftigen sowie die landbesitzenden »Landlords« und Großgrundbesitzer mit diesen Absichten einverstanden waren? Letztere überhaupt nicht, sollte es doch ihrem Besitz und Eigentum an den Kragen gehen. Und wie wir gesehen haben, gelangten sie nicht immer auf saubere Art und Weise zu ihm. Gewohnheit ist zäh, überkommene Privilegien werden nicht von heute auf morgen aufgegeben, wie in der neueren Geschichte das Beispiel des Adels beweist! Diese antiken Großgrundbesitzer — auch Latifundienbesitzer genannt — schlossen sich deshalb politisch der Partei der Konservativen — den Optimaten — an, ging es doch schon damals um eine ordentliche »Interessenvertretung«. Anders bei den proletarischen Massen:

Die Aussicht auf harte Feld- und Gartenarbeit schreckte diese »Unterprivilegierten« doch erheblich. Man hatte schließlich den Beruf verlernt. Billige, gar kostenlose Ernährung und Steuererleichterungen waren dann wohl auch verloren? So oder ähnlich könnte die sozialpsychologische Motivation gewesen sein — und der dazugehörige Hintergrund. Vorerst ließ man sich von den »demagogischen« Argumenten der hinreißenden Volksredner — was die Gracchen überraschte — überzeugen, bzw. von deren »Verlockungen und Verheißungen«. Eigenes Land und eigener Boden war auch etwas, womit man etwas anfangen konnte. Dagegen hatten die Optimaten einen schweren Stand. Was konnten sie gegen den überwältigenden Mehrheitswillen des Volkes ausrichten, zumal der Senat in seiner Zusammensetzung über keine energischen Wortführer verfügte, die mit eigenen Gesetzesinitiativen die gefährliche Gesetzes-

vorlage der Gracchen — des Tiberius (noch war er ja als Volkstribun am Ruder) — unterliefen bzw. »auflaufen« ließen, wie es
in der saloppen Sportsprache heißt? Da half man sich vorerst
mit formal-vordergründigen Mittelchen aus der Verlegenheit
(den komplizierten juristischen Sachverhalt dieser Kniffe und
Winke ersparen wir uns). Ganz einfach: der Mittribun Octavius wurde von der aristokratischen Optimatenpartei gehörig
»instruiert«, schon erhob er Einspruch gegen des Tiberius
Ackergesetz. Schärfer artikulierte sich der Protest der »Rechts-
partei«, als Tiberius tollkühnerweise den Königsschatz des von
Rom geerbten Königreichs von Pergamon als Betriebs- und
Startkapital für die Neusiedler per Gesetz verwenden wollte.
Da *mußte* man von konservativer Seite dagegen angehen! Doch
alles Taktieren half angesichts des drohenden Volkswillens
nichts, der eigene Vertreter im tribuzianischen Amt — vorgenannter Octavius — wurde einfach abserviert. Wie es im Umgang mit Massen zu geschehen pflegt, ändert sich der politische Wind rasch. Dies mußte Tiberius Gracchus am eigenen
Leibe erfahren. Bei dem formal gesetzwidrigen Versuch einer
Wiederwahl wird er von der aufgebrachten Menge erschlagen,
die ihm noch tags zuvor zujubelte und seine »Rechtsbrüche« —
Absetzung seines Mittribunen des konservativen Lagers — »ab-
segnete«. Zwei Jahrtausende nach ihm sollte im gleichen Land,
nur ein paar hundert Kilometer weiter nördlich (in Mailand),
ein italienischer Volksführer ähnliche Erfahrungen sammeln.

Nachdem Tiberius Gracchus eines gewaltsamen Todes gestorben war, nahm sein jüngerer Bruder Gaius die liegengeblie-
benen Reformpläne wieder auf, wobei er als raffinierter Taktiker wesentlich elastischer gegenüber der gegnerischen Adelspartei verfuhr. Bei seiner Wahl zum Volkstribun spielte er einen Gegner nach dem anderen aus: Durch sein Getreidegesetz
sicherte er sich die Gunst des städtischen Lumpenproletariats,
da es doch die Lieferung von ca. 33 kg Weizen (dem Hauptnah-
rungsmittel) zu einem verbilligten Preis, der vom Staat garan-
tiert wurde, an die »Hausväter« vorschrieb. Langfristig gesehen
war es für den Staat ein schädliches Gesetz, tendierte doch das

Ganze zum Fürsorgestaat mit allgemeinem Massenegoismus, wie es E. Kornemann genannt hat. Die Massen wurden dadurch immer stärker vom Staatsgeschenke verteilenden Volkstribun bzw. später vom Kaiser abhängig. Wirtschaftliche Eigeninitiative kam so gar nicht erst auf. Bekanntlich stellt sich das Problem des Fürsorge- und Verwaltungsstaats heute aktuellerweise auf dem negativen Hintergrund einer immensen Besteuerung des »mündigen Staatsbürgers«! Für »Geschenke« hat man heute kräftig zu zahlen! Den Römern ging es da besser. Um die beschäftigungslosen städtischen Massen in »Brot und Arbeit« zu setzen, regte Gaius im Rahmen seines Wegegesetzes den Ausbau des Straßennetzes zwecks Heranführung der Getreidelieferungen an, was natürlich mit Staatsausgaben verbunden war, wogegen sich die Adelspartei sträubte — was nichts nutzte. Dank dieser beiden Reformgesetze sicherte sich Gaius die Gunst des Volkes.

In diesem Sinne war auch sein Provinzialgesetz für Asien. Die Provinz Asia — das einstige Königreich Pergamon — sollte die neue Steuer des Zehnten nach Rom abführen. Außerdem sollte das ganze Steuerwesen an Zensoren verpachtet werden, die ja bekanntlich für die Vermögensveranlagung zuständig waren. Ziel der Aktion war eine Steuerausplünderung dieser blühenden Provinz — irgendwie mußten ja die kostspieligen »Reformen« finanziert werden. Es war ein taktischer Meisterzug, entstammten die dafür vorgesehenen Zensoren doch meist der Adelspartei, denn Konsul konnte man nur werden, wenn man »von Stand« war (dies war nämlich das Hauptamt der nachmaligen Zensoren). So gewappnet, hatte man die gegnerische Adelspartei auf seine Seite gezogen. Diese Herrschaften wollten ja bei dem ganzen Reformenthusiasmus nicht abseits stehen! Was macht man mit den einflußreichen Rittern, den Wirtschaftsherrschern Roms und der Republik? Auch sie wollten bedacht sein! Gaius Gracchus entwarf eigens für diese Klasse ein Richtergesetz, was den Ausschluß der Senatoren als Geschworene an den Gerichtshöfen bedeutete. An ihre Stelle sollten die Ritter treten. Konsequent gedacht: sollten doch die finanzstarken Ritter das Reformwerk finanziell absichern! Damit machte sich Gaius erneut bei den Optimaten unbeliebt, gingen denen doch die Geschworenenposten verloren. Ein Interessenwirrwarr, wo folglich nicht alle Interessen »auf einen Nenner« zu bringen waren. Da hätte auch ein Bismarck mit seinen »Drahtseilakten« schwerlich etwas bewirkt. Gaius änderte nun sein strategisches Konzept radikal, indem er wieder auf die Sache des Volkes, der Unterprivilegierten, ja sogar der rechtlich noch schlechter dastehenden italischen und latinischen Bundesgenossen setzte. Sein Antrag, letzteren das Bürgerrecht und ersteren das Vollbürgerrecht zu verleihen, scheiterte an der überraschenden »Eintracht« von Adel und Volk, bzw. von Optimaten und Populaten. Bei ersteren aus ersichtlichen Gründen (Konservative sind stets gegen überhastete Reformen!), dagegen bei letzteren aus sehr persönlichen Motiven: sie fürchteten um ihre Steuerprivilegien sowie die billigen Lebensmittelzuweisungen. Dies redeten ihnen Gegenkandidaten des Gaius ein, die natürlich vom Senat bzw. den Optimaten bestochen waren. Folglich geizten sie nicht mit Versprechungen und Verheißungen, die weit über des Gaius Vorschläge hinausgingen (später konnte man sie sang- und klanglos zurücknehmen). Daraufhin blieb dem verzweifelnden Gaius einzig die Flucht nach vorn übrig — der Staatsstreich! Er besetzte mit seinen Getreuen den Aventin — politisch-religiöses Schlüsselsymbol —, worauf der Senat den Staatsnotstand proklamiert. Die Hatz auf die Rebellen kann beginnen. Natürlich ist sie erfolgreich. Gaius läßt sich auf der aussichtslosen Flucht von einem Sklaven töten. Der gute Gaius kannte bei diesem — vom herrschenden Staatssystem her gesehen — illegalen Unternehmen noch nicht die mannigfaltigen Tricks, Taktiken und Strategien moderner Theoretiker des Staatsstreichs. Konnte er auch nicht, lebte er doch in einer »untheoretischen« Zeit (wie der Umsturzprofi Lenin es formulieren würde).

Der sich über ein Jahrzehnt erstreckende Kampf um soziale und wirtschaftliche Reformen endete mit einem vollständigen Sieg der aristokratisch-konservativen Optimatenpartei. Als

Sieger verfuhren sie mit den unterlegenen Populaten nicht gerade human — für unsere heutigen Moralbegriffe. Politische Auseinandersetzungen pflegten mit Schwert, Dolch und Kreuz beendet zu werden, wenn die Opfer diesen Strafaktionen des Staates — sprich seiner gerade dominierenden Schicht — nicht eiligst durch Gift zuvorkamen. Wohlgemerkt: zu Zeiten dieses unruhigen Jahrzehnts — später wurden die Verfolgungen Andersdenkender eine Spur »geistvoller«: Proskriptionen — Ächtungslisten — zeigten dem potentiellen Opfer, wann seine letzte Stunde geschlagen hatte. Vom friedlichen Gedankenaustausch und vernünftigen Diskussionen keine Spur! Der Sieg der Optimaten kostete 3250 Anhängern des Gaius Gracchus das Leben. Das soziale Anliegen der Popularen war damit nicht vom Tisch. Caesar sollte es wieder aufgreifen (u. a. die kostenlose Lebensmittelversorgung der städtischen Volksmassen Roms).

Vorerst scheiterte der »demokratische« Reformansatz an konservativer Privilegienkurzsicht. Zweifellos brachten die gracchischen Reformentwürfe auch Rückschläge — man denke etwa an das Provinzialgesetz oder an das Richtergesetz. Hier waren finanzielle Interessen im Spiel! Wie stand es eigentlich um die Legitimation zum Staatsstreich? Hier berühren wir staatsphilosophische und juristische Fragen, auf die es bekanntlich zwei denkbar gegensätzliche Stellungnahmen und Thesen gibt:

eine formale (die Staatsrechtler nennen sie die »rechtspositivistische«, weil die Gesetze des Staates unter allen Umständen Vorrang vor persönlichen Wünschen haben) und die bekanntere des Naturrechts, die den Einzelmenschen in den Vordergrund stellt (vor allem hinsichtlich seiner inhaltlich-sozialen Lage!). Die Gracchen gingen von letzterer Position aus, deshalb durften sie den Staatsstreich wagen. Freilich, die Interessen — gar die »wahren« — sind auch so eine Sache! Wir wollen es uns nicht schwermachen, theoretisches Pro und Kontra ist eine Sache — die Praxis mit ihren Problemen eine andere. Selbst die großen deutschen Historiker — Burckhardt und Mommsen — haben den Gracchen und ihren »illegalen« Aktivitäten applaudiert. Sozial-Attentate sind nicht übel — provokativ gesagt!

2. Marius und Sulla - auf dem Wege zur Militärdiktatur

Mit den Gracchen verschwand der Motor jener Bewegung, die eine gerechtere Verteilung von Besitz und Macht anstrebte. Allein das Thema blieb mit seinem Zündstoff auf der Tagesordnung. Die restaurative Adelsoligarchie hatte zwar die Zügel fest in der Hand, doch war dieses Regiment den heraufdämmernden Konflikten hilflos, unelastisch ausgeliefert. Die Masse der Bevölkerung trug die Herrschaft der Wenigen im doppelten Sinn. Sie waren im »Raubstaat Rom«, zu dem Rom mittlerweile geworden war, nicht nur die Unterprivilegierten und Ausgeräuberten, sie waren vielmehr auch das Instrumentarium, mit dessen Hilfe die Großmacht Rom neue Gebiete hinzugewann. Es ist nicht ohne Witz, daß ausgerechnet ein Mann plebejischer Abstammung den Plebejern einen neuerlichen Opfergang abverlangte. Dienten vor Marius nur bemittelte Römer in der Armee — die Punischen Kriege als Ausnahme! — und bürgten mit ihrem Vermögen für ihre Treue und ihren Einsatz, so erschloß Marius mit dem Massenheer der Arbeitslosen Rom neue Reservoirs an Soldaten, an »lebendigem Nachschub«. Die Biographie des Marius ist die Geschichte des Parvenüs, der, einmal an der Macht, ihrer Faszination erliegt und nicht mehr von ihr lassen kann. Sie zeigt, wie grenzenloser Ehrgeiz einen Mann vom Volksliebling zum archaischen Despoten entarten läßt. Lachender Dritter ist Rom, das aus den Taten all jener buntgescheckten und intrigierenden Führergestalten für sich den Rahm abschöpft. Der römische Staat profitiert letztlich aus allen Aderlässen und wird kraftvoller denn je.

Das Jahrhundert der Bürgerkriege zeigt den Moloch Rom, der alles verschlingt — einschließlich seiner eigenen Kinder. Ein Status quo im innen- und außenpolitischen Bereich war aus ökonomischen und politischen Gründen nicht mehr möglich. Deshalb ist die Geschichte dieses Jahrhunderts von 133/31 bis 31 v. Chr. vorrangig militärische Ereignisgeschichte — abgesehen vom großen Sklavenaufstand unter Spartakus sowie der aus sozialen Quellen gespeisten Catilinarischen Verschwörung.

Die Gründe und Ursachen dazu waren schon früher angelegt (siehe unser Kapitel über die Gracchen und die Auseinandersetzungen zwischen Optimaten und Populaten).

Rom führte ein wirtschaftliches Schmarotzerdasein (kommt heutzutage bei größeren Staaten auch vor!). Landwirtschaft wie Handwerk basierten auf Sklavenarbeit, und der Staat bestritt seine Ausgaben durch Tribute oder Naturalabgaben der Provinzen. Infolgedessen war ein großer Teil der Bevölkerung im heutigen Sinne arbeits- und beschäftigungslos — und Getreidespendenempfänger. Diese bisweilen als »Lumpenproletariat« bezeichneten Massen waren für die Hauptstadt stets gefährlicher Sprengstoff. Umstürzlerische Aktionen waren jedenfalls Usus (derartige »Sozialkriege« kennen wir bestens!). In dieser sich seit den Gracchen ständig verschlimmernden sozialen Situation war ein »sozial- und wirtschaftspolitisches« Programm bzw. irgendeine Leitidee dringend erwünscht. Wie sollte man die brachliegenden Energien der Riesenmenge einspannen und kanalisieren?

Es war Marius, der dieses Problem elegant löste und den dabei beteiligten Personengruppen — Volksmasse, Adelspartei (und dem von ihr getragenen Staat), Volksführer Marius — profitable Rollen zuwies (also sich selber!).

Seine gute, weil einfache Idee war — wie eingangs erwähnt — die Schaffung eines Söldnerheeres. Damit wuchsen ihm selbst Feldherrnpflichten zu, ein Teil der arbeitslosen Menge war versorgt und beschäftigt, und der Besitzstand Roms wurde erweitert (im Falle eines Sieges nämlich).

Nach den Grundsätzen des späteren Wallenstein würde der Krieg nicht nur sich selbst durch Siegesbeute und den Staat durch Tribute »ernähren«, sondern gleichzeitig das Interesse der Römer und ihrer Parteien von der sozialen Frage zu den »erhöhten Gefilden« der Weltmachtpolitik lenken. Der Krieg wurde so zu einer Art stillschweigendem Programm, das über die Gräben des Parteienhaders hinweg die Römer einigte. Selbst bei Bürgerkriegen, in denen der italische »Stiefel« verheert wurde, war jeder Partei klar, daß der Sieger Rom hieß.

Gab es zum Krieg keinen rechtsgültigen Anlaß, dann halfen gedungene Demagogen und Fabulierkünstler dem Volke zur Einsicht, daß dieser Krieg »im Grunde gerecht« war. Zum Glück für Rom mangelte es an den Randzonen des Reiches ohnehin nicht an Kriegsherden.

Da loderte seit langer Zeit der Krieg mit dem numidischen König Jugurtha auf Sparflamme, denn dank numidischer Bestechung — wie weit hatte man sich von den ehernen Moralprinzipien der Punischen Kriege bereits entfernt! — erlitten die römischen Feldherren eine Schlappe nach der anderen. Erst der unbestechliche Konsul Metellus führte den Krieg energisch zum siegreichen Schluß. Unter seiner Führung konnten sich Männer wie Marius und Sulla profilieren. Am Ende düpierte der Lehrling Marius seinen Meister Metellus und ward an seiner Statt Oberbefehlshaber. Später sollte er in Sulla seinen Meister finden. Bald darauf konnte er sich dank einer Aktion Sullas des Numidierkönigs bemächtigen und in Rom triumphieren. Seinen ungeheuren Aufstieg vom Tagelöhnersohn zum selbsternannten Diktator verdankte er seinem primushaften Eifer und seinem glänzenden Verstand, der sich besonders auffällig in militärischen Dingen hervortat. Überdies brachten ihm seine militärischen Erfolge an der »Afrikafront« bald das Oberkommando über die römischen Legionen ein. Und das neben seiner Konsulwürde!

Jetzt lauerte eine neue Gefahr an den nördlichen Grenzen. Plötzlich waren nämlich die Kimbern und Teutonen im Anmarsch und hatten mehrere römische Armeen geschlagen bzw. aufgerieben. Bei Arausio in Südostfrankreich starben 80 000 Legionäre den Soldatentod fürs »Vaterland«, mehr als bei Cannae!

Rom war wieder einmal bedroht. Die Erinnerung an die furchtbare Gallierkatastrophe an der Allia stellte sich wieder ein. Aber anstatt nun in den unverteidigten italischen »Stiefel« einzubrechen, zogen die naturwüchsigen Feinde nach Westen. Jahre vergingen, bis sie nach Zwischenstationen in Spanien und Frankreich — durch andere Völkerschaften verstärkt — wieder nach Italien aufbrachen. Kostbare Jahre, in denen Marius nicht untätig blieb. Seine Heeresreform erhöhte die Schlagkraft der einzelnen Legionen, weil er die Taktik änderte. Von jetzt an wurde die Kohorte mit drei Manipeln zur taktischen Kampfeinheit, was zusammen mit einer vereinheitlichten Bewaffnung eine Massierung von Kräften bedeutete, aber die vorzügliche Beweglichkeit der einstigen Manipulartaktik nicht unbedingt beeinträchtigen mußte. Angesichts der »Germanengefahr« hatte man sich in der Hauptstadt auf seine Führungsqualitäten besonnen und ernannte ihn für fünf Jahre zum Konsul. Marius antwortete mit einem gestählten und disziplinierten Söldnerheer. Bei Aquae Sextae, dem heutigen Aix-en-Provence, sowie bei Vercellae besiegte er die getrennt aufmarschierenden beiden Völker vollständig. Hunderttausende wurden niedergemetzelt, Frauen, Kinder und Greise. Die Unterscheidung von Soldaten und Zivilbevölkerung, von Kombattant und Nichtkombattant und der von der Kriegskonvention verheißene Schutz der Nichtkriegführenden, also der Zivilisten, ist eine moderne Erfindung — ein modernes Märchen —, faktisch letztlich »ein Fetzen Papier«.

Rom aber feierte Marius und die neue Söldnertruppe. Marius hatte den Einfluß des Volkes mittels der »Volkssöldner« vergrößert. Indem fortan die Abstimmung der Hände durch die Abstimmung der Schwerter ersetzt wurde, bildeten doch Feldherr und siegreiche Armee oft eine verschworene Gemeinschaft, betrat Marius politisches Neuland. Männer wie Pompeius und Caesar wurden damit erst möglich. Gleichzeitig stieg mit der Professionalisierung der Armee auch ihre Schlagkraft. Die Dienstpflicht betrug 16, später 20 Jahre. Die Entlohnung übernahm, von geringen Senatszuschüssen abgesehen, der Feldherr. Der erste »demokratisch-republikanische« General »neuen Typs« schuf mit seiner Armee zugleich das Instrument für eine innenpolitische Gewaltpolitik.

Selber verstand er es freilich nicht, behend davon Gebrauch zu machen, sondern entließ sein Heer, nachdem er seinen Triumph hinter sich hatte. Sein Vertrauen auf die ständige Ergebenheit des Volkes war so unberechtigt wie der Glaube des Volkes an einen vom Feldherrn zum Staatsmann geläuterten Führer. Marius gelang es binnen kurzem, sich dem Volk und nahezu allen Parteien durch Führungsschwäche und Prinzipienlosigkeit verhaßt zu machen. Gleichzeitig war er eitel und in hohem Grade machtsüchtig. Mit seinen politischen »Leistungsnachweisen« schaufelte er sich vorerst sein politisches Grab. Ein kurzes Intermezzo als militärischer Führer konnte das Sinken seines Sterns nicht mehr aufhalten. Im Bundesgenossenkrieg, als ein Aufstand der meisten italischen Städte eine rechtliche Gleichstellung mit Rom erzwang, führte Marius zwar mit Erfolg eine Armee, wurde schließlich jedoch wegen schleppender Kriegführung und körperlicher Schwäche nach Hause geschickt.

Die Italiker ertrotzten sich in einer mehrjährigen kriegerischen Auseinandersetzung das Bürgerrecht. Rom hatte nach einer Kette anfänglicher Niederlagen und einer drohenden Ausweitung des italischen Kriegsschauplatzes sowie wegen des beginnenden Konfliktes mit Mithradates politisch eingelenkt.

Überdies war die Staatskasse wieder einmal leer. Schon aus diesem Grunde war dem Gegner im eigenen Hause konziliant zu begegnen. Der Frieden auf der Halbinsel bedeutete indes nur, daß man alle Kräfte für den neuen Kriegsschauplatz im Osten zusammenstellen konnte. Die Provinz Asia war vom pontischen König Mithradates — und mit ihr die wichtige Tributzahlung! — gefährdet. Sulla, der bisher hartnäckigste Kontrahent von Marius, der seinen militärischen Ruf im Bundesgenossenkrieg glänzend gefestigt hatte, stand mit einem Heer zur Einschiffung nach Asien bereit. Das Schicksal hatte damit dem abgehalfterten Marius noch einmal einen abenteuerlichen Auftritt vergönnt. Bekanntlich entscheidet der letzte Akt, ob aus einem Drama eine Komödie oder Tragödie wird. Der altersschwache Marius — er war immerhin schon 65 Jahre alt — entschied sich für die Tragödie. Sein Ende war eines mit Schrekken. Die Römer freilich erlebten mit seinem Nachfolger Sulla einen Schrecken ohne Ende. Die Geschichtschronik vermeldet:

Ein ehrgeiziger und selbst die Alleinherrschaft anstrebender Volkstribun und Revolutionär namens Sulpicius riß in Rom die Macht an sich. Um die einzige noch vorhandene Einspruchsmacht zu kontrollieren, sollte der Oberbefehlshaber der Armee — Sulla — durch den ihm willfährigen Marius ersetzt werden. Das römische Volk stand hinter diesem Beschluß der neuen Machthaber. Sulla machte jedoch dem revolutionären Spuk in Rom ein Ende.

Marius mußte unter dramatischen Begleitumständen flüchten. Die sullanische Restauration setzte die Optimatenpartei wieder in ihre alten Rechte ein. Die Populaten waren die Dummen. Der Protektor der Optimatenpartei, Sulla, mußte kurz darauf nach Asien in den Krieg mit Mithradates ziehen. Nach seiner Abreise gerieten die Dinge auf der Halbinsel wieder in Fluß. Die Opposition gewann unter Lucius Cornelius Cinna an Einfluß und knüpfte wieder an die sulpicische Revolution an. Sullas Mann in Rom — Oktavius — gelang es zunächst noch, die Rebellen mit Gewalt und außergesetzlichen Mitteln aus Rom zu verjagen. Er konnte indes nicht verhindern, daß sich die Geflüchteten in der Provinz formierten und verstärkten. Die senatsfeindliche Stimmung brachte Cinna und seinen Gefährten großen Zulauf. Die Stunde von Marius war gekommen. In mehreren Heersäulen marschierten die Rebellen auf Rom und schlossen die Hauptstadt ein. Es kam aber zu keiner Schlacht mehr. Der Geist des Aufstands hatte auf das Regierungslager übergegriffen. Die Soldaten liefen über, und der Senat war gezwungen, Rom bedingungslos den Aufständischen auszuliefern.

Was folgte, war ein alptraumhaftes Blutbad in Rom und Umgebung. Der Rachedurst von Marius war kaum zu stillen. Als Verbündeten begrüßte er bei dieser Blutarbeit den Pöbel, der bei revolutionären Umschwüngen stets gewalttätig agiert. Dessen krankhaft ausschreitender Geist tobte sich aus und feierte traurige Urstände. Die Erinnyen aber suchten den haltlosen Marius heim. Er starb kurze Zeit nach seiner siegreichen Heimkehr: ausgebrannt, dem Trunke ergeben, altersschwach an Körper und Geist. Er war die Personifizierung des zum Wrack gewordenen Staatsschiffs. Sein unrühmliches »Spätwerk« wurde von Cinna allein weitergeführt.

Die Populatenpartei mit ihrem Diktator Cinna mußte sich nach Sullas Sieg in Asien zur Abwehr bereithalten. Das Parteiengezänk eskalierte wieder zum Bürgerkrieg. Sulla kam nicht als Befreier. Die Scheinwahl zwischen zwei Tyrannen und zwei Parteiprogrammen ließ den Großteil des Volkes abseits stehen. Sulla verstand es, die Masse der italischen Neubürger aus dem Parteienstreit herauszuhalten, indem er ihr durch Cinna erreichtes Bürgerrecht nicht anrührte. Im wesentlichen standen sich in diesem erneut auflodernden Bürgerkrieg die zwei bekannten Parteien der Optimaten und Populaten mit ihren Gefolgsleuten und Söldnern gegenüber. Es mußte wieder einmal die bessere Truppe entscheiden. Der anfänglich unterlegene Sulla besaß die kampferprobteren Verbände und war ein entschlossener und umsichtiger Truppenführer.

Aus allen Himmelsrichtungen strömten ihm die Reste der zerschlagenen Optimatenpartei zu. In harten Gefechten schlug Sulla zwei konsularische Heere und nahm schließlich die Hauptstadt ein. Die Schlacht am Collinischen Tor markiert den Höhepunkt des sullanischen Kriegsglücks. Die Stunde der Rache war jetzt gekommen. Sulla gab den Gefangenen keinen Pardon. In den einsetzenden Proskriptionen wurden Tausende seiner Gegner liquidiert. Auch die Besiegten gönnten sich einen letzten Triumph, indem sie die noch in ihrer Macht befindlichen Gegner niedermachten. Marius und Cinna hatten ihren Meister in der Gegenpartei gefunden, der mit gleicher Münze heimzahlte (und von gleichem Kaliber war).

Bevor Sulla in Rom einmarschierte, hatte er im Osten erfolgreich gefochten und Roms Stellung gefestigt. Der pontische König Mithradates hatte die Griechen zur Erhebung gegen Rom aufgestachelt. Roms Geltung im Mittelmeerraum war durch die ständige Selbstzerfleischung so herabgesunken, daß es eine zweitrangige Macht wagen konnte, Rom herauszufordern.

In der »Vesper von Ephesos« ordnete der König die Nieder-
metzelung aller Römer Kleinasiens an. Es sollen dabei bis zu
150 000 wehrlose Menschen umgekommen sein (zum Vergleich:
der mongolische Wüstling Tamerlan ließ bei der Eroberung von
Damaskus 90 000 Bürger an einem einzigen Tag köpfen! Aus
den abgeschlagenen Köpfen ließ er drei große Pyramiden errichten, danach besangen die Hofliteraten diese »Heldentat«).

Diese Aktion eines orientalischen Despoten ließ jede Spur
politischer Vernunft vermissen. Die Strafe folgte auf dem Fuß.
Die seit Marius neugegliederten und beweglicheren Legionen
waren dem Feind trotz dessen zahlenmäßiger Überlegenheit
immer gewachsen und ließen sich die Initiative nie entreißen.
Überall dort, wo der Orient martialische Massen buntgescheck-
ter Völkerschaften aufbot, war der Zerfall dieser unmotivierten
Heerscharen so spektakulär wie folgenreich, betrachtet man einmal die Parther als Sonderfall. In der Folge waren kleinasiati-
sche Kriege der ideale Weg für ehrgeizige römische Feldherren,
schnell und ohne großes Risiko zu Ruhm und Ehre zu gelangen.

Caesar konnte später über seinen pontischen Feldzug sagen:
»Veni, vidi, vici!«

Sulla brachte nun Griechenland unter seine Kontrolle und
diktierte Mithradates nach mehreren Siegen einen glimpflichen
Frieden. Er brauchte im Osten Waffenruhe, um an der »Heimatfront« zu kämpfen.

Nach seinem Sieg auf der Halbinsel verfolgte er die ver-
sprengten Reste der Populatenpartei in den Provinzen. Er hatte
seine absolute »Dienstgipfelhöhe« erreicht, wie es in der Flie-
gersprache heißt. Unbestreitbar war er der begabteste Feldherr
seiner Zeit. Er war weise genug, seine von Rückschlägen freie
Karriere als einen Fingerzeig Fortunas anzusehen, und nahm
den Beinamen Felix — der Glückliche — an. Wenn ein Bonmot
meint, daß Glück auf die Dauer nur der Tüchtige hat, dann
trifft das auf niemanden besser zu als auf Sulla. Seine autono-
me Persönlichkeit bewahrte sich infolge ihres staatsmännischen
Formats eine Distanz zur eigenen Optimatenpartei, darin Bismarck vergleichbar.

Die nach ihm benannten Sullanischen Reformen brachten eine pragmatische Neuordnung der Verfassung. Das Volkstribunat wurde zugunsten des oligarchischen Senats beschnitten. Der Beamtenapparat einschließlich Verwaltung und Rechtspflege wurde den veränderten Verhältnissen angepaßt. Nachdem er den Staatskörper nach außen und im Innern gefestigt hatte, trat Sulla von der höchsten Staatsstelle ins zweite Glied zurück. Seinen kurzen Lebensabend beschloß er als Privatier. Ihm glückte die Versöhnung Roms mit den rebellischen italischen Bundesgenossen, was zu einer Konsolidierung auf der Halbinsel führte. Erst jetzt war die »nationale Einheit« vollzogen. Wenn auch durch seine Grausamkeit Schatten auf seinen Charakter fielen, so unterschied er sich doch wohltuend von seinem langjährigen Rivalen Marius. Sein Abschied von der historischen Bühne war höflicher.

3. Zwischen Sulla und Caesar 79 - 60 v. Chr.

Es liegt im freien Ermessen, die nun folgenden Geschichtsstadien als eine Zwischenzeit zu bezeichnen. Große Gestalten im Guten wie im Bösen werfen noch ihre Schatten, auch wenn sie selbst schon verloschen sind. Sie haben die Weichen in der Außen- wie Innenpolitik gestellt und alle folgenden Konflikte bereits »vererbt«. Ihre Nachfolger werden nicht nur an ihnen gemessen, sie sind sogar zu historischen Exekutivorganen bestellt. Zwischenzeiten sind daher keineswegs ereignis- und bewegungslose Zeiten. Aber der Bewegung haftet der Beigeschmack eines mechanistischen Ablaufs an. Die Geschichte kuliminiert in Personen. Erst wenn sich wieder Personen mit originellen Ideen und dynamischer Willenskraft über die Häupter der Masse und ihrer wohlgelittenen Anführer erheben, muß wieder eine Zäsur gesetzt werden. Caesar beendet mit seinem Auftreten das Jahrhundert der Bürgerkriege, selbst wenn sein Tod nochmals einen, den vorerst letzten, auslöste.

Zwischen Sulla und Caesar agierten eine Menge Römer mit durchaus wohlklingenden Namen wie Metellus, Lepidus, Sertorius, Lucullus, Crassus — und als der wohl bekannteste Pompeius. Gemeinsam war diesen Männern ihr vorrangig militärisches Wirken. Die von Sulla geerbten Konflikte wie die Auseinandersetzung mit Mithradates oder die ungelösten sozialen Spannungen auf der Halbinsel boten Zündstoff genug für Waffengänge. Ferner war eine Versöhnung zwischen Optimaten und Populaten noch nicht in greifbare Nähe gerückt. Der Zwist im Innern wie nach außen führte zu keinen originelleren Antworten als denen des Schwertes und der physischen Gewalt. So bleibt dem Chronisten nichts weiter übrig, als die Stationen militärischer Begegnungen und deren Resultate aufzuzählen:

Niederschlagung des Aufstands von Sertorius in Spanien durch Pompeius. Beendigung des Seeräuberunwesens im Mittelmeer durch denselben. Niederschlagung eines Sklavenaufstands unter Spartakus durch Crassus, der durch Verrat im Feldzug gegen die Parther bei Carrhae (53 v. Chr.) fällt — 6000 wieder eingefangene Sklaven wurden an der Via Appia gekreuzigt.

Eroberung Kleinasiens durch Lucullus und Fortführung dieses Krieges durch Pompeius. Dieser Krieg führte zum Ende des Seleukidenreiches und zur Neuordnung Vorderasiens in neue Provinzen: Bithynien, Pontus, Cilicien, Syrien.

Der weitaus bedeutendste Mann zwischen Sulla und Caesar war Pompeius. Er war ein guter Feldherr, der sowohl zu Lande wie auch auf der für die Römer ungewohnten See Erfolge erstritt. Letztlich aber war er nur ein guter Kondottiere, der seine ungeheure militärische Macht nicht in politische Alleinherrschaft umzumünzen verstand. Und so mußte er der entschlosseneren und kraftvolleren Persönlichkeit Gaius Julius Caesar weichen.

Resümee:

Dieses historische Intermezzo zeigt dem Betrachter demnach nur drei Höhepunkte: den großen Sklavenaufstand des schon erwähnten Sklavenführers Spartakus (der nach dem 1. Weltkrieg zu neuen Ehren gelangte, nämlich als revolutionäres Symbol der eben gebildeten KPD), die berüchtigte Catilinarische

Verschwörung, die durch den Philosophen Cicero aufgedeckt wird und in die Caesar insgeheim verwickelt ist, sowie die schon erwähnte Neuordnung des Ostens durch Pompeius. Mit den ersten beiden Ereignissen ist die soziale Frage tangiert — beredtes Zeichen für die Unfähigkeit der senatorischen Optimatenpartei, diese endlich im Sinne eines »sozialen Ausgleichs« zwischen den konträren sozialen Schichten des Volkes und des vermögenden Aristokratenklüngels von Optimaten und Rittern aufzulösen. Die machthungrigen Optimaten konnten und wollten schwerlich auf ihre Privilegien verzichten; selbst die Führungsspitze zeigte Risse. Catilina entstammt ihr — verarmt — und stürzte sich in Schulden. Seine Hoffnung auf das Konsulat — und damit auf lukrativen Geldgewinn — zerschlägt sich. Folglich bleibt ihm nur die gewaltsame Verschwörung übrig. Einige tausend Anhänger hat er schon in Rom mobilisiert — da funkt ihm dieser Philosoph, dieser »Homo novus« Cicero dazwischen. Mit 3000 Getreuen flüchtet er nach Pistoia und stellt sich dort den anrückenden Prätorianerkohorten zur »letzten Schlacht«. Er verliert sie trotz aller Tapferkeit (auf den Zusammenhang seiner persönlichen Tapferkeit bei ansonsten »unmoralischem« Lebenswandel hat der bedeutende italienische Soziologe V. Pareto in seiner Schrift »Vom Tugendmythos und die Unmoralische Literatur« hingewiesen). Catilina fällt. Schon vorher hatte Cicero auf höchst fragwürdige Weise — unter Ausschaltung des Gesetzes — Catilinas Mitwisser (die übrigens aus den unteren Schichten stammten) vor dem Senat durch seine rhetorisch brillanten Anklagen fertiggemacht; sie wurden daraufhin hingerichtet. Die Redekunst wieder einmal im Dienst einer zweifelhaften Sache. Ein so großer Philosoph, wie ihn uns Literatur- und Philosophiegeschichte schmackhaft machen wollen, war der liebe Cicero denn doch nicht, munter mischte er in den Bürgerkriegswirren mit.

4. Caesars Umwandlung der Republik in eine Monarchie

»Der Schlußtyrann, der dem ermüdeten Ringen um Allein-
herrschaft ein Ende macht.«

Nietzsche, »Die fröhliche Wissenschaft«, S. 57

So oder ähnlich könnte es in einer dramatischen Theater-
anweisung stehen:

Vorspiel auf dem Theater:
Der Vorhang geht auf, und ein Mann betritt die Bühne der Welt-
geschichte, der seine Epoche prägen sollte wie kein Römer vor
und nach ihm. Mit Caesar erhält Rom seine größte historische
Gestalt wie die Hellenen mit Alexander dem Großen und die
Franzosen mit Napoleon Bonaparte.

Die Nachwelt sieht in diesen über menschliches Maß hinaus-
gewachsenen Persönlichkeiten Kulminationspunkte der Spezies
Mensch. Indem sie diesen genialen Ausnahmemenschen ihre
Reverenz erweist, ehrt sie sich selbst und wird sich fasziniert
der menschlichen Möglichkeiten bewußt. Indes hieße es die
Natur der Erdenbürger verkennen, sieht man nicht auch neben
der Bewunderung jener Superlative die pathologische Manie,
zu verkleinern und den Glanz des Ruhms zu trüben. So wie
der Zufall mächtiger als das Genie ist, so ist die Mißgunst
unerbittlich langlebiger als die Verehrung. Am Ende wird die
monumentale Gestalt Caesars so viele Antworten geben, wie
Fragen gestellt waren. Der römische Diktator von eigenen Gna-
den löst sich von seiner Zeit und wird in den Olymp musealer
Größe entrückt. Und ein jeder wird Caesar so sehen und interpretieren, wie es ins eigene Konzept paßt.

Die Schar seiner Biographen kennt alle politisch-historischen
Strömungen. Die dunklen wie hellen Charakterzüge Caesars
fordern zur Deutung heraus:

In Caesar ist das Genie mit all seinen Fehlern und Schwächen
Mensch geworden. Er evoziert Widerspruch und enttäuscht jene,
die auszogen, das Ebenbild der Götter zu betrachten, das Caesar
am Ende seines Lebens offiziell werden sollte.

Caesar ist als »Werkzeug der Geschichte« ausgesandt, die Sehnsucht der damaligen Menschheit nach Ordnung in einer immensen Fülle von Ereignissen zu stillen. Die innere Zerrissenheit einer bankrotten Staatsform — der Republik — vermag auch er nur zugunsten der Monarchie mit dem Schwert aufzuhalten; wirtschaftliche Probleme löst auch er nicht. Mit dem Ausblick auf die Monarchie erlöst er seine Zeitgenossen von einem Jahrhundert parteipolitischer Querelen und den Selbstverstümmelungen der Bürgerkriege.

Doch zunächst der Werdegang des antiken Weltbeherrschers mit seinen Stationen, die folgerichtig beschritten werden. Caesar handelt dabei aber nicht als kühler Programmatiker und Technokrat der Macht, sondern wirft oft risikoreich Tollkühnheit, Entschlossenheit und Phantasie in die Waagschale des Schicksals. Ein ewiger Schicksalsbund ist auch ihm nicht vergönnt; es kehrt sich gegen ihn. Aber auch hier zollt es seinem großen Sohn noch Tribut und kündigt ihm sein Ende an. Und Caesar geht ohne Wanken den letzten Schritt, den ein Mensch tun kann. Mit seiner Ermordung gesellt er sich zu den Göttern Roms. Die Welt war ihm zu eng geworden.

Dramatischer Handlungsverlauf:

Caesar wurde als Sproß einer alten Patrizierfamilie geboren, die ihren Stammbaum bis auf Äneas — den sagenumwobenen Gründer Roms — zurückführen konnte. Solch vornehme Geburt versprach eine glänzende Karriere. Im spätrepublikanischen Rom war die herrschende Adelsschicht sehr klein und untereinander verwandt oder verschwägert, was diese nicht davon abhielt, sich untereinander erbittert zu bekämpfen. Hilfsmittel waren Denunziationen, intrigante Klagen, ungerechte Urteile, Korruption, Drohungen und selbst der Einsatz physischer Gewalt. Verbündete konnten die plebejischen Massen, die Männer der Aristokratie und Finanzwelt sowie die Militärs mit ihren Legionen in Rom und auch in den Provinzen sein. In dieser römischen Ränkeschmiede war eine auf persönlichem Können basierende Karriere nur in subalternen Funktionen möglich. Sichere Zeichen des Wechsels von der betriebsamen Aristokratie zur bestechlichen Plutokratie — zur »Herrschaft der Geldleute«. Sobald ein Kandidat sich durch besondere Leistungen und Eigenschaften hervortat, mußte er mit den Interessen anderer kollidieren. Im Kraftfeld der Macht gab es ein ständiges darwinistisches Ringen um die besten Plätze.

Die römische Gesellschaft rekrutierte ihre Führungselite nicht aus den Besten und Geeignetsten; es siegten vielmehr die Raffiniertesten und Virtuosesten.

Wie man zur Macht kam, entnehmen wir einem Brief des Quintus Cicero an seinen Bruder Marcus (64 v. Chr.):

»2. Fast an jedem Tage, wenn Du zum Forum hinabsteigst, mußt Du folgendes bedenken: Ich bin ein Emporkömmling (*Homo novus*), ich bewerbe mich ums Konsulat, dies ist Rom. Den Nachteil, daß Du keinen alten Namen hast, wirst Du am besten aufwiegen durch Deinen rednerischen Ruhm . . . Ein Mann, den sich selbst gewesene Konsuln ohne Bedenken zum Sachwalter (*patronus*) nehmen, der kann selber des Konsulates nicht unwürdig sein. Da also dies die Grundlage Deiner Berühmtheit ist und Du alles, was Du bist, ihm verdankst, so erscheine zu Deinen Reden so vorbereitet, als ob jeder einzelne Fall ein Gesamturteil über Deine Begabung abgeben sollte.«

3. »Sorge dafür, daß Du alles, was Dir dabei helfen kann, . . . bereit und bei der Hand hast . . . Sieh zu, daß Deine Freunde, ihre Zahl und ihre verschiedenen Klassen, nicht unbemerkt bleiben. Du hast einen Vorzug, den nicht viele Emporkömmlinge gehabt haben, Du hast zu Freunden alle Steuerpächter, beinahe den ganzen Ritterstand, viele Landstädte, die Dir persönlich verpflichtet sind. Leute aus allen Ständen, die Du verteidigt hast, eine Anzahl von ›Kollegien‹, außerdem eine große Menge von jüngeren Leuten, die das Studium der Redekunst Dir verpflichtet hat, zahlreiche Freunde, die Dir täglich ihre Aufwartung machen . . .«

13 f. ». . . zweitens . . ., Du bewirbst Dich um das Konsulat: jeder hält Dich dessen für würdig, aber Du hast dabei viele Nei-

der . . .: die Männer aus konsularischen Familien, die es nicht so weit gebracht haben wie ihre Vorfahren . . ., daneben andere Neulinge, die es nur bis zum Praetor gebracht haben . . ., schließlich viele Leute aus dem Volke . . . So mußt Du alle kluge Überlegung, Wachsamkeit, Mühe und Sorgfalt anwenden.«

16. »Bei der Bewerbung um ein Amt mußt du zweierlei sorgfältig beachten, dich der Bereitwilligkeit deiner Freunde zu versichern und dir das Wohlwollen des Volkes zu gewinnen. Diese Bereitwilligkeit der Freunde mußt Du Dir gewonnen haben durch Gefälligkeiten, durch Erfüllung freundschaftlicher Verpflichtungen, durch die lange Dauer der Bekanntschaft, Freundlichkeit im Umgang und Liebenswürdigkeit im Wesen. Doch geht der Begriff ›Freund‹ bei einer Bewerbung weiter als sonst im Leben. Als Freunde sind alle zu betrachten, die Dir einiges Wohlwollen bezeigen . . ., die Dein Haus häufig aufsuchen. Gleichwohl ist es besonders nützlich, denen teuer und willkommen zu sein, die aus einem berechtigteren Grunde, sei es durch Verwandtschaft, Verschwägerung, Zugehörigkeit zu einer Vereinigung oder aus sonstigen Bindungen Deine Freunde sind.«

»17. Ferner: Gerade bei den Personen, die Dir besonders nahestehen, die Deinem Hause eng verbunden sind, mußt Du große Mühe aufwenden, daß sie Dich gern haben und Dir möglichst großen Einfluß wünschen, dazu bei den Angehörigen Deiner Tribus, Deinen Nachbarn, Deinen Klienten, schließlich bei Deinen Freigelassenen, ja am Ende sogar bei Deinen Sklaven; denn fast alles, was zu Hause geredet wird, wird von ihnen hinausgetragen und trägt bei zu dem, was man auf dem Forum über Dich redet.«

Nur wer alle Einflußgrößen richtig einschätzte und entsprechend agierte, die komplizierten diplomatischen Fäden spann und über eine entsprechend einflußreiche Hausmacht verfügte, konnte sich in diesem Selektionskampf behaupten. Diese offenkundigen Mängel in der Heranbildung der Führungskräfte führten zu grotesken Situationen im Leben der Republik. Jeder konnte ungeachtet seiner Eignung in Kriegszeiten Feldherr werden, vorausgesetzt, er hatte es zum Konsul gebracht. Die Niederlage bei Cannae geht z. B. auf das Konto des Kaufmanns Tarentius Varro. Umgekehrt war der ständige Parteienhader nicht nur ein geistiges Ringen mit rhetorischen Mitteln. Wer eine Position innehatte, mußte ständig damit rechnen, von politischen Gegnern durch gedungene Mörderbanden umgebracht zu werden. Nicht umsonst führten Leute von Stand immer eine Leibwache mit sich, wenn sie die Kapitale betraten. Der Senat forderte deshalb oft von siegreichen Feldherren vor dem Einzug in Rom, die Legionen aufzulösen. Die Sprache der Macht und Gewalt war allgegenwärtig. Caesar bekam sie recht bald selber zu spüren. Der Diktator Sulla sandte Spürhunde gegen ihn aus, so daß Caesar gezwungen war, Nacht für Nacht seine Verstecke zu wechseln. Später — bereits als Prätor — setzte er sich für ein mildes Urteil gegen die Teilnehmer der Catilinarischen Verschwörung ein. Allein seine Gegner unter Marcus Cato zögerten nicht, mit dem Schwert auf ihn loszugehen. Sueton beschreibt die Wirkung dieser Szene vor versammeltem Senat plastisch: »Dieser Moment wirkte so abschreckend auf ihn, daß er nicht nur nachgab, sondern auch den Rest des Jahres hindurch die Senatsversammlung nicht mehr besuchte.«

Diese Eindrücke sollten ihre Wirkung auf Caesar nicht verfehlen. Er haßte dumpfe Gewalt und beschränkte sie später auf notwendige Exempel. Gleichzeitig konnte er gegen Barbaren eine Grausamkeit an den Tag legen, die römischer wie antiker Mentalität entsprach. Römische Tugenden wie Treue, Ehrfurcht, Frömmigkeit und Gemeinschaftssinn (die Stellung in der Öffentlichkeit) verwässerten sich im Laufe einer langen Geschichte; andererseits galten sie nur gegenüber freien Bürgern. Es blieb dem Christentum vorbehalten, den Wert eines Menschen neu festzulegen — was die gesellschaftliche Komponente wieder schwächte. Der Römer verachtete Sklaven und verteufelte jene Menschen, die noch nicht in den zweifelhaften Genuß römischer Zivilisation gekommen waren. Caesar war nicht nur Kind dieser Zeit; er beherrschte auch meisterlich die von der ausgehöhlten Republik aufgestellten Spielregeln. Aus taktischen Gründen ergriff er die Partei der unterprivilegierten Volksmassen und konnte dabei den Trumpf seiner exzellenten Rednergabe ausspielen. Wie bei vielen Revolutionären, so war auch Caesar deshalb als Revolutionär so erfolgreich, weil er der vollkommene Eleve des »Ancien Régime« war. Mit sicherem Instinkt nutzte er die Käuflichkeit von Menschen, Meinungen und Ämtern und wurde so zum größten Schuldner der Antike. Bertolt Brecht hat in seinem Buch »Die Geschäfte des Herrn Julius Cäsar« Caesars Leben treffend — wenngleich überzeichnet — als einen ständigen Kampf um Gelderwerb charakterisiert. Mit riesigen Bestechungsgeldern sicherte er sich laufend höhere politische Ämter und trug die Schulden dann mit dem Ertrag seines Amtes ab. Er verpflichtete sich mit diesem Trick gleich zwei Parteien auf einen Schlag: die Plebejer und seine Gläubiger. Letztere mußten immer wieder in Caesars Karriere investieren, um zu ihrem Geld zu gelangen. Andererseits befand Caesar sich in ständigem Zwang, seine Unternehmungen zu eskalieren. Eine geordnete Provinz war gänzlich ungeeignet, schnell große Mittel zu beschaffen. Also mußten Beutekriege veranstaltet werden. Wo dies, wie im diesseitigen Spanien, nicht möglich war, ging er mit dem Scharfsinn eines Bankiers vor. Durch eine umsichtige Verwaltung setzte er das aufblühende Land »in die Lage«, langfristig Tribute zu leisten.

Wieder in Rom, fand Caesar eine Machtkonstellation vor, die seinem Geschmack entsprach. Im Osten befehligte Pompeius seit Jahren Heere und Flotten und hatte in den neu eingerichteten asiatischen Provinzen eine beachtliche Hausmacht. Argwöhnisch verfolgte der aristokratische Senat jedes Anwachsen der seiner Kontrolle entzogenen Macht. Caesar erkannte, daß er allein jetzt noch zu schwach war, gegen den Senat und die legal-parlamentarische Seite loszuschlagen. Er verbündete sich daher kühlberechnend mit Pompeius und dem märchenhaft reichen Crassus. Im Triumvirat um 60 v. Chr. verabredeten die drei bedeutendsten Männer Roms, daß nichts im Staat geschehen dürfe, was dem Willen eines von ihnen widersprach. Caesar hatte mit diesem Bündnis Pompeius ausmanövriert. Pompeius hatte es in der Hand gehabt, mit seinen Legionen den korrupten und machtsüchtigen Senat aus Rom zu fegen. Keine Senatstruppen hätten ihn daran hindern können – und das Volk war infolge seiner langjährigen außerordentlichen Machtfülle allmählich daran gewöhnt, daß eine kraftvolle Leitung des Staates nur durch den Willen eines einzelnen Mannes zu erhoffen war. Allein, als er den Griff zur Macht tun konnte, versagte sich ihm Herz und Hand. Erst mit Caesar kam der Mann, der kaltblütig genug war, hergebrachtes Gesetz und Regelwerk durch eigenes zu ersetzen.

Das Triumvirat spielte erfolgreich im politischen Marionettentheater mit und setzte mehr als einmal seinen politischen Willen durch. Durch die Einschaltung der Volksversammlung, die unter der pekuniären Kontrolle des Dreigestirns stand, wurde der Senat mattgesetzt. Caesar, nach Vereinbarung nun Konsul, erhielt vom Senat einen Mitkonsul namens Bibulus zum Aufpasser. Mit ihm sollte das Marionettentheater seinen ersten – wenngleich tragischen – Kasperl bekommen. Zielstrebig wurden Entscheidungen getroffen, die klar darauf abzielten, die außerordentliche Machtfülle gesetzlich zu verankern. Die prokonsularische Verwaltung wichtiger Provinzen wurde auf Jahre vergeben, und Caesar selbst wurden auf Betreiben Pompeius' für fünf Jahre die Provinzen Gallia Cisalpina, Illyricum und Gallia Narbonensis zugesprochen. Der Senat hatte ihm entsprechend der Verfassung die Oberhoheit über diese beiden ersten Provinzen in der Absicht gegeben, Caesars Dynamik mit Straßenbauten und Provinzquerelen zu erschöpfen. Aber Caesar hatte damit eine weitere Schwelle zur Macht überschritten. Er beherrschte mit seinen Legionen nun den Zugang zur italischen Halbinsel, die verfassungsgemäß keine Truppen beherbergte. Der Historiker Mommsen beschreibt dies treffend: »So beherrschte der Kommandant der norditalischen und gallischen Legionen auf die nächsten fünf Jahre zugleich Italien und Rom – und wer auf fünf Jahre, ist auch Herrscher auf Lebenszeit.«

Seinen Bundesgenossen Pompeius hatte er durch Vermählung mit seiner Tochter Julia zugleich zum Freund gewonnen. In

Luca wurde das Triumvirat angesichts einer Herausforderung durch den Senat erneuert und gefestigt. Bevor Caesar in seine Provinzen ging, ordnete er noch die politischen Geschäfte an der »Heimatfront«. Er verpflichtete sich die jeweiligen Amtsbewerber und ließ keinen zu einem Amt gelangen, der nicht seinen Segen hatte. Er hatte als Drahtzieher die Fäden und damit die Marionetten fest im Griff.

Bis zu diesem Stadium war Caesar listenreich Sprosse um Sprosse auf der Erfolgsleiter emporgeklettert, hatte aber noch nichts Besonderes geleistet, was ihn über seine Zeitgenossen hinaushob. Mit dem Aufbruch nach Gallien ändert sich dies grundlegend. Das Genie bricht sich Bahn, nachdem es die lästigen Fesseln abgestreift hat.

Caesar in seinen Provinzen, das ist der noch provinzielle Herrscher, der sich anschickt, Rom zu noch nicht dagewesener imperialer Größe zu erheben.

Welche Motive beeinflußten sein Handeln, und was winkte dem neu gekürten Feldherrn als Siegeslohn?

Caesar hatte aus den Fehlern von Pompeius gelernt. Pompeius besaß Legionen — was ihm fehlte, war das letzte Maß Willenskraft. Diese freilich hatte Caesar schon — nur die Legionen waren noch nicht in Sicht. Legionen, deren Herzen ein freigiebiger und siegreicher Feldherr gewonnen hat, waren das beste Unterpfand für den Kampf um die Alleinherrschaft. Dieser Kampf mußte aber einmal geführt und entschieden werden. Dann aber entschied das stärkste Heer über die Ansprüche seines Gebieters.

Die Legionäre zur Zeit Caesars waren Söldner, die dem Staatswohl so verpflichtet waren wie Caesar dem Senat. Längst waren die Zeiten der Punischen Kriege vorbei, in denen römische Bürger aller Schichten für das Wohl Roms kämpften und starben. Die Identifikation von persönlichem und staatlichem Wohlergehen war ausgelöscht. Die zeitgenössischen Kriege fanden außerhalb des italischen Stiefels zum Ruhme zweifelhafter Führer statt oder wurden im Innern als Bürgerkrieg zwecks Machtergreifung geführt. Rom wurde nicht verteidigt, sondern geht seinerseits mit seinen neuen Legionen zum Angriff über. Verständlich, daß nur ein erfolgreicher Feldherr bedingungslos vertrauende Soldaten fand. Caesar mußte die seinem Kommando unterstehenden Truppen erst noch fest zusammenschmieden, bevor er ein starkes Schwert in Händen hatte. Das aber konnte nicht durch Straßenbauten und ewigen Frieden geschehen. Nicht unterschätzen durfte man dabei auch die strategische Lage der Halbinsel. Im Norden waren zwar Provinzen dazugekommen, aber der Schrecken des zweiten Keltensturms — als die Kimbern und Teutonen den römischen Heeren drei Niederlagen hintereinander beibrachten und bei größerer Entschlossenheit bis Rom hätten vordringen können — waren unvergessen. Je größer die Pufferzone zwischen der nördlichen römischen Grenze und der Halbinsel war, desto sicherer war man in Rom. (Antike Frühwarnzeiten für Barbaren quasi.)

Der Feldzug Caesars ufert beim Thema Kriegsentfesselung zum Spekulationsgegenstand aus und vermengt sich mit dem Komplex finanzieller Interessen. Wie schon geschildert, befand sich Caesar in einer Art Teufelskreis: Immer größere Mittel mußte er aufwenden, um Sympathisanten wie Kontrahenten in Schach zu halten. Daneben wendete der immer mehr an Statur gewinnende Caesar Unsummen für privaten Ehrgeiz auf. Mit seinen Erfolgen stieg seine Baulust und Großzügigkeit. Er erlag der Versuchung, Baudenkmäler einer staunenden Nachwelt zu hinterlassen, wie vor ihm die Pharaonen und nach ihm die Caesaren (bis hin zu jenem Tyrannen Hitler, der einst Pläne zu einer gigantischen Metropolis spann). Bei Caesar waren die architektonischen Vorhaben realistischer. Heute eine Fechterschule, morgen eine Säule, übermorgen die Vision eines Forums — immer *peu à peu*.

Der immense Geldbedarf war einer von Caesars Antriebsmotoren. Ob er die größte Schubkraft entwickelte, sei dahingestellt. Im Rücken saßen ihm die Gläubiger, voraus war die Sicht auf reiche Beute. Wer würde da lange zaudern?

Römische Kaufleute hatten ihre Finger schon längst nach Gallien ausgestreckt. In einer antiken Schilderung heißt es, daß »kein Gallier ein Geschäft macht ohne Vermittlung eines Römers«. Dabei spielte römischer Landwein die Rolle, die später das »Feuerwasser« bei den Indianern innehatte.

Caesar kannte den merkantilen Expansionsdrang Roms und den Stellenwert dieses »Exporthandels«. Er brach aber mit Gewißheit nicht auf, um Krämerseelen die zweifelhafte Sicherheit des römischen Fiskus zu bescheren. Ohne Soldaten gehen Geschäfte stets besser. Daß die Gallier unzivilisierte Barbaren waren, hinderte die Geschäftemacher keineswegs.

Die römische Verachtung für das Barbarenvolk resultierte aus einer übersteigerten und falschen Selbsteinschätzung. Mit Tacitus sollten die Römer später das wahre Antlitz Germaniens kennenlernen. Missionseifer eines »Kulturträgers« war bei Caesar mit Sicherheit nicht im Spiel — es sei denn, man deklariert als ein Ziel missionarischer Arbeit, etliche -zig Millionen Sesterzien in die eigene wie in die Staatskasse fließen zu lassen.

Nach diesem Präludium nun zur Chronik der caesarischen Ereignisse und ihrer vorweggenommenen Wertung. Wie die Reihenfolge der Motive Caesars umstritten und schwer eine absolute Gültigkeit beweisbar ist, so belegbar sind die Chroniken, zumal der hervorragendste Chronist kein anderer ist als Gaius Julius Caesar selbst.

Das Genie bricht sich Bahn und wechselt virtuos seine Wirkungsstätte. Mal der Feldherrnstab, dann die Feder; jedesmal meisterliche Hingabe an den Gegenstand. Kein Fachtalent, sondern Genie — und doch ganz Mensch, wenn er in seinem Buch »Der gallische Krieg« auch bisweilen retuschiert.

Der Krieg begann mit einem Feldzug gegen die Helvetier. Er endete mit der totalen Unterwerfung Galliens. Nach acht Jahren hatte Caesar sein Teilziel erreicht. Er blieb als Feldherr in sämtlichen Schlachten unbesiegt und gewann dem römischen Imperium ein Gebiet von der zwei- bis dreifachen Größe des italischen Stiefels dazu.

Verfolgen wir nun kurz die Etappen seiner Siege:

1. Niederlage der Helvetier und Rückführung in ihre alte Heimat. Von 368 000 Menschen, die auszogen, kehrten 110 000

zurück. Diese von Caesars Feder stammenden Zahlen werfen ein Schlaglicht auf die Grausamkeit und den Vernichtungscharakter der Kämpfe.

2. Niederlage der über den Rhein gekommenen Germanen unter ihrem König Ariovist — dessen Flucht über den Rhein.

3. Niederlage der Nervier und Aduatucer. Siegreiche römische Schlachten an der Aisne und der Sambre und Unterwerfung Belgiens.

4. Unterwerfung der Küstenvölker in Nordwestgallien und der Aquitanier.

5. Caesars erster Rheinübergang und die Heerfahrt nach Britannien.

6. Ein Jahr später Caesars zweite Heerfahrt nach Britannien. Niederschlagung des Aufstands der Eburonen und Nervier und Vernichtung von 15 Kohorten unter den römischen Feldherren Sabinus und Cotta.

7. Kämpfe in Nordgallien — zweiter Rheinübergang und Rachefeldzug gegen Ambiorix und die Eburonen.

8. Aufstand der Gallier unter Vercingetorix und totale Unterwerfung der Gallier nach der entscheidenden Niederlage bei Alesia.

9. Letzte Niederlagen der sich nochmals aufbäumenden Gallier und endgültige Unterwerfung Galliens und Rückkehr Caesars nach Oberitalien nach erfolgter Befriedung.

Diese vereinfachte Skizzierung findet sich in Caesars Buch »Der gallische Krieg«. Sie veranschaulicht die systematische Eroberung des Landes, die sporadischen Erhebungen mit bisweilen beachtlichen Erfolgen der Gallier und die enorme Zähigkeit, mit der die Römer ihren Erfolg erzwangen. In den Geschichtsbüchern der Schulen wird Gallien dem modernen »Zeitgeist« gemäß auf »einer halben Seite« erobert. In einer Aneinanderreihung von Schlachten wird ein Kolossalgemälde gezeichnet, nach dem Caesar wie im Rausch »kam, sah und siegte«! In Wirklichkeit war der gallische Krieg ein schweres Ringen, in dem Caesar selbst mehrfach ernsthaft bedroht war. Sein berühmtes »veni, vidi, vici« bezieht sich auf seinen pontischen Krieg. Bezeichnenderweise waren die Legionäre Caesars in allen späteren Kämpfen die Waffenkundigsten, was für die Härte der Kämpfe spricht. In Anbetracht der Zahl kämpfte stets David gegen Goliath. Und doch erwies sich hier die Relativität von Zahlen, wenn ein scharfer analytischer Verstand über ein gutes Kriegsinstrument verfügte und dies auch richtig einsetzte. Die Kette der Siege war an sich zwingend: Militärisch gesprochen kämpften römische Profis gegen gallisch-germanische Amateure. Die eisernen Drill gewohnten römischen Berufssoldaten waren hinsichtlich Disziplin, Handfertigkeit im Gebrauch von Waffen, in der Bewaffnung selbst und in der Führung dem Gegner haushoch überlegen. Die Gegenseite vermochte dem nichts außer Menschenmassen und deren Enthusiasmus entgegenzustellen. Während die Römer gewohnt waren, unter einem zentralen Kommando in Legionsstärke zu operieren, und im Falle der Niederlage einen geordneten Rückzug antraten, gliederten sich die Gallier in Stämme — fast selbständige Heeresteile —, die oft genug versagten und dann ihre ganze Streitmacht in eine chaotische Flucht rissen.

Die Römer hatten einen ausgeprägten Sinn für die Sicherung ihrer Verbände. Schon damals sparte Schanzen Blut. Sie legten daher täglich befestigte Feldlager an und waren darin wahre Meister. Für die nicht mit Ramm- und Belagerungsgerät versehenen Barbaren waren die Lager nahezu uneinnehmbar. Auch beim direkten Aufeinandertreffen in einer offenen Feldschlacht sowohl Mann gegen Mann als auch in der taktischen Anlage und Durchführung der Schlacht waren die Römer überlegen. Den Vorteil der Geländekenntnis nutzten eher noch die umsichtigen Römer. Durch die geschickte Staffelung der Truppen und dem Einsatz von Legionsreserven und — psychologisch wichtig — immer im Rücken das sichere Lager, wurde der Kampfwert der Römer weiter erhöht. Das größte Verdienst gebührt Caesar aber für alle jene Siege, die er dadurch erstritt, daß er es gar nicht erst zum Kampf kommen ließ. Die ungeheure Mobilität seiner Truppen ermöglichte es ihm meist, durch Eilmärsche einer Vereinigung feindlicher Truppen zuvorzukommen und so durch seine momentane Überlegenheit die feindlichen Stämme zur Unterwerfung zu zwingen oder — wenn dies nicht geschah — sie nacheinander zu besiegen.

Caesar wäre nicht wert, Genie genannt zu werden, wenn er nicht auch noch zu seiner militärischen Begabung einen untrüglichen Instinkt für diplomatisch-politisches Handeln besessen hätte. Durch die Ausnützung der natürlichen Stammesgegensätze besaß er stets auch Bundesgenossen, die die Versorgung seiner Truppe übernahmen. Caesars Reiterei bestand zum Beispiel aus gallischen Hilfsvölkern, die durch seine Milde, infolge Geiselstellung oder ganz einfach ihres Vorteils wegen auf der Seite des römischen Volkes fochten. Den Aufbau einer eigenen römischen Reiterei versäumte Caesar offensichtlich.

Acht Jahre Kampf — sieht man einmal von den üblichen Winterlagern ab — waren eine Auseinandersetzung, in der jede Partei auch die Chance besaß, aus den eigenen Fehlern und auch vom Feind zu lernen. Als die unabhängige gallische Kultur ihre Selbständigkeit an Rom verlor, erstand ihr in Vercingetorix ihr größter Sohn, der zwar nicht die Freiheit, wohl aber die Ehre rettete. Dieser gallische Fürst einigte noch einmal die gallischen Stämme und kämpfte in einer Art antikem Guerillakrieg gegen die Römer. Durch die Taktik der »verbrannten Erde« und die Vermeidung einer offenen Feldschlacht brachte er die Römer in große Schwierigkeiten. Am Ende aber mußte auch er kapitulieren und fand Jahre später in Rom ein schmachvolles Ende.

Wehe den Besiegten, so lautete zu allen Zeiten die Parole. Besonders grausam nach heutigen Maßstäben war das Schicksal all jener, denen kein Schlachtenglück winkte oder die sich den Römern nicht rechtzeitig unterwarfen. Der Tod oder ein lebenslängliches Los als Sklave war diesen Unglücklichen beschieden. Zwar sagt Sueton Caesar übergroße Milde nach, doch bezieht diese sich auf die Behandlung persönlicher, meist römischer Gegner. Frauen und Kinder wurden von den Römern genauso getötet wie Greise oder vom Feldherrn den Soldaten zum »Gebrauch oder Verkauf« überlassen. Aus den Verkaufserlösen gallischer Sklavenauktionen flossen Unsummen in die Kassen der Sieger.

Und doch ist es falsch, mit heutigen Maßstäben zu moralisieren. Wenngleich Caesar in Gallien mindestens eine Million Tote hinterließ, so waren auch er oder seine Legionäre ständig einem ähnlichen Schicksal ausgesetzt. Bei den Barbaren war die Marter noch üblich — und mehr als ein Legionär wurde lebendig begraben oder verbrannt. Als es erstmals gegen Ariovist ging, geisterte ein großer Schrecken vor der gewaltigen Körpergröße der Germanen durchs römische Lager. Die Soldaten waren verzagt und machten ihre Testamente. Caesar hielt eine flammende Rede an den versammelten Kriegsrat und die anwesenden Centurionen. Die allgemeine Stimmung schlug um. Sein rhetorisches Talent und seine einfache, aber packende Argumentation überzeugten die Legionäre aufs neue, ihr Kampfesmut kehrte zurück.

Warum zeigte sich erstmals in Gallien das Genie in Caesar? — Trotz offenkundiger Versäumnisse der Landsicherung gegen Aufstände oder riskanter und ergebnisloser Unternehmungen, wie der zweimaligen Heerfahrt nach Britannien.

Caesar hatte zunächst ein begrenztes Ziel. Sein klarer Verstand erkannte in den ersten Auseinandersetzungen, welche Möglichkeiten für Rom in Gallien schlummerten. Er persönlich setzte seine Visionen gegen mannigfaltige Widrigkeiten und Hemmnisse durch und zwang seinem Land seinen Willen auf. Nur wer eine Idee besitzt und selbst daran glaubt, kann sich letztlich durchsetzen. Caesar eroberte als Feldherr, Politiker, Demagoge, Organisator ein riesiges Land durch römische Zähigkeit und das Charisma eines Führers, der seine Soldaten zu absoluter Treue und bedingungslosem Einsatz mitriß. Er lebte seinen Soldaten den Glauben an den Sieg vor und war in brenzligen Schlachten der erste, der sein Pferd zurückschickte und sein eigenes Leben in die Waagschale warf. In seiner grenzenlosen Hingabe an seine Ideen und Ziele war er zugleich unter Verzicht auf Privilegien irgendwelcher Art »der Treueste der Treuen«.

Nun galt es, die in Gallien gewonnene Macht in politischen Einfluß in Rom umzumünzen.

Nach Ordnung der gallischen Angelegenheiten ging er nach Oberitalien und nahm den Kampf um die Alleinherrschaft auf. In Rom selbst waren schwerwiegende Änderungen erfolgt: Crassus war mit einem Heer im Krieg gegen die Parther vernichtend geschlagen und dabei getötet worden. Seine Absichten, es Cäsar bzw. Alexander dem Großen im Osten gleichzutun, scheiterten, und damit wurde das Triumvirat zum Duell zweier ehemaliger Freunde. Pompeius war nämlich auf den Kurs der Senatspartei eingeschwenkt. Zum Lohn wurden ihm diktatorische Vollmachten zuerkannt. Der Senat beabsichtigte, Pompeius gegen Caesar auszuspielen und als lachender Dritter die alten Zustände wieder herzustellen. Aber Caesar ließ sich nicht von dieser unheiligen Allianz düpieren. Er war entschlossen, sich nicht einem ultimativen Senatsbeschluß zu beugen, und handelte daher blitzschnell. Mit relativ schwachen Truppen stieß er über den Rubikon vor und zersprengte das sich langsam sammelnde Heer der Wehrfähigen Italiens. Der Sieg war so unblutig wie überwältigend vollständig. Pompeius räumte fluchtartig die Halbinsel mit der ihm ergebenen Flotte unter Zurücklassung aller Hilfsquellen einschließlich der Staatskasse. Es war dies die Niederlage einer Gesellschaft, die marod und schwerfällig war, da bei der ersten Infektion keine Abwehrkräfte in ausreichendem Maß vorhanden waren.

Aber noch war der Widerstand der Pompeianer nicht gebrochen, den Krieg in und aus den Provinzen fortzusetzen. Bis auf Gallien waren sie sämtlich in Pompeius' Hand und stellten im ganzen eine riesige Macht dar, zumal noch überall römische Legionäre treu zu Pompeius standen. Caesar war seinerseits in Zugzwang und mußte offensiv werden, um die Blockade Italiens zu lockern und die Getreideversorgung der Hauptstadt zu sichern. Ohne Flotte war dies eine schwere Aufgabe. Caesar löste sie im Verlauf der nächsten fünf Jahre auf seine Weise. Systematisch erfolgte die Niederwerfung der Pompeianer. Erst die spanischen Provinzen, dann nach der Niederlage von Pompeius bei Pharsalus die östlichen und afrikanischen Provinzen — und endlich wurde der Bürgerkrieg in Spanien beendet, wohin sich Reste geflüchtet hatten.

Auch hier wieder — wie in Gallien — Siege über Siege! Ein Feldherr mit Fortune! Und doch wurde dieser Krieg ohne Begeisterung aus einer Notwendigkeit geführt, denn er richtete sich gegen einen Feind, der gestern noch der Freund war. Caesar wußte um die Gemeinsamkeiten beider Lager und um die Sinnlosigkeit gegenseitiger Abschlachterei. Die Römer, die im Verlauf der Auseinandersetzungen fielen, schwächten den Sieger und die Position Roms. Daher schleppte Caesar diesen Krieg über 5 lange Jahre hin und führte ihn unlustig und sprunghaft. Nur Fortuna war es zu danken, daß Caesar bei den an ein Vabanquespiel erinnernden Aktionen in Ägypten und Afrika erfolgreich war. Unser Held war zweifellos auch älter geworden! In Alexandria mußte er sich schwimmend retten und schleppte seinen Feldherrnmantel an den Zähnen nach. Beide Male — in Ägypten wie in Afrika — schätzte Caesar den Feind und seine Stärke falsch ein und begann die Treffen mit weit unterlegenen Truppen. »Seine Majestät der Zufall« führte rechtzeitig Verstärkungen heran oder ließ den Feind unentschlossen handeln. Es war dies aber das Glück des Tüchtigen, der erkannte, daß das Leben einem Mann wie ihm Besseres zu bieten hatte als Siege und Feldzüge.

In Ägypten verbummelte er an der Seite der von ihm eingesetzten Königin Cleopatra kostbare Monate, in denen sich seine fast erledigten Feinde neu sammeln und formieren konnten. Die Gewöhnung forderte ihren Preis. Was bedeutete ein vorzeitiger Sieg mehr in der Unzahl von Siegen gegen die Liebe dieser Frau? Caesar blieb der menschliche Imperator, der der Zeit nicht wie ein gehetztes Wild nachjagte, weil er ahnte, daß er seine Mission auf Erden schon beinahe erfüllt hatte. Während Alexander der Große wie im Rausch die Welt eroberte, als junger Mann eine Unternehmung nach der anderen plante und seine Grenze an das Ende der damaligen Welt setzte, war Caesar maßvoller, begrenzter, gezielter, nicht von Ideen besessen, son-

dern von einem Ziel durchdrungen. Er war kein halbdespoti-
scher Welteroberer, sondern ein römischer Staatsmann, der
Feldherr wurde, um Imperator zu werden.

Als Caesar 45 v. Chr. schließlich unumstrittener Alleinherr-
scher wurde, war er 55 Jahre alt und hatte sein Leben für Rom
schon fast durchschritten. Ein Jahr sollte ihm noch bis zu seiner
Ermordung vergönnt bleiben — und dieses eine Jahr zeigt den
gereiften und weisen Staatsmann — der alles erreicht hat, was
ein Mensch erreichen konnte.

Nach 13 Jahren der Eroberungen schritt der Sieger zur Festi-
gung und Sicherung seiner Macht. Die Finanzen wurden geordnet — das gewaltige Heer der mittellosen Getreideempfänger
wurde halbiert (150 000 zu 300 000 Mann), den Kriegsveteranen
Land zugewiesen, zahlreiche Bauten in Rom errichtet und Maßnahmen gegen eine Entvölkerung der Halbinsel bis hin zur
Bodenwirtschaft ergriffen. Caesar öffnete dem innenpolitischen
Druck, der durch die sozialen Mißstände und exorbitanten
Gegensätze von Armut und Reichtum entstand, ein wenig das
Ventil. Gleichermaßen schuf er rechtlich und faktisch die Vor-
aussetzungen zur neuen Monarchie. Außenpolitisch bereitete
er einen neuen Feldzug gegen die Parther vor und liebäugelte
mit dem Entwurf, als Pendant zur »Mark« Gallien im Westen
»Marken« im Osten zu gewinnen. Gleichzeitig arbeitete er an
seiner eigenen Legende und trieb einen Personenkult mit der
eigenen Gestalt, der bewußt an die Traditionen des frühen
Königtums anknüpfte, der aber zeitgemäße Formen fand. Eine
Ämterfülle ohnegleichen wies Caesar schon äußerlich als ersten
Mann im Staate aus. Er hatte bei den Römern mit der Energie
und Zähigkeit eines über gemeines Menschenmaß Erhabenen
die Erinnerung an die über halbtausendjährige Republik ausgelöscht und sich durch seine Taten verklärt. Caesar versöhnte
die antike Vorstellung von der überragenden Bedeutung der
Götter mit der geschichtlichen Realität. Im einsetzenden Gottkaisertum fand der Zeitgeist seinen adäquaten Ausdruck. Verständlich, daß auch diese Neuerung ihre Gesinnungsopposition
fand. Ein alternder Mann, der seinen Ruf als Halbgott durch

militärische Erfolge errang, jetzt unumschränkt einem Staatswesen im Frieden vorstand und dies mit einem üppigen Personenkult dekorierte — mußte die Phantasie der Neider erregen, die es ihm gleichtun wollten bzw. zu den republikanischen Zuständen zurückzukehren beabsichtigten. Seine sprichwörtliche Milde gegenüber Gegnern ließ das nötige Maß Vorsicht vermissen — und war doch klug! Durch Stillschweigen wurde die Opposition übergangen!

44 v. Chr. wurde Caesar an den Iden des März ermordet. Diese große Persönlichkeit hinterließ in der Geschichte eine kometenhafte Spur. Die Rachegeister ließen Rom für Jahre wieder in das Chaos der Bürgerkriege zurückfallen. Doch das Lebenswerk Caesars hatte in diesen Auseinandersetzungen noch genug Substanz, um zu überdauern und für den Rest der römischen Geschichte eine neue Staatsform zu errichten: die Monarchie in der neuen Form des Kaisertums. Namen wie Kaiser, Zar — der Monat Juli — sind Spurenfragmente eines Genies, das doch ganz Mensch war. Gibt es in der Geschichte auch keine Generalität ohne Leidenschaft, so ist Caesar doch das Genie mit dem klarsten, staatsmännischsten Intellekt. Einen Strauß genialer und breit gefächerter Talente — wie brillante Rednergabe, sprachliche Ausdrucksfülle, Organisationsvermögen, sportliche Gewandtheit, beeindruckende Zähigkeit und Kunstfertigkeit als Finanzartist — durch den Sinn für das »richtige Maß« zusammenzuhalten, ist schwerer als noch so glänzende Einzelerfolge. Alle Fähigkeiten dem einen Ziel dienstbar zu machen — das da Rom heißt —, war schon die Devise großer Römer zu Zeiten der Republik gewesen. Caesar knüpfte hier an, indem er seine guten wie schlechten, moralischen wie unmoralischen Charaktereigenschaften für Rom einsetzte.

Das römische Volk errichtete ihm nach seinem Tode voller Trauer eine Säule aus einem numidischen Marmorblock. Auf ihr steht das, was Historiker in langen Lobreden ausdrücken, schlichter und eine Oktave ehrlicher:

»Dem Vater des Vaterlandes«!
Schluß des Dramas – der Vorhang fällt!

V. Das Kaisertum als notwendige Folge republikanischer Herrschaft

a) Warum?

Wie wir im vorhergehenden Kapitel über Caesar gesehen haben, zeigte die römische Spätrepublik innere — »systemimmanente« — Widersprüche, an denen sie schließlich zugrunde gehen mußte. Deshalb wird unsere Kapitelüberschrift den tatsächlichen Ereignissen ziemlich gerecht. Die Gründe dafür sind folgende:

aa) *politische* und bb) *soziale und wirtschaftliche.*

aa) In der Endphase römischer Republik — beginnend bei den Gracchen und ihren Sozialreformen — regierte die »Partei der Mittelmäßigkeit«, wie sich die aristokratischen Optimaten unter dem Aushänge- und Schutzschild des Senats nannten.

Oft in den Sitzungen und Versammlungen untereinander tumultuarisch zerstritten, wobei die Palette der Einschüchterungen bis zu physischer Gewalt reichte, wie wir es ja bei Caesar erlebten. Diese reichen und einflußreichen Senatoren verkörperten buchstäblich ihr eigenes, rückständiges Programm, das ohne jede solide »Basis« ein Wolkenkukkucksdasein in luftigen Höhen führte: einzig die nackte Macht mitsamt Geld- und Besitzinteressen war diesen Herrschaften wichtig, wobei Intrigen- und Korruptionspolitik die altrömische Gemeinschaftsidee »beerbte«.

Diese Senatorenclique des Geldes und Großgrundbesitzes — also die altadeligen Optimaten und neureichen Spekulanten — interessierte sich überhaupt nicht für die Interessen, Probleme und Sorgen des Volkes. Hatte es nicht fundamentale Bedürfnisse? Genannt seien: politische Mitarbeit im Rahmen der verfassungsmäßig garantierten Institutionen (in der Volksversammlung beispielsweise), Verbesserung der wirtschaftlichen und sozialen Lage (Stichwort »Bodenreform«) sowie Hebung des kulturellen Niveaus dieser Schichten (einschließlich neuer »Leitbilder« in Religion und Geistesleben). Ist es nicht auch ein aktuelles Problem? Diese drei Lebensbereiche tangieren uns weltweit!

Kurz: die Masse des italischen Volkes samt Bevölkerung der Provinzen wurde kaum an die Institutionen des Staates herangeführt, so daß umgekehrt eine politische Interesselosigkeit im Volk einriß, wofür wiederum die religiösen Jenseitskulte mit ihren obskuren Erwartungen und Hoffnungen sowie die resignativen philosophischen Individuallehren — die Stoa beispielsweise — besonders in der Kaiserzeit ein deutlicher Beleg sind. Die Kritik am römischen Staat — sowohl in der republikanischen als auch in der monarchischen Variante — hat sich also an der fehlenden Organisation des *freien* Zusammenlebens des Volkes zu orientieren. Im Staat gab es keine rechtlich-sittliche Vermittlung zwischen Senat — Kaisertum und Beherrschten. Die Institutionen des Staates waren demnach ausgehöhlt, weil sie eben per Korruption und Ämterkauf abgewirtschaftet hatten. Unfähige und unbedeutende, jedoch einflußreiche Männer wurden in die höchsten Positionen gehievt, wo sie den Sachzwängen in der Innen- und Außenpolitik kaum gewachsen waren. Sie verfügten über keine zukunftsträchtigen Ideen und Programme, einzig Geldmehrung und Eigentumserwerb waren von Interesse. Danach orientierte sich das Volk: es wollte »Brot und Spiele«. Man kann diesen Vorgang, der unweigerlich in die Monarchie führte, nun aber auch nicht den »bösen« und »verdorbenen« Charakteren einzelner Politiker und Staatsmänner in die Schuhe schieben, wie es von den antiken Historikern und Philosophen mit Vorliebe praktiziert wurde. Bekanntlich ist Moral ein schlechter Ersatz für sachlich-politische Entscheidungen.

Soviel zu einer möglichen politischen Deutung, warum die republikanischen Institutionen — besonders der entscheidende Senat — in sich derartige Mängel aufwiesen (Volksferne, Programmlosigkeit und Ämteraushöhlung). Dazu gesellte sich bekanntlich die innere Verwirrung, die im Zuge der Sozialunruhen, Sklavenaufstände und Bürgerkriege entstanden war. Diese unruhige republikanische Endzeit war durch die vergeblichen Versuche gekennzeichnet, soziale und rechtlich-moralische Elemente in den römischen Staatsbau hineinzutragen. Aristokratie und Volk wurden sich dermaßen gleichgültig, daß das Prinzipat des Kaisers Augustus die folgerichtige Konsequenz war. Es war ein »interesseloser Übergang zum Kaisertum«, wie es der Philosoph Hegel formulierte.

bb) Infolge der grenzenlosen Wirren und Schrecken des »Jahrhunderts des Bürgerkrieges« mußte es Wirtschaft, Landwirtschaft und Handel mehr als recht sein, wenn »oben« wieder Ruhe und Ordnung einkehrten. Danach konnten sich die wirtschaftlichen Verhältnisse wieder normalisieren (waren doch die Verkehrswege des Fernhandels durch Banditen und Piraten unsicher geworden; außerdem war die Landwirtschaft durch die Sklavenaufstände sowie den Menschenzuzug in die Städte arg in Unordnung geraten). Wer konnte da noch für stabile Verhältnisse sorgen? Eben nur noch einer: der Kaiser!

aa) Allgemeine Charakterisierung des Kaisertums (Prinzipats)

Das Prinzipat — wörtlich: Erster unter Gleichen — als Herrschaftssystem beruht auf einer allgemeinen Übereinstimmung. Ironisch gesagt: es war eben die »allgemeine Gleichgültigkeit« (Hegel), welche — als Kehrseite — eine positive Übereinstimmung ausmachte.

Formal gesehen stellt das Kaisertum, die römische Version der Monarchie, einen verfassungsmäßigen Ausgleich zwischen republikanischen und monarchischen Elementen dar, was aber nur in der Theorie stimmte. Was nutzte es dem Volk und dem

Senat, wenn ihnen die staatlichen Machtbefugnisse übertragen wurden, aber die starke Stellung des Kaisers diese sofort wieder einschränkte? Der Kaiser war zugleich Zensor, Konsul und Tribun — die eigentlichen »Schalthebel der Macht«. Alles kam demnach auf die Persönlichkeit der jeweiligen Kaiser an, wie sie diese immense Machtfülle gebrauchten. Die vorgenannten Übel der Republik — politische Ohnmacht des Volkes etwa — waren trotz des Kaisertums nicht verschwunden, wie vielleicht noch Caesar und Octavian-Augustus hoffen mochten. Dies liegt an der Doppelbödigkeit dieser Institution: einerseits politische Garantie der römischen Reichseinheit in Gestalt des den »allgemeinen Volkswillen« repräsentierenden Kaisers — andererseits schrankenlose Machtbefugnis dieses Kaisers, der über alle wichtigen politischen Institutionen gebot (nicht immer dem Amtstitel nach!), die ihrerseits von ihm abhängig waren. So wurde rein äußerlich innere und äußere Politik zu einer Frage der Moral, ob nämlich ein »guter« oder »böser« Kaiser dem Staatsganzen vorstand. Politisch gesehen ein falscher Schritt, obgleich die Charaktere der unterschiedlichsten Kaiser letztlich für den weiteren Verlauf der römischen Geschichte ohne Belang waren. Denn nicht »gut« oder »böse« sind entscheidend, sondern Politik und Wirtschaft. Selbst die moralisch so integren und gebildeten Kaiser wie Titus, Trajan oder die Antonine (u. a. ein Marc Aurel — der Stoiker) »haben keine Veränderung im Staate bewirkt« (Hegel). »Diese Kaiser waren wie ein glücklicher Zufall, der spurlos vorübergeht.« — »Jene einzelnen Lichtpunkte haben also nichts geändert«, um nochmals den großen idealistischen Denker Hegel zu zitieren. Die wachsende »Entfremdung« des Volkes von der kaiserlichen Herrschaft (und häufigen Willkür!) ist auch auf die wachsende Machtfülle der kaiserlichen Institutionen zurückzuführen, kommandierte der Kaiser doch die Armee und persönliche Leibwache der Prätorianer. Allerdings begab er sich später in deren Abhängigkeit, weil Armee und Prätorianer ihre Machtrolle gegen finanzielle Erpressungen zu steigern wußten. Ohne sie waren die Kaiser — besonders schwächliche Persönlichkeiten

— ein Nichts, eine unbedeutende Größe. Dieser buchstäblichen Einzelherrschaft lag der Gedanke der Harmonie zugrunde: mußte doch das riesige Reich durch ein Prinzip zusammengehalten werden, das allgemein akzeptiert wurde. Was nun dies neue Prinzip — die kaiserliche Monarchie — tat, »war in Ordnung« (Hegel), weil es ja der Garant des Ganzen war.

Wichtig ist ferner noch der seit der Republik unverändert fortbestehende Widerspruch zweier gesellschaftlicher Klassen, der geld- und machtbesitzenden Aristokratie — die sich gegen Ende des Kaiserreichs feudalisiert und naturalisiert (vgl. unser letztes Kapitel) — und der Masse des Volkes (hier geht die Entwicklung vom Sklaventum zur Feudalabhängigkeit auf dem Lande und zum »Staatssozialismus« in den Städten). Gleichzeitig wird jeder Römer zu einer unbedeutenden Privatperson herabgewürdigt. Seltsamerweise gerade durch die Verleihung des Staatsbürgerrechts: was nur formal von Bedeutung war — konnte man es doch nie gegen die kaiserliche Willkür in Anspruch nehmen. Zudem war es mit umfangreichen Geld- und Steuerabgaben verbunden. Besonders unter dem Kaiser Caracalla — das römische Vollbürgerrecht wurde von ihm ausgedehnt auf das gesamte Reich, was der stets leeren kaiserlichen Kasse für einige Zeit guttat. Man kann es auch offener und böser formulieren: jeder römische Bürger war gleich — nämlich gleich wenig wert, will sagen: nichts!

Wir sehen, im römischen Kaiserreich überschneiden sich zwei Tendenzen bzw. Entwicklungen: die politische Gleichgültigkeit des Gesamtvolkes in Italien und im Imperium sowie die wirtschaftliche »Strukturänderung« von der ursprünglichen Sklavenarbeit in eine feudale Naturalwirtschaft auf dem Lande und in einen »Staatssozialismus« — oder »Staatskapitalismus« (wie man will) — in den heruntergekommenen und abgewirtschafteten Städten. Letzteres werden wir im Schlußkapitel über den Untergang des Imperiums besonders hervorheben müssen. Damit heben wir uns auch von den landläufigen Ansichten und Lehrmeinungen ab, die das römische Kaiserreich der Caesaren als historische weil moralische Entgleisung bezeichnen bzw. den moralisch skrupellosen Despotismus einiger Kaiser als Hauptargument für den geschichtlichen Niedergang des Reiches anführen.

Wenden wir uns einigen dieser »guten« und »bösen« Herrscher zu. Hier wollen wir uns hauptsächlich mit ihren mehr oder weniger originellen Leistungen skizzenhaft beschäftigen. Und natürlich bei den »bösen« Kaisern einiges ins rechte Licht rücken!

bb) Allgemeine Betrachtungen zum Thema »gute« und »böse« Kaiser

Bevor wir die Reihe der »guten« und »bösen« Kaiser Revue passieren lassen — ohnehin nur die wichtigsten —, wollen wir gleich eine etwas provokante These vorausschicken: Es war und ist völlig gleichgültig, wie die Kaiser charakterlich als Persönlichkeiten bestanden. Dies, die moralische Komponente, ist in politischen Dingen unerheblich, weil es hier in erster Linie auf zweierlei ankommt: auf den Zustand der politischen Einrichtungen (Institutionen) sowie auf die wirtschaftlich-sozialen Verhältnisse im Staat. Gewöhnlich neigen die Historiker dazu, gerade die römische Kaiserzeit nach moralischen — oft übermoralischen — Prinzipien und Kategorien zu beurteilen. Paradebeispiel ist das Standardwerk der Jahrhundertwende: Domaszewskis »Geschichte der römischen Kaiser«. Hier werden die Caesaren mit deftigen, kraftvollen und eben zeitgemäßen Scheltworten bedacht — immer vor dem Hintergrund des Wilhelminismus mit seinem »Glanz und Gloria« und herrischem Schulmeisterjargon. Da machen Männer noch Geschichte! wie es in der deutschen Geschichtsschreibung des 19. Jahrhunderts frisch-fröhlich hieß. Freilich: die nächste Historikergeneration machte es besser.

Domaszewski wandelt eigentlich in den uralten Bahnen antik-römischer Geschichtsschreibung — in der Nachfolge eines Sueton beispielsweise. Der berichtete auch über Laster und Gebrechen des Intimlebens einiger kaiserlicher Bösewichter —

Nero

Nächste Seite: Eine Rekonstruktion der Stadt Rom um 270 v. Chr.

Vespasian

was den Psychologen, Psychiatern und Psychoanalytikern reizvolles Informationsmaterial an die Hand gibt. Sachlich gesehen ist eine derartige Personalisierung der Geschichte heute nicht mehr vertretbar. Und mit ebendieser Personalisierung — nichts anderes besagt ja der kernige Spruch von »Männer machen Geschichte« — hängt die moralische Wertung nach »gut« und »böse« zusammen. Selbstverständlich soll damit die Sinnhaftigkeit von Moralvorstellungen nicht angezweifelt werden — obgleich man's mit Leichtigkeit tun könnte.

Den geschichtlichen Gang vermögen sie nur graduell — an der Oberfläche — zu beeinflussen. Diese realistische Denkhaltung verdanken wir drei großen »Lehrmeistern« und Philosophen: Hegel, Marx und Max Weber. Mit Hegel haben die Historiker den Blick auf die politischen Institutionen eines Staatswesens und den bestimmten Grad ihrer und seiner Vernünftigkeit gerichtet, ob nämlich »ein lebendiger Zusammenhang« zwischen Volk und staatlichen Einrichtungen bestehe. Mit Marx und Max Weber haben sie erstmals die ungeheure Rolle wirtschaftlicher und sozialer Faktoren auf den »Gang der Weltgeschichte« richtig einzuschätzen gelernt. Allerdings gibt es bei letzteren methodische Unterschiede. Während Marx die Weltgeschichte von unerbittlichen Klassenkämpfen zwischen Herrschenden und Beherrschten — so das Grundmuster — erfüllt sieht (wo es stets um die wirtschaftliche und politische Macht geht), vermittelt Max Weber. Nicht die Herrschenden sind die geschichtlichen Sündenböcke für schlimme Verhältnisse, wie die alte Geschichtsschreibung stets mit Blick auf die Machtmittel der Herrschenden versicherte, sondern laut Marx sind es die wirtschaftlichen und sozialen Verhältnisse und Umwälzungen selbst, die den weiteren geschichtlichen Gang bestimmen. Unbeeinflußt davon, ob es die Herrschenden und Beherrschten, die Untertanen, Staatsbürger und sozialen »Klassen«, »Gruppen«, »Schichten« der Gesellschaft ahnen bzw. wissen und durchschauen. Diese Aussage von Marx ist seit Max Weber nur noch mit Vorsicht zu genießen. Aber es ist selbstverständlich, daß die eminente Rolle wirtschaftlicher und sozialer Faktoren in unserem Geschichtsbild jeder beliebigen Epoche nicht vernachlässigt werden kann. Was bedeutet dies nun für den Zeitabschnitt des römischen Kaisertums — einer wegen ihrer Untergangstendenzen von den Historikern gern traktierten Zeit?

Dreierlei: Erstens hat uns — nach Hegel — das politische Leben und Treiben unter den Kaisern zu beschäftigen (wie schon im Kapitel über den notwendigen Übergang von der Republik zum Kaisertum umrissen), zweitens haben wir uns mit der gesellschaftlichen »Schichtung« auseinanderzusetzen. Und schließlich müssen wir das weite Panorama wirtschaftlicher und sozialer »Umstrukturierungsprozesse« (wie es die Soziologen so schrecklich nennen) betrachten. Diese sind nämlich laut Max Weber »in letzter Instanz« für den geschichtlichen Untergang der römischen Kultur »federführend«.

Dabei werden wir auf neuartige Fragestellungen, Probleme und Ausblicke stoßen, die sich überraschenderweise mit einigen Gegenwartsfragen — der Tendenz nach — überschneiden. Hoffentlich machen diese Geschichtsparallelen die etwas theoretische und sachlogische Thematik lebendiger. Jedenfalls lag und liegt es kaum am mehr oder weniger erreichten moralischen Niveau, weshalb sich geschichtliche Umwälzungen »mit Notwendigkeit« ereignen müssen. Eher umgekehrt: moralische Werte und Haltungen — die der römischen Kaiser — sind Ausfluß politischen Desinteresses und können an den wirtschaftlichen Umwälzungen so oder so nichts ändern.

b) »Gute« und »böse« Kaiser

Der erste wirkliche Kaiser bzw. Imperator und Caesar war der Neffe des historischen Caesar, der sich erst nach langwährenden Auseinandersetzungen und Kriegen — erst mit der aristokratischen Senatspartei um die beiden Caesar-Mörder Cassius und Brutus und sodann mit seinem gefährlichen Mitrivalen Markus Antonius — als alleiniger Sieger des beinahe hundertjährigen

Bürgerkrieges durchzusetzen wußte. Die Seeschlacht von Aktium 31 v. Chr. markiert hier die Wende. Die Fakten sind bekannt (wurde doch über diese wirklich Weltgeschichte machende Schlacht ein historischer Monumentalfilm gedreht).

Einige Kennzeichen der Augusteischen Herrschaftspraxis:
Nachdem in den Wirren des Bürgerkrieges sämtliche Ordnungsmaßstäbe und Moralwerte »umgewertet« wurden, versucht Augustus zu den geheiligten Traditionen altrömischer Republik zurückzukehren. Er predigte die Ehrfurcht vor den überlieferten Formen und Gebräuchen und verlangte unbedingte Autorität. Interessant erscheint uns seine taktische Meisterschaft, politische Ämter und deren Rechte an sich zu reißen — ohne über die entsprechenden Amtstitel zu verfügen. Erst im Laufe der Zeit wurde da aus der praktizierten Gewohnheitsrechtherrschaft eine legale und vom Senat bzw. Volk abgesegnete »Einmannschau«. An offiziellen Titeln mangelte es hernach nicht. So: Konsul im Gemeindestaat Rom (27—23 v. Chr.), ein namenloses Imperium im Reich (faktisch die Herrschaft übers Gesamtreich), ein Amt, das mit dem Oberbefehl über das Heer verbunden war; ferner die Herrschaft über die kaiserlichen Provinzen, die von eingesetzten Legaten verwaltet wurden. In der Politik war er für die Außenpolitik, den Abschluß völkerrechtlicher Verträge zuständig. Ohne selbst Volkstribun zu sein, erreichte er die Übertragung der damit verbundenen Gewalt auf Lebenszeit. Da es anfangs noch nicht so recht mit dem Konsulatsamt klappte, übernahm er »uneigennützig« gewisse Befugnisse zur Fürsorge auf bestimmten Gebieten — ganz ohne neue und wichtige Ämter konnte man ja nicht existieren! Gleichzeitig konnte man sich mittels exzellenter Getreideversorgung und ausgezeichnetem Straßennetz bei den städtischen Massen beliebt machen, denn diese »Kompetenzbereiche« übernahm er nun doch. Als Lohn dieser Öffentlichkeitsarbeit winkte dann doch noch die konsularische Gewalt auf Lebenszeit. Vorläufig mutete er sich noch die aufreibende »Nebenbeschäftigung« der Sittenaufsicht bzw. des Sittenrichters zu — auf fünf Jahre sicherheitshalber (schließlich

sind moralische Fragen und Wertungen eine heikle Angelegenheit!). Endlich hatte er es geschafft: den obersten Priestertitel des *Pontifex maximus* hatte er sicher. Was ist ein gekröntes Haupt ohne Ehrentitel, wie wir auf anschauliche Weise aus der neueren Geschichte wissen? Die »Leistungs- und Erfolgsbilanz« konnte sich sehen lassen. Der »Vater des Vaterlandes« war sozusagen der »Familienchef« der »Großfamilie« römisches Weltreich, mit allen Schattenseiten noch so liebenswürdiger Familieneintracht. Was blieb da dem Senat an Machtbefugnissen? Hatte er eigentlich noch Wichtiges zu erledigen?

Zwei Dinge schon. Erstens die Verwaltung der befriedeten Provinzen (der ursprünglichen Kernlande, wie ein Blick auf die Karte eines x-beliebigen historischen Atlanten zeigt), während die eroberten Provinzen bezeichnenderweise von kaiserlichen Legaten in »Obhut« genommen wurden. Zweitens verwaltete der Senat den Staatsschatz — nicht die Finanzen! Derer nahm sich der Kaiser an. Eine organisatorische Neuerung ist die Verpflichtung des Ritterstandes als kaiserlicher Dienstadel mit Kommandobefugnissen über die Leibgarde der Prätorianer. Da aber der Kaiser nicht in allen staatlichen und sonstigen Dingen über den notwendigen »Durchblick« verfügte (soll bei unseren Präsidenten und Ministern auch nicht immer der Fall sein), hat er »Fremde« als Ratgeber engagiert — wie familiär!

Kommen wir kurz zu seiner Regierungszeit.

Stichwörter mögen's anzeigen: »Gebietsreform« bzw. Neuordnung der gallischen und spanischen Provinzen, Erbschaft des Königreichs Galatien. Wir erinnern uns: Rom hatte schon einmal ein Königreich geerbt: Pergamon, dessen Umwandlung in eine Provinz die Erwerbungen des Augustus im Osten abrundete.

Was macht man nach Eroberungen und ausufernden Expansionen? Man verhandelt und sucht das Dazugekommene vertraglich abzusichern. Folglich verständigte sich der Kaiser mit den kriegerischen Parthern, die während der nächsten Jahrhunderte dem kaiserlichen Rom noch schwer zu schaffen machten — einer der gefährlichsten Feinde Roms überhaupt! Vorher verzichtete der kluge Augustus aber auf jede Expansion und Aggression und setzte auf die Trumpfkarte der »Entspannungspolitik im Osten«, was den Römern — insgesamt abgeschätzt — kaum etwas einbrachte (die Kämpfe hörten nämlich nie völlig auf).

Was gibt es von der Innenpolitik zu berichten, bevor wir uns wieder der aufregenden Außenpolitik zuwenden? Wie jedes autoritäre Regime suchte nun Augustus zunächst die allgemeine Moral und Sittlichkeit zu heben, die in den alles relativierenden Wirren des kriegerischen ersten vorchristlichen Jahrhunderts einen Tiefstand erreicht hatte, was gewöhnlich die Folge langer kriegerischer Epochen ist. Mangels neuer Moral- und Verhaltensideen bzw. neuartiger ethischer Auffassungen und Gedankengebäude griff Augustus nach bewährtem Schema aufs bewährte Uralte zurück: auf die Ethik der altrömischen Zeit mit ihren kämpferischen Tugenden sowie dem ausgeprägten Gemeinschaftssinn. Dazu mußte man die Familie als die Keimzelle staatlichen Gemeinschaftslebens stärken (wie aktuell — selbst heute sind Reformen um Ehe und Familie dauernd im Gespräch!). Leider erstreckte sich diese an sich richtige Maßnahme auf die soziale »Klassenschichtung« der römischen Gesellschaft, wie es im Soziologenjargon so papieren heißt. Es wurde ein Eheverbot zwischen Senatoren und Freigelassenen proklamiert, was die ständischen Unterschiede »reaktionär« bestätigte, war gar mit rassischen Vorbehalten durchsetzt, wie zu vermuten ist. Die Hauptmasse der Sklaven rekrutierte sich ja aus den eroberten afrikanischen und asiatischen Gebieten. Erst nach beendigtem Sklavendasein wurden sie — nach Lust und Laune — Freigelassene. Spießbürgerlich erscheint uns ferner die Strafandrohung bei Ehebruch. Aber dem Kaiser galt die Institution der Ehe nun einmal alles. Dabei waren natürlich auch handfeste Interessen im Spiel. Der Kaiser sorgte sich um das »Bevölkerungswachstum«, das bei den besser lebenden Römern doch zu wünschen übrigließ. Im Reich nahm die Bevölkerung dagegen zu. Ein Phänomen, vor dem wir heute wiederum stehen (das Bevölkerungswachstum der im Wohlstand lebenden Länder des industrialisierten Westens stagniert, die Bevölkerung der Dritten Welt dagegen nimmt explosionsartig zu!). Augustus meinte, mit staatlichen Mitteln und Methoden die gewünschte Bevölkerungszunahme im Rahmen der Ehe zu dekretieren (obgleich dieses Ziel gewiß auch — wenn nicht sogar besser — durch Ehebruch erreicht werden kann, wie die bedenkenlos experimentierenden Nazis richtig erkannten und in der Endphase des Krieges moralische Bedenken dieser Hinsicht beiseite fegten). Im allgemeinen hat man unter besseren Lebensverhältnissen weniger Nachwuchs zu gewärtigen, wie uns einige Volkswirtschaftler belehren möchten, die flugs unser »industrielles Modell« der geplagten Dritten Welt als Kurmittel anempfehlen — was völlig unhistorisch ist.

Neben Augustus' Bevölkerungs- und Sittenpolitik sticht natürlich die langdauernde *Pax Augusta,* die Verkündigung des Weltfriedens, ins Auge, in deren Gefolge eine kulturelle Blütezeit einsetzte, was das geist- und kunstlose Rom der Republik niemals hervorgebracht hatte. Kultur wurde zu ihrer Zeit »importiert« — besser zusammengeraubt: aus den eroberten Ostgebieten einschließlich Griechenlands. Da wir uns in unserem Buch in erster Linie mit dem politischen Werdegang und Schicksal Roms beschäftigen, müssen wir die parallele Geistes- und Kulturgeschichte unter den Tisch fallen lassen. Außerdem ist diese Geisteskultur nach Ansicht bedeutender Philosophen — Hegels und Nietzsches etwa — von sekundärer Bedeutung; haben die Römer auf diesen Gebieten niemals originelle Eigenschöpfungen zustande gebracht. Ihre Dichtung samt Philosophie haben sie den Griechen abgeguckt, ebenso deren Kunst, und die spätere Religion Roms ist ein Sammelsurium einverleibter fremder Gottheiten und Kulte (die Fachleute nennen's Synkretismus, Polytheismus und Eklektizismus).

Die Zeit unter Augustus dokumentiert demnach eine »Kultur aus zweiter Hand«, ohne originelle Ideen oder Kulturschöpfungen. Man lebte gewissermaßen geistig von der Hand in den Mund. (Leicht gesagt, wird der Kritiker solch vordergründig-saloppe These in Zweifel ziehen. Aber wie schaut's denn gegenwärtig aus? Da kritisieren wir die Alten — und wissen uns kaum selbst zu helfen! Aber die Weltgeschichte ist ja schließlich das Exerzierfeld der historischen Kritik — der »rückwärtsgewandter Fachpropheten« allzumal —, für die »Zukunftsvogelschau« zeichnen die Futurologen »verantwortlich«.)

Augustus verkündete einen allgemeinen Weltfrieden, nachdem der römisch-imperiale Machthunger gesättigt war, denn es gab vorläufig keine ernstzunehmenden Gegner. Kurz darauf — Ironie des »Friedenstaumels« — stießen seine beiden Stiefsöhne Drusus und Tiberius an die obere Donau vor. Zwei neue Provinzen waren die Ausbeute (Raetia und Noricum). Danach verlagerte sich der Kriegsschauplatz in die ungarische Tiefebene nach Pannonien. Dieser Stamm wurde wiederum von Tiberius sowie dem fähigen Feldherrn Agrippa unterworfen. Letzterer war als Nachfolger des Kaisers vorgesehen. Ihm verdankte Augustus seine militärischen Erfolge im Entscheidungskampf gegen Mark Antonius. Leider starb er noch vor Augustus — schied also aus den Nachfolgespekulationen aus. Der Lohn dieses Unternehmens war der Vormarsch bis zur mittleren Donau. Wie jeder gute Militärexperte weiß, wird nach einer siegreichen Aktion der militärische Schwerpunkt auf andere »Frontabschnitte« verlagert, wo der mögliche Gegner auch noch geschlagen werden will. Genauso praktizierten es die Römer. In vier Feldzügen stießen sie über die Donau bzw. über den Rhein bis zur Elbe vor.

Trotz Verkündigung des »Weltfriedens« und der Einweihung des »Friedensaltars« auf dem Marsfeld — welche Ironie! — versuchten des Augustus Feldherrn die Reichsgrenzen an Rhein und Donau auf der ganzen Linie zu erweitern. Natürlich sind diese Kriege und Feldzüge nicht mit denen der neuzeitlichen Kriegsgeschichte zu vergleichen. Es gab natürlich keine ununterbrochenen Kämpfe, auch keine zusammenhängende Frontlinie, ferner war man den Unbilden des Wetters, Geländes und der Straßenverhältnisse ausgesetzt.

Die Feldzüge glichen eher »Spaziergängen« und Strafexpeditionen, weil sie während des Sommers unternommen wurden, der für militärische Aktivitäten einzig denkbaren Zeit. Bekanntlich ist man selbst in unserem technizistischen Jahrhundert in den großen Massenkriegen von den Unbilden des Wetters und Geländes überrascht worden. Warum sollte es da den Römern besser ergangen sein? Prompt folgte auch die erste größere Niederlage der Römer, die ernsthafte militärische Konsequenzen haben sollte — in strategischer Hinsicht. Die Schlacht im Teutoburger Wald — der genaue Ort ist immer noch umstritten — signalisierte die strategische Wende, war sozusagen das »Stalingrad« der römischen Armee. Ungewohntes, schwieriges Gelände und die andersartige Kampfweise der Cherusker unter Arminius trugen dazu bei, daß die drei Legionen des Varus vollkommen zerschlagen und aufgerieben wurden. So mußte Augustus gegen Ende seines Lebens noch den bitteren Kelch der Niederlage kosten. Diese Schlappe zeigte auch die machtpolitische und militärische Leistungsgrenze des Reiches trotz nachfolgender Siege und Erfolge recht deutlich auf. Klug wie der Kaiser war, schaltete er sofort von der militärischen Offensive in eine den eroberten Raum deckende Defensive um. Fortan hielt man die Rhein- und später auch die Donaugrenze, die unter Kaiser Hadrian im 2. Jahrhundert zu einem mächtigen Bollwerk — dem Limes — ausgebaut wurde.

Hier ein kleiner Einschub zum Thema Festungswesen, da der Limes ja ein Festungswall war.

Was war eigentlich der Erfolg linear angelegter Befestigungssysteme, von denen der Limes eines von vielen war (neben der Großen Mauer in China, den Grabenlinien in den Weltkriegen unseres Jahrhunderts, der französischen Maginotlinie in der Zwischenkriegszeit sowie den deutschen West- und Atlantikwällen)? Weshalb diese menschenschindende Plackerei, nämlich Kastelle, Gräben, Palisaden und Beobachtungstürme einschließlich des dazugehörigen Straßennetzes und Nachrichtendienstes in mühseliger, Jahrzehnte dauernder Arbeit zu errichten?

Fragen, die allesamt von der Geschichte, genauer: der Kriegsgeschichte beantwortet wurden. Ihre Nutzlosigkeit ist erwiesen, haben sie doch niemals entschlossene, überlegene und schwerpunktmäßig angreifende Gegner aufhalten können. Wie neuere Kriegstheorie herausgestellt hat, ist eine erfolgreiche Verteidigung einzig durch bewegliche und elastische Abwehr möglich, wo also nicht um jeden Preis erobertes Land in der ganzen Tiefe des Raumes gehalten wird. Die Kriegskunst — wie lyrisch — erfordert eben gewisse Schwerpunktbildungen der eigenen Kräfte, um den angreifenden Gegner durch gezielte Gegenstöße an seiner schwachen Stelle in Verlegenheit zu bringen. Natürlich muß dann an anderen Frontabschnitten der eigenen Seite zurückgegangen werden. Alles kann man nicht mit begrenzten Mitteln verteidigen! Allerdings sind dies Lehren des Zweiten Weltkriegs, mithin nicht auf die Kriegsgeschichte zur Zeit des römischen Limes vollständig anwendbar. Und trotzdem: gerade solch sturer und starrer »Linear-Wille« — wie wir ihn etwas umständlich nennen wollen — zeugt für die dekadente, erschöpfte und phantasielose Geisteshaltung von Gesellschaft, Staatsführung und Militärleitung, was besonders für den Zeitabschnitt nach Augustus — mit einigen Ausnahmen — zutrifft. Auch die Römer vergaßen, nach erfolgreicher Defensive — beispielsweise in Obergermanien oder an der mittleren Donau in der ungarischen Tiefebene — den Gegner (meist undisziplinierte germanische Barbarenhaufen) mittels konzentrischer Gegenoffensiven systematisch »in die Knie zu zwingen«. So verbrauchten sich die ausgezeichneten Legionen im ständigen Kampf als »Feuerwehr«, die immer neu aufflackernde »Brandherde« zu löschen hatte. War ein Gegner angeschlagen — etwa die Markomannen —, mußten auf dem Balkan größere Aufstände niedergeschlagen werden, was erstere naturgemäß bei der Wiederherstellung ihrer Kampfkraft begünstigte. In der Endphase des römischen Reiches glich die Armee nicht mehr ihrem ursprünglichen Erscheinungsbild, hatte man doch die Beweglichkeit und Schlagkraft durch die Trennung in eine von Germanen gestellte Grenztruppe, die an Ort und Stelle festgenagelt war, sowie in das gängige Feldheer arg geschwächt. So nimmt es nicht wunder, daß eine Kriegführung, die alles verteidigen möchte, zuletzt alles verliert. (Erinnert den Zeitgenossen an die militärischen Unterlassungssünden Hitlers im Zweiten Weltkrieg.) Andererseits ist jede »Kriegskunst« — da werden die »Friedensstrategen« einen Sturm der Entrüstung entfachen, vor allem bei uns im westlichen Lager — ein mehr oder weniger deutlicher Gradmesser des jeweiligen Gesellschaftssystems (gilt allerdings für die Gegenwart nur in eingeschränktem Maße, da Rüstungstechnologie und atomare Waffen gewisse moralischsittliche Grundhaltungen entbehrlich erscheinen lassen).

Jedenfalls verdeutlicht der römische Limes den Zenit und den beginnenden Abstieg der einst so stolzen Legionen, unter deren Tritt Europa, Asien und Nordafrika erzitterten.

Es gab auch keine überragenden Staatsmänner und Feldherren, die dem militärischen Auszehrungsprozeß Einhalt geboten hätten. Die Zeiten der Scipionen, eines Sulla, Marius, Pompeius, Mark Anton, Caesar und Agrippa waren vorbei. Gewiß: einige tapfere Feldherren und Kaiser versuchten, für einige Jahre und Jahrzehnte den militärischen Niedergang aufzuhalten, letztlich war's umsonst, was wiederum eine unmittelbare Folge der ökonomischen und sozialen Änderungen war. Trotzdem hatte das kaiserliche Rom selbst gegen Ende seines Bestehens rein zahlenmäßig noch eine stattliche Armee unter Waffen. Deshalb ist es nicht überraschend, daß trotz der organisatorischen und taktischen Neuerungen des einstigen Berufsheeres seit Marius die Zahlenstärke des Heeres bis etwa zu Konstantin dem Großen relativ gleich blieb. Im großen und ganzen hatte die Armee sowohl im 2. Punischen Krieg als auch unter Konstantin dem Großen eine nominelle Stärke von ca. 800 000 bis 900 000 Mann, obgleich sich die Zahl der Legionen ständig erhöhte. Zuletzt waren es wohl ca. 75 Legionen, was natürlich eine Folge reiner Augenwischerei war: die Legionen wurden nur immer kleiner (ein altes bewährtes Rezept geschlagener Feldherrn, wie es besonders raffiniert der »Gröfaz«* Hitler in den letzten beiden Kriegsjah-

---

* Gröfaz = Abk. für »Größter Feldherr aller Zeiten«.

ren des Zweiten Weltkriegs mit seinen bombastischen »Volks-grenadier-Divisionen« praktizierte, deren Zahl im Frühjahr 1945 gewaltig anschwoll, deren personelle und materielle Ausstattung indes erbärmlich war: aber »der Chef« konnte in seinen bunker-lichen »Lagebesprechungen« mit imaginären Kampfverbänden operieren, die in Wirklichkeit Kleinstverbände und Gespenster-divisionen waren). Zwischen der Republik und dem Kaiserreich erreichte die räumliche Machtausdehnung ihren Gipfel. Damit war eine Bevölkerungszunahme im Reich verbunden. Beste Vor-aussetzungen für eine personelle Verstärkung der Armee — sollte man meinen. Dem war aber nicht so, wie wir im Schlußkapitel sehen werden.

Das Kaisergeschlecht, das dem großen »Friedenskaiser« Augu-stus folgte, ist das der *julisch-claudischen Dynastie*, die der rö-mischen Geschichte vier umstrittene Kaiser »zur Verfügung stell-te«. Nämlich Tiberius, Caligula, Claudius und Nero.

Der erste von ihnen — Tiberius — war nach Ansicht einiger Historiker ein tüchtiger Verwaltungsbeamter, der viel für sein Volk getan hat — während britische Historiker ihn als einen kleinlichen Pedanten hinstellen, der in seinem verbitterten Le-bensekel sich sein Leben mittels Terrorurteilen, hinter denen sein machtgieriger Gardepräfekt Seijanus steckte, zu erleichtern such-te. (So konträr sind hier die Meinungen!) In seiner Regierungs-zeit ist bekanntlich der Gründer der christlichen »Sekte« — mehr bedeutete sie den Römern nicht —, ein gewisser Jesus (der später von den Kirchenvätern zum Christus erhöht wurde), gekreuzigt worden. Innenpolitisch hat der Kaiser die Entmachtung des Vol-kes vorangetrieben, indem die Beamtenwahl nicht mehr vom Volk ausgeübt werden durfte, sondern dem Senat übertragen wurde. (Welch idyllische Zeiten bis dato, wo das Volk noch einen direkten Einfluß auf diese Beamtenschicht hatte! Seitdem hat sich dieser »Klüngel« durch »Sachzwang« — nach dem »Parkin-sonschen Gesetz« — immer gigantischer vermehrt. Selbst heute hat kein noch so »mündiger Bürger« den geringsten Einfluß auf diese privilegierte »Staatsdienerschaft«.)

Vor Bürokratie und ihren absolut schädlichen Folgen hat vor einigen Jahrzehnten Max Weber gewarnt, als er den Niedergang Roms auch im Zusammenhang mit der wachsenden Staatsbürokratie beschrieb. Außenpolitisch — sprich Kriegsereignisse — ist von Tiberius nichts Besonderes zu melden. Sein Feldherr Germanicus mußte zwei Feldzüge gegen die Germanen infolge Geldmangels abbrechen (in unserer Zeit ist's genau umgekehrt: da führt man Kriege, um zu Geld zu kommen. Vgl. Hitlers »Tischgespräche«, in denen er freimütig gesteht, daß schließlich noch kein Volk an Schulden zugrunde gegangen ist!). Allerdings hinterließ der geizige und sparsame Tiberius einen ansehnlichen Staatsschatz, der von seinem Nachfolger Caligula in kürzester Zeit restlos verwirtschaftet wurde. Dieses kleine »Soldatenstiefelchen«, wie er scherzhaft genannt wurde, mauserte sich zu einem hellenistisch-orientalischen Despoten ersten Ranges, der das augusteische Prinzipat in ein kaum faßbares Gottkönigtum verwandelte. Er betrachtete sich selbst als die Inkarnation Caesars und Gottes. Für einen Gott ziemt es sich, in allen Dingen des Lebens siegreich zu sein, also mußten für des Kaisers Ruhm bedeutungslose Schaufeldzüge veranstaltet werden, damit er zu billigen Siegen und Triumphen kam. In einem anderen — literarischen — Zusammenhang ist Caligula von Albert Camus als ein »Mensch in der Revolte« dramatisiert worden, dem der Tod seiner buchstäblich geliebten Schwester zu einem metaphysischen Rätsel wurde (was hier nicht näher ausgeführt werden kann). Jedenfalls lehrte er seine römischen Mitbürger, die »Wahrheit des Todes« am eigenen Leibe kennenzulernen, indem er sie wahllos hinrichten ließ (nach der Deutung Camus').

Sein Terror wurde allmählich auch den Wohlwollendsten und Geduldigsten lästig. So wurde er kurzerhand von seinem Gardepräfekten Cassius ermordet. Schon bei Tiberius und Caligula sehen wir, welch einflußreiche Rolle die kaiserliche Prätorianergarde und ihr Chef spielten. Sie saßen in den »Vorzimmern der Macht« — mitunter direkt mittendrin.

Der Dritte im Bunde — Kaiser Claudius — war persönlich ein ängstlicher und häßlicher Wicht, der von Freigelassenen und

Frauen beherrscht wurde, die im Besitz der Hofämter die Zügel der Politik nach ihren Interessen konzeptionslos schleifen ließen. Immerhin versuchte Claudius, zur geordneten Verwaltung der augusteischen Zeit zurückzufinden. Am Ende seiner Herrschaft erging's ihm wie seinem Vorgänger — auch er wurde das Opfer rankünenhafter Machenschaften eines ehrgeizigen Weibes: der Agrippina, die ihren Sohn Nero auf den Thron hievte. Gelohnt wurde es ihr nicht — der verrückte und wahnsinnige Sohn bereitete ihr gleichfalls ein gewaltsames Ende. Bei Nero unterscheiden die Historiker zwei prinzipiell verschiedene Regierungszeiten: eine gute und milde bei Amtsantritt (unter dem Einfluß seines philosophischen Lehrers Seneca) sowie eine böse und despotische nach einigen Regierungsjahren.

Allerdings ist uns die Gestalt des historischen Nero durch die frühchristliche Apologetik vollkommen verzerrt überliefert worden. Diese Autoren mußten ja ein Interesse daran haben, den »Christenschlächter« in ein denkbar schlechtes Licht zu rücken! So gehen angeblich auf sein Schuldkonto: der Brand Roms, die Anstiftung zu den antichristlichen Ausschreitungen, um das Volk von seiner eigenen Schuld gebührend abzulenken, sowie natürlich sein ausschweifendes Leben. Dies waren schon immer die Hauptargumente. In Wirklichkeit weilte der Kaiser zur Brandzeit der unglücklichen Hauptstadt in einem Badeort. Die Christen waren teils selbst an ihrem schlechten »Image« schuld, weigerten sie sich doch ständig, dem offiziellen Kaiserkult zu huldigen bzw. zu opfern; aber weder der Kaiser noch die obersten Reichsspitzen erwarteten den buchstäblichen Glauben an die Gottheit der kaiserlichen Institution! Dieses Hofzeremoniell war ein Treuebekenntnis zum römischen Staat — mehr nicht! Die ersten Christen verwechselten somit Glaubens*form* mit Glaubens*inhalt*, was ihnen eine Reihe von begrenzten Ausschreitungen von seiten des empörten Volkes einbrachte. Selbst unter den »bösesten« und schlimmsten Kaisern gab es keine Massenverfolgungen, sondern eben nur sporadische und begrenzte Aktionen. (Die obendrein streng juristisch abgesichert waren. Kunststück: waren die Römer doch die Erfinder des ganzen Rechtswesens.)

Außerdem haftete den Christen besonders in der Reichshauptstadt ein Hauch von unterirdischer, heimlicher und verräterischer Konspiration an, was an den geheimen Zusammenkünften und seltsamen Kultpraktiken lag, die für einen gebildeten Römer mit Barbarei, Aberglaube und »Vampyrismus« (Nietzsche) identisch waren.

Man muß demnach das falsche und schiefe Bild Neros »entmythologisieren«, wie ein Lieblingsausdruck protestantischer Theologie unseres Jahrhunderts lautet. Erst dann erhalten wir ein einigermaßen verläßliches Bild dieser »dämonischen Gestalt«. (Nebenbei gesagt: oft werden derartigen weltgeschichtlichen »Ungeheuern« billigerweise eigene Fehler, Schwächen und Unterlassungen angedichtet, um einen Buhmann präsentieren zu können. Nach der sattsam bekannten Schwarz-Weiß-Manier von »gut« und »böse«, »hell« und »dunkel«, »Reinheit« und »Sünde«. Dahinter verbirgt sich nichts als ein dualistisches Weltbild aus grauer Vorzeit.)

Dieser Nero hat sich allerdings nach der Brandkatastrophe eifrig um den Wiederaufbau Roms bemüht. Die Stadtviertel wurden großzügiger angelegt — vor allem mit breiteren Straßen. (Was einigen Leuten auch nicht recht war, vermißten sie doch die Schatten spendenden winkligen Gassen.) Besonders kümmerte er sich um die Armen, um durch Spenden und kostenlose Lebensmittelgaben deren Not zu lindern. Dafür mußten die vermögenderen Senatoren und Grundbesitzer blechen, oft »freiwillig«, meistens aber gewaltsam per Hinrichtung. So kamen Geld und Güter in kaiserliche Hand. Neros künstlerische und kulturelle Ambitionen gehören zu seinen guten Charaktereigenschaften, mithin zur »Aktivseite« der Lebensbilanz. Erinnert sei an seine literarisch-künstlerische Erziehung, die er seinem Lehrer Seneca verdankte. Neros sprichwörtliche Griechenland-Begeisterung trieb seltsame Blüten: zum Schauspieler, Verseschmied und Sänger fühlte er sich berufen. An großen Vorbildern herrschte ja kein Mangel. Sportlich war er übrigens auch. Überraschenderweise konnte ihn sein philosophischer Hauslehrer jedoch nicht für politische, rechtliche, wirtschaftliche und soziale Fragen und Probleme motivieren — aus einem einfachen Grund: als stoischer Denker war Seneca zutiefst unpolitisch, so paradox dies vielleicht klingt. Aber die Stoa interessierte sich einzig für moralische Fragen, solche des »rechten Handelns« etwa. Dies war natürlich ein Reflex der politischen und wirtschaftlichen Ohnmacht im Reich. Doch über den Zusammenhang von Kultur, Wirtschaft und Politik mehr im Schlußkapitel.

Neros Privataktionen wurden mangels entschlossenem Widerstand der Staats- und Hofkreise immer tollkühner. Einzelheiten illustrieren dies recht drastisch. So ließ er seine Mutter ermorden, nur weil sie ihm infolge seiner Schandtaten — seiner »Politik des Giftbechers« — als erfahrene Verschwörerin hätte gefährlich werden können. Wahllose Verdächtigungen bedeuteten meist das Todesurteil für die überraschten Opfer, was die Reihen der Senatoren, reichen Grundbesitzer und Ritter stark lichtete. (In der »Schule der Diktatoren« wird's als »Säuberungsaktion« ausgegeben. — Ein beliebtes Verfahren auch unserer eigenen Zeit!)

Allmählich lief aber das Faß über: die Ermordung seiner engsten Familienangehörigen und Gefolgsleute aus Angst und Verfolgungswahn, u. a. seiner Gattin Octavia, des Britannicus, des von ihm verehrten Prätorianerpräfekten Burrus, ja seines eigenen Lehrmeisters (formal war's Selbstmord) sowie die zahllosen Opfer der Majestätsprozesse (Anklage bei Staatsverschwörungen, Attentaten und Geheimabsprachen) führten schließlich zu einer gemeinsamen Aktion rebellischer Provinzstatthalter, der Nero erlag. Er endete mit Selbstmord.

Die Außenpolitik Neros ist von begrenzten militärischen Aktionen in Armenien gekennzeichnet, was zu einer Verständigung mit den hochgefährlichen Parthern im Osten des Reiches führte. Sein Feldherr Paullinus mußte einen Aufstand in Britannien niederschlagen, untrügliches Zeichen allgemeiner Unzufriedenheit.

Das Lebensbild dieses exzentrischen Kaisers schwankt zwischen mildem Verständnis (so Hegel) und bitterster Verketzerung und Verteufelung (hier argumentieren die Moralisten). Die angebliche Willkürherrschaft sowie Neros Caesarenwahn erklären kaum den »wirklichen Geschichtsverlauf« dieser Epoche.

Mit Nero erlosch praktisch die julisch-claudische Dynastie (68 n. Chr.). Und damit wich auch der weite Schatten ihres Begründers — des Kaisers Augustus. Von nun an probierte und mixte man verschiedene monarchische Systeme: Adoptivkaiser, Erbmonarchie, Soldatenkaiser sowie erfolglose Usurpatorenwirtschaft. Letzteres testete man im Todesjahr Neros. Sage und schreibe vier Kaiser regierten im Zeitraum eines einzigen Jahres! Es waren durchweg unfähige Führer und Gecken, die einfach scheitern mußten, weil sie nichts von Politik verstanden, sondern von der Armee in ihr hohes Amt gespült wurden. Dank großzügiger Versprechungen und immenser Geldgeschenke wurde ihnen der Weg zur Macht geebnet und erleichtert. Gings Geld dann aus, Nero hatte ja nur leere Kassen hinterlassen, dann war man mit Gedeih und Verderb auf die Launenhaftigkeit der Armee und Prätorianergarde angewiesen. Diese scharten sich meist »uneigennützig« um neue Männer, die noch mehr boten und noch mehr bestachen. Die alten »Lieblinge« wurden dann kurzerhand umgebracht, wollten doch die Versprechungen der »neuen Besen« in klingende Münze eingelöst sein.

Dies kostspielige Experiment wurde ein Jahr lang durchgehalten. Danach stellten sich wieder relativ stabile Verhältnisse ein unter den *Flaviern*, von denen Vespasianus und Titus herausragten, dagegen Domitian ein schrulliger Sonderling mit despotischen Gelüsten war. Außenpolitisch gings wieder regsamer zu. Die Herrschaftspraxis Roms wurde anscheinend immer drückender, vor allem die verhaßte Steuerpraxis eines korrupten Pächterunwesens, die Aufstände und Putsche an allen Ecken und Enden des Reiches zur Folge hatte. Zuerst rührten sich die Bataver am Rhein, dann die Juden in Palästina. Beide Erhebungen wurden bald niedergeschlagen, wobei sich die Juden gegen die überlegenen römischen Legionen vier Jahre lang behaupten konnten (dank einer unkonventionellen Taktik, die an die heutige Guerillastrategie erinnert).

Mit der Eroberung und Zerstörung Jerusalems und seines kultischen Tempelzentrums begann der Exodus des jüdischen Volkes. Erinnert sicherlich den Leser an die Zerstörung Karthagos nach dem Dritten Punischen Krieg, wo die Römer ebenfalls die Praxis der »verbrannten Erde« anwendeten. Zimperlich war man nicht! Nach den Aufständen in Germanien, an der Donau sowie in Palästina schien sich auch noch die Natur gegen Rom verschworen zu haben. Unter der kurzlebigen Herrschaft des Kaisers Titus wurden bei dem Ausbruch des Vesuvs drei Städte ausgelöscht (Pompeji, Stabiae und Herculaneum). Eine Verschärfung der sozialen und wirtschaftlichen Verhältnisse in diesem Raum war die Folge. Trotzdem versuchten die Kaiser — besonders Titus — durch strikte Sparsamkeit die desolaten Staatsfinanzen zu sanieren. Anscheinend ein nie veraltendes, stets brisantes Problem. Der letzte Sproß der Flavier — Domitian — machte die positiven Ansätze seiner beiden Vorgänger durch seine despotische Willkürherrschaft wieder zunichte — was natürlich die Staatsfinanzen gehörig ruinierte. Seine hybriden Charaktereigenschaften verstärkten den irrationalen Zug seiner Regierungszeit. So beanspruchte er göttliche Verehrung im buchstäblichen Sinne, während er in seiner Freizeit Jagd auf Fliegen machte.

Auf die launischen Flavier folgten die *Adoptivkaiser*. Nahezu ein Jahrhundert lang währte diese für Rom glückliche Zeit, denn mit dem Prinzip der Adoption wurde immerhin eines gewährleistet: es wurden tatsächlich die Besten für das höchste Amt berufen. Unter Trajan erlangt Rom die größte Machtausdehnung seiner Geschichte, was unsere These von der militärischen Defensivhaltung seit Augustus nicht widerlegt, denn Ausnahmen bestätigen ja nur die Regel! (Auch das angeschlagene Deutsche Reich erzielte im letzten Kriegsjahr des Ersten Weltkriegs an seiner Westfront eine Reihe von Fronteinbrüchen — geschlagen wurde es letztlich doch!) Diesem Trajan gelangen »Fronteinbrüche« auf dem Balkan, was dem Imperium die Provinz Dacia einbrachte. Auch an der Ostfront ging der Kaiser zur Offensive über. Hier entriß er den Parthern die Gebiete Armenia, Assyria und Mesopotamia — die zu Provinzen gleichen Namens wurden.

Sein Nachfolger Hadrian geht nun endgültig von der raumgreifenden Offensive in die kräftesparende Defensive über. Bei den Kriegsgeschichtlern und -theoretikern ist ein derartiges Verfahren ja außerordentlich beliebt (in der Nachfolge des großen Kriegsphilosophen Clausewitz), es verspricht im Kriegsfall günstigere Siegeschancen, denn Offensiven um jeden Preis haben nie etwas gefruchtet (es sei denn, man macht's blitzartig).

So war Hadrian der erste Kaiser, der im großen Stil »auf der inneren Linie« kämpfte (wie's bei den Experten heißt).

Unter ihm wird der transeuropäische Limes — von Britannien über die Donaulinie bis praktisch zum Euphrat — in Angriff genommen. Es war natürlich keine durchgehend befestigte Linie, wie man sich leicht denken kann! (Dieser Limes-Linie entspricht auf verblüffende Weise der »Eiserne Vorhang« der Gegenwart.) Gleichzeitig gab der Defensivkünstler Hadrian die von Trajan eroberten parthischen Gebiete auf. Ein weiterer Judenaufstand unter dem legendären Ben Kochba wurde blutig niedergeschlagen. Seit dem »Philosophenkaiser« Marc Aurel kämpft man ständig auf der selbst gewählten »inneren Linie«. Mit wechselnden Erfolgen an der Donau und im Nahen Osten.

Zwei neue Merkmale kennzeichnen die Regierungszeit der Adoptivkaiser: die Armee wird mit landeseigenen Hilfstruppen ergänzt, was ihren Charakter gründlich verändert, und die Reichsverwaltung zeigt bürokratische Auswüchse (bedingt durch den Ausbau der Kanzleibürokratie unter Hadrian).

Mit Marc Aurel wird das von der kaiserlichen Institution her gesehen vernünftige Adoptionsprinzip wieder aufgegeben, denn sein wirklich wahnsinniger Sohn Commodus wurde zum Nachfolger erkoren. Von da an ging's unaufhaltsam bergab. Wir haben noch pflichtgemäß drei Herrscherhäuser zu streifen, dann endet die große Geschichte des römischen Weltreichs.

Die *Severer*, die aus den Thronwirren des 2. Vierkaiserjahres hervorgehen, stärken die Provinzen auf Kosten Roms. Sie fördern die Wirtschaftszentren Karthago und Syrien. Außerdem beseitigen sie das unsoziale Steuerpachtwesen, schmälern die Vorrechte des italischen Kernlandes einschließlich Roms und schaffen ein regelrechtes Grenzheer »mit Familienanschluß« und Lagerleben. Ferner wird der nur formal bedeutsame Senat endgültig ausgeschaltet — die Farce wurde beendet. Unter dem »Scheusal« Caracalla wird allen römischen Bürgern im Reich das Vollbürgerrecht verliehen, was diesen »Glücklichen« außer Geldabgaben — daran war die Verleihung gekoppelt — überhaupt nichts einbrachte. Jetzt stand der politische Mord wieder hoch im Kurs: fielen ihm doch schon erwähnter Caracalla und sein syrischer Neffe Elagabal zum Opfer. Letzterer brachte in das eintönige Allerlei und Einerlei eine religiöse Ekstatik hinein, gipfelnd im Kult des syrischen Sonnengottes Baal, der mit tollen Festivitäten und farbenprächtigen Prozessionen verbunden war.

Nachdem sich die letzten Kaiser aus dem Geschlecht der Severer allzu deutlich in die Abhängigkeit von Frauen aus dem engeren Verwandtenkreis begaben — deshalb wohl auch ermordet wurden —, mußte man es wieder mit einem anderen Herrschaftsprinzip versuchen. Mit der Institution der Monarchie wollte man nicht brechen, galt sie doch als Symbol und Leitbild der Reichseinheit. Deshalb mußten in äußeren Notzeiten eben Fachleute ans Ruder, was nur bewährte und tüchtige Generäle sein konnten, die sich aber auch ein Leben lang mit angriffslustigen Stämmen und Völkerschaften abplacken mußten.

Diese *Soldatenkaiser* also sollen das lecke und morsche Staatsschiff über Wasser halten.

Nach getaner Arbeit werden sie ermordet. Der Mohr hat seine Schuldigkeit getan . . . Die Armee war eben ein unsicherer Kantonist geworden. Zeichen eines Autoritätsverlustes im höheren Offizierskorps. In welcher Armee der Welt darf der kommandierende General so mir nichts dir nichts umgebracht werden? Also eine Frage der Disziplin.

Einzig der Kaiser Diokletian darf seine »Reformpläne« — in Wirklichkeit brachten sie nur politische und wirtschaftliche Verschlechterungen! — in die Tat umsetzen. Der Vorgang ist als die »Diokletianische Reichsreform« in die Geschichtsbücher eingegangen.

Diese bestätigt den wachsenden Dezentralisations- und Auflösungsprozeß, der mit der Umwandlung der Sklavenwirtschaft in eine feudale Ordnung auf naturalwirtschaftlicher Basis zusammenhängt. Wir werden diese Entwicklung im Kapitel über die wirtschaftlichen Ursachen des staatlichen Niedergangs noch gehörig durchleuchten. Politisch zog Diokletian ebenfalls die längst fälligen Konsequenzen. Das immer unregierbarer gewordene Gesamtreich wurde schnurstracks in vier große Teile gegliedert (System der Tetrarchie): in ein die asiatischen Provinzen umfassendes Ostreich, ein aus Italien und Afrika gebildetes Mittelreich, ein Westreich (Spanien, Gallien und Britannien) sowie in ein Balkanreich mit Makedonien und Griechenland. Gleichzeitig wird das Reich zu einer absoluten Monarchie ausgebaut — Dominat genannt —, was auf ein reines Gottkaisertum hinauslief.

Eine Verwaltungsreform teilt das römische Reich in 12 Verwaltungsbezirke (Diözesen) mit Vikaren als Vorstehern auf. Interessant ist dabei die Übernahme dieser staatlichen Verwaltungsgrundsätze durch die Kirche, denn hier tauchen sie wieder als hierarchische Ordnungsfaktoren auf. Folgenschwerer ist die Änderung des Rechtsstatus des einzelnen Bürgers. Er wird nun zum Staatsuntertanen, über den der Staat die Verfügungsgewalt hat.

Die Bauern werden an die ländliche Frühfeudalwirtschaft der als »Selbstversorger« auftretenden Großgrundbesitzer gebunden, während die städtischen Handwerker »für Rechnung« des Staates die Versorgung der Armee aufrechterhalten müssen. Der Staat war also schon unter Diokletian nicht mehr willens bzw. in der Lage, seinen finanziellen Verpflichtungen nachzukommen: er verlegte sich auf Naturaleinnahmen und -ausgaben. Dies ist im Zusammenhang mit der beginnenden Naturalwirtschaft zu sehen. Der staatliche Druck auf die städtischen Handwerker war sinnlos, da die Stadt ja ihre wirtschaftliche Rolle ausgespielt hatte. Es war lediglich ein Schritt in Richtung Staatssozialismus mit anschwellender Verwaltungsbürokratie. Dies ist auch die These des großen Soziologen V. Pareto. Dieses Problem ist seither virulent (auch heute flüstert man hinter vorgehaltener Hand von »Investitionslenkung«). Freilich kannten Kaiser und Kronrat samt Kanzlei noch nicht das Instrumenta-

rium einer flexiblen Finanz- und Wirtschaftspolitik, da diesen
»späten Römern« der Mechanismus des »wirtschaftlichen Ge-
samtkreislaufes« unbekannt sein mußte. Die wirtschaftliche
und soziale Lage wurde zwar vordergründig »geordnet«, aber
keineswegs in Richtung freiheitlicher Selbstentfaltung.

Seit der Reichsreform des Diokletian müssen wir de facto
von einem gefährlichen Staatssozialismus in den niedergehenden römischen Städten ausgehen. (Werden nicht auch unsere
Städte immer »unwirtlicher«?)

Bezeichnend war auch die staatliche Einmischung in die
Preispolitik von Wirtschaft und Handel, die einen Höchst-
preistarif gegen die steigende Teuerung festsetzte. (Wohlgemerkt zur Zeit Diokletians! Wir sind nicht in der Gegenwart!)
Der »unternehmerische Spielraum« des römischen »Industriellen« (sprich Handwerkers und Händlers) wurde so noch stärker
eingeengt, nachdem er schon vorher von Staats wegen abge-
würgt wurde.

Ist die geschichtliche Analogie zur Gegenwart nicht verblüf-
fend? Gegen den römischen Staatsdruck richteten sich folgerichtig Aufstände, die von Diokletian energisch unterdrückt
wurden. Ihm gelang die Sicherung der römischen Herrschaft,
was angesichts innerer und äußerer Bedrohungen viel bedeutete.

Der politische Reformansatz, den man mit der Viermänner-
herrschaft anstrebte, scheiterte an den dynastischen Sonder-
interessen der Nachfolger, die offiziell Caesaren genannt wurden. Die Tetrarchie hatte nämlich ihre Eigentümlichkeiten. Infolge der Reichsteilung hatte sich Diokletian einen »Kollegen«
und Mitkaiser engagiert, der ihm die Arbeitslast abnehmen
sollte. Sinnigerweise adoptierten beide — Diokletian und Maxi-
mian — *zwei* Nachfolger und Berater, die Caesaren, die nach
zwanzig Jahren die Herrschaft übernehmen sollten. Erstere hielten sich an die verfassungsmäßigen Spielregeln, aber die
»Nachfolger der Nachfolger«, wie Thronaspiranten nun einmal sind, zerstritten sich ob der großartigen Aussichten. Wie
so oft in der Geschichte wurde die Sache militärisch entschie-

den. Bekanntlich setzte sich Konstantin durch, der später zum »Großen« avancierte.

Der Versuch einer kollektiven Herrschaft scheiterte, was ein Menschenkenner hätte voraussagen können. Unter Konstantin dem Großen wird die absolutistische Monarchie perfektioniert. Der Dezentralisationsprozeß im Politischen wird also rückgängig gemacht. Im Gegenteil: jetzt wird alles und jedes »geordnet« bzw. bevormundet.

Das fängt beim Hofzeremoniell an, bei dem sich der Kaiser gönnerhaft gottähnliche Attribute zuschanzt — und dies eindrucksvoll nach außen dokumentiert. Als Herrschaftszeichen legt er sich ein Goldgewand samt Diadem zu. An Reformen, Einschnitten und Veränderungen mangelt's bei Konstantin nicht. Er symbolisiert den spätantiken »Großreformer«. Gehen wir einmal die Reformpalette durch.

Reformpunkt Nummer eins: das Heerwesen
Die Legionen werden auf eine Zahl von 75 gebracht, was unter Einschluß des Troß- und Nachschubwesens, der Artillerie (besser Katapultschleudern) und der Pionier- und Bautruppe eine Gesamtstärke von ca. 900 000 Mann ergibt. (Wie gesagt: nahezu gleich stark war man schon zur Zeit des 2. Punischen Krieges.)

Neu ist nun die organisatorisch-taktische »Umstrukturierung« der Armee. Unter der Führung zweier Heermeister — den heutigen Generalinspekteuren und Marschällen vergleichbar — gliedert sich das kaiserliche Heer in eine Leibgarde, in das eigentliche Feldheer sowie in die mit Barbaren und Landfremden durchsetzten Grenztruppen, die man besser mit der Bezeichnung »Miliz« versehen sollte.

Reformpunkt Nummer zwei: die Verwaltungsreform
Sie ist notwendig, da sich diejenige des Diokletian als eine Halbheit erweist. (Merke: Reformen ziehen stets Reformen nach sich — bis man ihrer überdrüssig ist!) Konstantin verändert die an Personen des monarchischen Kreises gebundene

Tetrarchie in vier Präfekturen, was der geographisch-räumlichen Gliederung unter seinem Vorgänger entspricht. Die Zahl der Verwaltungsbezirke und Provinzen erhöht sich (von 12 auf 14 bei den Verwaltungsbezirken — und von 101 auf 117 bei den Provinzen). (Heute ist es genau umgekehrt: Gebietsreformen setzen auf Zahlenreduktion, wo die Kleinstkreise aufgesogen werden bzw. in die größeren Verwaltungskreise »eingehen« — in des Wortes doppelsinniger Bedeutung.)

Reformpunkt Nummer drei: die Verfassungsreform
Diese sieht die Einführung einer hierarchischen Hofbeamtengliederung vor, dem »Führerprinzip« unter dem großen Konstantin. Ein Blick auf seine Verfassungsreform belegt's. An der Spitze — wie könnte es anders sein? — der omnipotente Kaiser. Er kommandiert neben der Armee einen ministeriellen Kronrat, bestehend aus dem Kanzler — wörtlich »Vorsteher der Ämter« —, dem Vorsteher des Palastes, einem Oberkämmerer sowie den Fachministern für Finanzen und Reichsschatz (letztere waren bemitleidenswerte Burschen, ging's doch mit der Wirtschaft immer steiler bergab). Dem Kronrat sind die Hofbeamten untergeordnet. Entscheidend ist jedoch die Trennung von Militär- und Zivilgewalt, denn die »Gauführer« und »Statthalter« — wie man die Präfekten als Provinzchefs bezeichnen darf —, waren nur dem Kaiser direkt verantwortlich. Welche Rolle spielte eigentlich das Volk? Wie wurde es in diesem Verfassungsmodell berücksichtigt? Offen gestanden: überhaupt nicht!

Es war zum simplen Untertanen herabgesunken. Wie wir gesehen haben, war die berufliche Tätigkeit erblich, was der mittelalterlichen Zunftwirtschaft der Städte vorausgreift.

Als besonderen Gag erdachte sich der kaiserliche Finanzminister eine Kopfsteuer — als Ergänzung der Grundsteuer. (Doch dreht sich heute nicht auch eine Steuerschraube, die nichts aufhalten kann? An Findigkeit mangelt es Finanzexperten nie — wenn es um die Erfindung neuer Steuern geht!)

Damit haben wir den aufgelockerten Streifzug durch die römische Kaisergeschichte eigentlich abgeschlossen. Die Herrscher, die zwischen Konstantins Todesjahr 337 und dem offiziellen Ende des Reiches 476 das Zepter schwangen, sind mit einer einzigen Ausnahme — Theoderichs des Großen — amtliche Vollstrecker und Konkursverwalter des Zusammenbruchs.

Wichtig ist für uns noch die Geschichtszäsur des Jahres 395, da die Reichseinheit mit der Teilung in ein Ost- und ein Westreich endgültig zu Ende ging. Das schwächliche Westreich schleppte sich noch knapp hundert Jahre durch die Weltgeschichte (genau waren's 81 Jährlein). Danach erlag es dem »Ansturm der Steppe«. Ostrom war dagegen eine bessere Zukunft beschieden, denn einige mächtige Kaisergestalten verhalfen diesem Reich zu einer Expansion und Bedeutung, die vor ihm nur das Gesamtreich innehatte. Seine ungünstige geopolitische Lage — ohne ein großes Hinterland — wurde Byzanz, wie es auch genannt wurde, zum Verhängnis. Aber bis dahin gingen noch Jahrhunderte ins Land.

Wir haben diese kleine Expedition zu den römischen Kaisern deshalb unternommen, um den äußeren sprich politischen Niedergang des Reiches auf dem Hintergrund innerer Umwälzungen Revue passieren zu lassen. Die äußere Krise des Reiches wird sich in der Zeit der Völkerwanderungen zuspitzen — den Todesstoß erhält es von innen: von den wirtschaftlichen und sozialen Veränderungen. Bevor wir auf diesen gewaltigen Auflösungs- und Umänderungsprozeß eingehen, müssen wir uns den auf das Imperium einstürmenden germanischen und asiatischen Völkerschaften zuwenden; danach zu den wirtschaftlichen Grundlagen des Imperiums — dem Ausgangspunkt aller »Basisprobleme« in Wirtschaft und Sozialwesen.

(Eine Anmerkung: Unser Kapitel über die »guten« und »bösen« Kaiser kann auch als ein kleiner Beitrag zur Moralgeschichte gelesen werden, der nicht frei von moralischen Wertungen ist, sich demnach im Widerspruch zur Eingangserklärung befindet. Aber wo gibt es nicht Widersprüche?)

c) Das römische Weltreich in der Krise — die Völkerwanderung

Neben dem wirtschaftlichen, sozialen und politischen Umänderungsprozeß im Innern — vgl. besonders unser Schlußkapitel —, sollten äußere Gefahren den inneren Auflösungs- und Verwandlungsprozeß beschleunigen. In den Geschichtsbüchern wird dieser ganze Komplex als die Epoche der Völkerwanderungen charakterisiert. Neue Völkerstämme betreten nun die weltgeschichtliche Bühne, vor allem die Germanen. Die Gründe und Motive, warum gerade zur Zeit des kaiserlichen Imperiums bei einer Reihe von Völkern schlagartig eine besondere »Reiselust« einsetzte, sind unterschiedlicher Natur. Die Historiker nennen uns hauptsächlich drei Gründe, und zwar:

1. Klimaveränderungen;
2. Bevölkerungszunahme und damit verbundene Land- und Ernährungsnot;
3. subjektiv-persönliche Motive — Abenteuer- und Kriegslust sowie Beutegier.

An sich einleuchtende Argumente, wenn man besonders den engen Lebens- und Siedlungsraum in Rechnung stellt. Wie uns römische Historiker der Kaiserzeit berichten, waren die Landstriche jenseits von Rhein, Donau und Elbe — unser heutiges Nord-, West- und Mitteldeutschland — von rauhem Klima beherrscht und mit tiefen Urwäldern durchsetzt. Denkbar ungünstig für dauernde Ansiedlung. Außerdem war das Agrarwesen der Germanen und Slawen längst nicht so kultiviert und fortgeschritten wie das der Römer. Trotz riesiger Gebiete und bescheidener Bevölkerungszahlen war der wirkliche Lebensraum denkbar eng bemessen (der Lebensunterhalt wurde durch Jagd, Fischfang, Viehzucht und primitive Anbauwirtschaft bestritten). Da mußten Klimaveränderungen katastrophale Folgen zeitigen, vor denen man sich einzig durch Landwechsel, in Erwartung besserer »Weidegründe«, retten konnte, und in steter Hoffnung auf milderes und sonnigeres Klima. Im Vergleich zur gegenwärtigen Bevölkerungsexplosion — speziell der Dritten Welt — nahm sich die der Germanen und anderen Ostvölker bescheiden aus. Für den verfügbaren Lebensraum war sie aber anscheinend doch zu hoch. Der dritte Punkt weist auf den kriegerischen Geist hin: möglicherweise wurde es den stets unruhigen, drängenden und strebenden Germanen — immer auf der geheimnisvollen Suche nach etwas Unauffindbarem (so der Geschichtsphilosoph H. St. Chamberlain) — einfach zu langweilig! Sie suchten Erlebnisse, in denen man sich »abreagieren« konnte, wie es die Psychologen auszudrücken belieben. Dies mag auch mit der Ernährung zusammenhängen — bei viel Fleischgenuß — besonders von Wild — »strömt man über vor Saft und Kraft« (diese originelle und spekulative These hat der Philosoph Ortega y Gasset im Hinblick auf das mittelalterliche Ritterwesen aufgebracht). Also Gründe genug, auf »Wanderschaft« zu gehen: freilich, ein touristisches Vergnügen war's beileibe nicht. Über all diesen Wanderzügen hing stets das Damoklesschwert der Existenznot, des Hungers und der Verzweiflung.

Wann fingen diese sich über ganz Europa erstreckenden Wanderungen an?

Die ersten Züge formierten sich schon zur Zeit der römischen Republik (zwischen 230 und 200 v. Chr.). Die allgemeine »Marschrichtung« ging in Richtung Schwarzes Meer. Als hautnahe Gefahr werden sie von den Römern anläßlich der Kimbern- und Teutoneninvasion empfunden. Mit Ach und Krach verhindert der fähige Marius eine Neuauflage der Keltenkatastrophe, die bekanntlich mit der Eroberung Roms endete. Von diesem Zeitpunkt an haben die Römer Bekanntschaft mit ihren welthistorischen Bezwingern und Nachfolgern gemacht, was von ihnen dunkel gefühlt wird. Im gallischen Krieg lernen die Römer unter Caesar ein weiteres germanisches Völkchen kennen — die über den Rhein nach Gallien vordringenden Sueben — die wieder zurückgeworfen werden. Erst zu Zeiten des Kaiserreiches stürmen eine Reihe germanischer Stämme die römische

Limesgrenze an Rhein und Donau. Dazwischen liegt noch die geschichtsträchtige Schlacht im Teutoburger Wald, wo die sieggewohnten Römer eine empfindliche Niederlage erleiden. Es ist eine Ironie der Kriegsgeschichte, daß der Verteidigungswall des Limes die germanischen Stämme geradezu zum Angriff herausforderte. In fünf großen Wellen versuchten sie sich an diesem künstlichen Hindernis:

1. die Markomannen   im Zeitabschnitt von 166—180 n. Chr.
2. die Chatten   im Zeitabschnitt um 171 n. Chr.
3. die Alemannen   ab 213 n. Chr.
4. die Goten   ab 236 n. Chr.
5. die Franken   ab 257 n. Chr.

Folge:
Die römischen Legionen mußten allmählich ihre »vordersten Linien« am Oberrhein — 260 n. Chr. — sowie in Dacien (Ungarn) — 270 n. Chr. — räumen.

Allerdings bringen diese »Frontbegradigungen« den Römern nichts ein, da die nachdrängenden Völker — vor allem Alemannen und Goten — an beiden Flußgrenzen weiter im Vormarsch sind.

Konsequenzen:
Die Römer waren gezwungen, die Germanen als Föderaten an den enorm langen Grenzen anzusiedeln (verstärkt im 4. Jahrhundert n. Chr.). Damit die neuen Söldner und Mietlinge bei der Stange blieben, mußte ihnen für ihre Grenzschutzaufgaben neben den zugewiesenen Siedlungsgebieten auch ein ordentliches Jahresgeld ausbezahlt werden. Wie wir wissen, war dies eine unmittelbare Folge des notorischen Rekrutenmangels, der wiederum seine Gründe und Ursachen in wirtschaftlichen Veränderungen hatte. Diese Maßnahmen führten im 5. Jahrhundert n. Chr. zu einer Integrierung der Germanen in sogenannten Volkssiedlungen, die einen Staat im Staate bildeten.

Den Kulminationspunkt erreichten diese »Völkerwellen« mit

dem Hunneneinfall im Osten, wo sie das Reich der Ostgoten am Schwarzen Meer vernichteten. Den berüchtigten Hunnenhäuptling Attila kennen wir ja aus den Schulbüchern. Diese Aktion brachte etliche Aufbruchsbewegungen der von den Hunnen besiegten Völker mit sich. Die geschlagenen Ostgoten machten den Anfang. Sie marschierten Richtung Pannonien ab. Unter ihrem König Theoderich begannen sie mit der Plünderung des Balkans. Solcherart ermutigt, treffen sie ihre Vorbereitungen für eine Offensive des in den letzten Zügen liegenden und von germanischen Söldnern verteidigten weströmischen Reiches. In drei siegreichen Schlachten werden die weströmisch-germanischen Söldnertruppen des Odoaker auf italienischem Gebiet geschlagen.

Etliche Jahrzehnte früher — an der Wende des 4. zum 5. Jahrhundert — hatten die Westgoten unter ihrem König Alarich mit ihren römischen Oberherren einfach kurzen Prozeß gemacht. Ursprünglich waren sie von den Kaisern im römischen Reich angesiedelt worden, wohl um sie zu besänftigen. Infolge Versorgungsschwierigkeiten und Nahrungsmangel unternahmen sie einen großen Aufstand, der in der für sie siegreichen Schlacht von Adrianopel den Römern ihre gänzliche Ohnmacht zeigte — und den politischen Zerfall des Reiches beschleunigte. Zwei Jahrzehnte später wurde Bilanz gezogen: Die Trennung in zwei Reichshälften wurde Realität. Danach versuchten es die Westgoten noch einmal: unter ihrem König Alarich eroberten sie das italienische Kernland des Reiches und plünderten zum ersten Male die Hauptstadt Rom (410 n. Chr.).

Wie sah es etwa um diese Zeit am römischen Limes zwischen Rhein und Donau aus? Neben der Bedrohung aus dem Osten drängten — wie wir inzwischen sahen — ja auch germanische Stämme an Roms nördlicher und nordöstlicher Grenze ungestüm vor.

Im Raum zwischen Rhein und Elbe siedelten sich die Alemannen, Sachsen, Franken, Thüringer und Bayern an. Einzig die Franken sollten expansive Ambitionen entwickeln — und das Stammvolk eines neuen großen westeuropäischen Staates werden, das in seinen Grenzen unter Karl dem Großen die Tradition des römischen Imperiums wieder herstellte.

Diese germanischen Stämme waren eigentlich keine in sich homogenen Völker, sondern rassische Mischstämme (was die Rassenideologen des Dritten Reiches geflissentlich in ihrem romantisch-verschwommenen Germanen- und Blut-und-Boden-Kult übersahen).

Teile dieser Stämme — vor allem die Alemannen — wurden von den Römern im Rhein-Donau-Gebiet auf Gütern angesiedelt. Sie wurden also in den Verband des Reiches aufgenommen. Wie sich leicht denken läßt, verschmolzen sie im Lauf der Jahrzehnte und Jahrhunderte mit den römischen Siedlern.

Gegen Ende des römischen Reiches kam es zu eigenen Staatsgründungen, die meist die Staatsform des Königtums annahmen. Demnach muß man die Völkerwanderung als ein für das römische Reich verschieden zu bewertendes Ereignis ansehen. Es gab friedliche Stämme, die sich in das römische Reich integrieren ließen — so im Rhein-Donau-Gebiet —, und kämpferisch-eroberungslustige Völker, die das Imperium vernichten wollten (so Ost- und Westgoten sowie die Hunnen).

Zwei Völker seien der Vollständigkeit halber genannt, da sich an ihre Namen geschichtsmächtige Ereignisse ranken: die Burgunder und die Wandalen. Erstere wanderten zur Zeit der westgotischen Offensive gegen Westrom in das Rhein-Main-Gebiet, wo sie am Mittelrhein ein eigenes Reich mit Worms als Hauptstadt gründeten. Ihre Vernichtung durch die hunnischen Hilfstruppen des weströmischen Feldherrn Aetius ist durch die Nibelungensage verklärt und idealisiert worden. Die Wandalen, von den Goten aus ihren Siedlungsgebieten verdrängt, marschierten westwärts in die Gebiete des heutigen Siebenbürgen sowie der Slowakei, wo sie im Zusammenwirken mit anderen Völkern — Sueben und Alanen — die römische Rheingrenze in Richtung Gallien und Spanien überschreiten. Von Westrom als »Neubürger« angesiedelt, hält es sie nicht lange in Spanien — sie ziehen nach Nordafrika ab. Hier erobern sie sich ein eigenes Reich (u. a. starb der große Kirchenvater Augustinus bei der Belagerung von Hippo Regius), beherrschen dank ihrer Flotte den Mittelmeerhandel und vor allem die Getreidelieferungen nach Rom und plündern die Metropole der damaligen Welt (daher das Schlagwort vom »Wandalismus«). Auch hier übertreiben die Schulbücher: die Kunstschätze der Stadt wurden verschont. Diese »Schrecken der Soldateska« reichen bekanntlich bis in unsere Zeit. Die Bilder von den Kämpfen um Berlin 1945 und anderer umkämpfter Städte seit 1945 — sei es nun Hue, Phnom Phen oder Beirut — belegen es recht drastisch.

Der sprichwörtliche Wandalismus war noch immer Kennzeichen jeden Krieges.

Wir haben jetzt die verwirrende Vielfalt der Wanderzüge germanischer Völkerschaften skizziert. Die Gründe ihrer schubweise verlaufenden Wanderungen sind uns auch bekannt: neben natürlichen Gründen — Klimawechsel, Bevölkerungszunahme, minimale Ernährungsgrundlage — ist eine allgemeine Ost-West-Völkerverschiebung die Ursache, die in Innerasien mit der Vertreibung der Hunnen beginnt, sich auf römischem Boden fortsetzt und die Völker der Balkanhalbinsel in Unruhe und Aufbruchsstimmung versetzt. Parallel dazu der Ansturm germanischer Stämme an Roms nördlicher und nordöstlicher Limesgrenze. Auch hier wird die Grenze überschritten, doch siedelt man sich in ihrer Nähe an. Somit zeigen sich die germanischen Ostvölker angriffs- und machtlustiger — und für das Imperium insgesamt gefährlicher. Es sind die Ost- und Westgoten, die Wandalen und die asiatischen Hunnen. Die Franken und Langobarden zeigten sich zwar auch expansiv, jedoch erst zu einem späteren Zeitpunkt.

War dieses kontinuierliche Einsickern in den römischen Herrschaftsbereich nicht aufzuhalten? Wie stand es um die militärische Abwehrkraft des römischen Legionsheeres?

Versuchen wir hier den Sachverhalt rein militärisch zu erklären.

Die Gründe der römischen Verteidigungsunfähigkeit sind folgende:

1. Die personelle und materielle Stärke der Armee blieb sich praktisch gleich und wurde trotz wachsender Erfordernisse nicht ausgebaut.

2. Eine starre und einseitige Defensivstrategie, dokumentiert durch die linearen Befestigungsanlagen des Limes. Dieser konnte in seiner Gesamtheit von den vorhandenen Legionen und Hilfskräften auf Dauer nicht erfolgreich gehalten werden. Es fehlte ein flexibles Verteidigungskonzept (seit Augustus und Hadrian).

3. Organisatorische »Heeresreformen« setzten auf eine Teilung des Heeres in zwei Armeetypen — in ein von Barbaren und »Neubürgern« angeworbenes Grenzheer zum Grenzschutz sowie in das eigentliche Feldheer. Die allmähliche und kontinuierliche Veränderung des Erscheinungsbildes des Gesamtheeres begann hiermit. Taktisch war dies eine zumindest umstrittene Maßnahme, denn so konnten nie personelle Kräfteschwerpunkte gebildet werden, ganz zu schweigen von der Zusammenarbeit bei derartig gemischten Einheiten — zu der es sowieso nie kam. (Der Vergleich mit der Situation der NATO drängt sich auf.)

4. Die wirtschaftlichen und sozialen Probleme des Staates angesichts eines Söldner- und Berufsheeres. Im Rahmen veränderter Wirtschafts- und Sozialstrukturen ergaben sich für den Staat Finanzschwierigkeiten, verstärkt durch Rekrutenmangel. Der offensichtliche Mangel an wehrfähigen Männern rührt von der Umstrukturierung des Wirtschafts- und Soziallebens her: von der über reichliche Arbeitskräfte verfügenden Sklavenhalterwirtschaft und -gesellschaft zu einer frühfeudalen Autarkiewirtschaft mit Verfügungsgewalt des ländlichen Großgrundbesitzers über seine leibeigenen »Mitarbeiter«! Diese mußten unter allen Umständen dem autarken Betrieb erhalten bleiben, war doch der Sklavenmarkt aus spätrepublikanischer und frühkaiserlicher Zeit infolge Expansionsverzichts zusammengebrochen.

5. Wachsende Abhängigkeit des Staates von fremdländischen Hilfstruppen und Befehlshabern. Gerade in der Endphase

war das weströmische Heer de facto ein germanisches Söldnerheer mit eigenen Heeresmeistern. Erinnert sei hier an den
Wehrverlust des römischen Volkes — ein Zeichen des politischen Desinteresses breiter Schichten. Die Erfahrung lehrt:
Nur mit einer starken Armee des eigenen Volkes und einer
grenzenlosen Opferbereitschaft lassen sich auf Dauer begrenzte Kriege erfolgreich durchkämpfen — was den Römern
eigentlich die Niederlage der Söldnerarmeen Karthagos hätte
lehren müssen.

6. Die riesenhaften Frontabschnitte mußten den taktischen Vorteil der »inneren Linie« mehr als aufwiegen. Zudem konnten
die äußeren Völker stets die Initiative behalten, weil sie ihren
blitzartig vorgetragenen Angriff zeitlich und örtlich selbst
bestimmen, während die Legionen nur reagieren konnten.
Waren tüchtige Feldherrn an der Spitze, so konnte es zu par-
tiellen »Strafexpeditionen« und Gegenschlägen kommen. So
unter Trajan gegen die gefährlichen Parther.

Dies scheinen uns die wichtigsten Gründe, den militärischen
Niedergang einigermaßen sachlogisch zu erklären. Patentre-
zepte des »Wie wäre es, wenn . . .« sind hier — wie zu allen
Zeiten — fehl am Platze! Vielmehr haben wir uns abschließend
mit den eigentlichen Gründen, Motiven und Ursachen des römischen Machtzerfalls zu beschäftigen. — Neu sind sie nicht!

Die Porta Nigra in Trier.

Das Aquädukt in Nîmes (Frankreich).

Caracalla, Erbauer der berühmten Caracalla-Thermen.

VI. Die wirtschaftlichen Grundlagen der Kaiserzeit

Wie so oft, wenn wirtschaftliche Entscheidungen getroffen werden müssen, sind es politische und psychologische oder militärische Vorgegebenheiten, die den Wirtschaftskurs eines Staates beeinflussen. An der historischen Wende von der römischen Republik zum Prinzipat des Augustus sichert dessen »Friedenspolitik« die Reichseinheit. Denkbar günstiger Boden für wirtschaftliche Entfaltung — sollte man meinen. In der Hauptsache profitierte dabei jedoch der Handel. Auf den Zustand der Verkehrswege — zu Land und zu Wasser — kam es an. Gewöhnlich waren die Fernstraßen und Seewege in kriegerischen Zeiten blockiert: sei es durch herumziehende Banden oder Piraten, die von den Auseinandersetzungen Roms mit mächtigen Gegnern profitierten (wie wir beim Kampf des Pompeius gegen die Seeräuber gesehen haben). Dieses Banden- und Piratentum wirkte sich natürlich außerordentlich ungünstig auf den Fernhandel aus, dessen Kosten und Risiken sich dadurch erhöhten. Folglich mußte der römische Staat — ob Republik oder Kaisertum — nach beendeten Kriegen regelmäßig diesem Bandenwesen zu Land und zu Wasser ein Ende bereiten. Der Straßenbau, ja der gesamte Bausektor, stellte darüber hinaus ein vorzügliches Mittel dar, durch staatliche »Arbeitsbeschaffungsprogramme« städtische Arbeitslose im Rahmen eines Straßenneubauprogrammes wieder in Arbeit und Brot zu setzen. Wir sehen, die »Beschäftigungs- und Konjunkturpolitik« unserer eigenen Zeit ist schon auf ähnliche Weise von den Römern praktiziert worden.

Im Zuge des Straßenausbaues mußten Post- und Relaisstationen angelegt werden, was dem Handel zugute kam — und staatliche Arbeits- und Bauprogramme erweiterte. Für den Fernverkehr zu Wasser mußte auch manches getan werden, um die Schiffahrt attraktiver zu gestalten.

Vor allem wurden in den Hafenstädten Hafen- und Dockanlagen errichtet, die zusammen durch den Bau von Leuchttürmen den Seehandel verbesserten, die Transportkosten erträglicher machten (weniger gesunkene Schiffe dank eines durch Leuchttürme verbesserten Warnsystems). Staatliche Wirtschaftspolitik erschöpfte sich damit noch nicht: der Binnenhandel wurde durch Kanalbauten angekurbelt bzw. rationeller gestaltet. Die Erneuerung und Ausweitung der Verkehrswege zu Land und Wasser spiegelte sich in den drei wichtigsten Aktivposten: im politischen Zusammenhalt, militärischen Erleichterungen (schnellere Truppenverschiebungen) und staatlicher Beschäftigungspolitik als Instrument »ausgleichender Gesellschaftspolitik«.

Mit den für die römische Kaiserzeit charakteristischen Straßenbauten wurde somit der Fernhandel kräftig erweitert. Die Verkehrswege führten bereits nach Großbritannien, Germanien, Südosteuropa, ja selbst nach Südindien, Ceylon, Sibirien und China! Für die organisatorische Abwicklung dieses immerhin risikoreichen Geschäftes zeichneten Fernhändler verantwortlich. Wesentlich reibungsloser ging dagegen der Nahhandel vonstatten. So hatte die römisch beherrschte Mittelmeerwelt bereits damals Kontakt mit dem »Rest der Welt«. Ein relativ weitmaschiges Verkehrsnetz begünstigt bekanntlich den Austausch von Industrie- und Landwirtschaftsprodukten; deshalb müssen wir nach der »industriellen Infrastruktur« fragen, denn wofür und weshalb wurden sonst die aufwendigen Straßen angelegt? (Die Bautechnik war so brillant, daß die Straßen noch bis ins 19. Jahrhundert benutzt werden konnten. Man leistete sich noch den Luxus mehrerer Deckenschichten, wogegen wir heute mit ein- bzw. zweischichtigen Decken zurechtkommen.) Von einer Industrie kann natürlich nicht die Rede sein, denn mit diesem Wort bezeichnen wir den geschichtlichen Entwicklungsprozeß seit der »Industriellen Revolution« im 18. Jahrhundert, womit sich wiederum ganz bestimmte Vorstellungen verbinden (Fabrikhallen, Maschinen). Die Produktion war zur Zeit des römischen Imperiums auf der mühevollen Handarbeit begründet, die im städtischen Handwerk (so nennen wir die damalige Industrie) ihre Ausnützung fand — in des Wortes doppelter Bedeutung! Gab es ja wie in der Landwirtschaft auch im Handwerk ein soziales Gefüge verschiedener Abhängigkeits-stufen. Im städtischen Betrieb fanden immer mehr Gewerbe-sklaven Aufnahme, die von den »Industriellen« in jeder Be-ziehung abhängig waren. Ihnen ging es nicht besser als ihren »Kollegen« auf dem Lande. Gerade zu Beginn der Kaiserzeit kam man von dem traditionellen Einmannbetrieb langsam ab. An seine Stelle traten größere Gewerbebetriebe und erstmals auch Staatswerkstätten. Übrigens verdanken wir dem Wort »Gewerbebetrieb« unseren Ausdruck »Fabrik«.

Vor allem die Staatswerkstätten — zentraler Begriff in den Schriften und Diskussionen der »utopischen Frühsozialisten« des 19. Jahrhunderts — arbeiteten auf Rechnung des Staates für Armee, Flotte und Bürokratie. Die gewerblich-industrielle Entwicklung vom Kleinbetrieb zum Großbetrieb auf der Basis der Handarbeit ist unserem gegenwärtigen »Konzentrationspro-zeß« in der Industrie — vor allem im Handel — vergleichbar (hatte es Marx in seinem »Kapital« nicht schon prophezeit?). Damit war natürlich ein Rückgang des freien Handwerkertums verbunden — ähnlich düster schaut's in den angeblich »sozia-listischen« Ländern des Ostens aus!

Mit einer Wirtschaftsverlagerung von der Stadt aufs Land werden die im »Konkurrenzkampf« übriggebliebenen freien und halbfreien Handwerker von Staats wegen in Zwangsgesell-schaften, den Kooperationen, zusammengeschlossen, um die Naturalabgaben an den Staat zu garantieren. (Diese traten be-kanntlich an die Stelle der Geldsteuern.) Dieser Zwang zur Ver-staatlichung, der Zusammenschluß in »volkseigenen Betrie-ben«, hat sich schon damals nicht bewährt. Die Parallelen sind nicht zu übersehen ...

Unter dem Kaiser Diokletian — Stichwort »Reichsreform« — begann eine regelrechte »Kriegswirtschaft« bzw. »gelenkte Staatswirtschaft«, die den Untertanen eine Berufsbindung in Zwangsinnungen bescherte. Diese Maßnahme sollte die Heeresversorgung sicherstellen. Man hatte damit den Weg in die mittelalterliche Zunftgemeinschaft der Städte beschritten.

Schlimmer noch sah es für die Landwirtschaft des römischen Kernlandes — also für die italische Halbinsel — aus. Infolge der Übernahme der römischen Agrartechnik in den afrikanischen und eurasischen Provinzen — insbesondere bestimmte Agrarpflanzen, landwirtschaftliche Maschinen, Düngemittel — erwuchs der römischen Landwirtschaft eine erhebliche Konkurrenz, was zu Zeiten des späten Kaiserreichs in einer kompletten Nahrungsmittelabhängigkeit von Karthago endete (was die gewitzten Wandalen für ihre Zwecke auszunutzen wußten). Rom und Italien wurden also landwirtschaftlich umstrukturiert. Seit den Agrarreformversuchen der Gracchen ging es immer mehr bergab (vgl. die »Umstrukturierung« der Landwirtschaft nach den Punischen Kriegen und der vergebliche Reformversuch der Gracchen). Soziologisch gesehen war damit der Niedergang des Freibauerntums beschlossene Sache. Aber auch das landwirtschaftliche Sklavenhaltertum wurde mit dem Zusammenbruch des Sklavenmarktes umgebogen: in eine feudalständische Klasse. Damit verwischten sich auch die traditionellen Zivilisationsunterschiede zwischen Stadt und Land, da jetzt das Gutshaus — die Villa — des Großgrundbesitzers kulturelles Zentrum wurde. Die Städte waren ja schon durch den zusammenbrechenden Sklavenmarkt entvölkert und ihrer wirtschaftlichen Eigenbedeutung beraubt worden. Man muß sich diesen allmählichen Auflösungsvorgang als einen wechselseitigen Prozeß vorstellen, der Gewerbe, Landwirtschaft, Handel und politische Administration umfaßte. Gerade der Handel war durch die radikale Umwälzung der wirtschaftlichen Strukturen tödlich getroffen worden. Drei Gründe können wir hier anführen:
1. wegen der naturalwirtschaftlichen Autarkie und Autonomie des Landes, welche städtisches Gewerbe überflüssig machte,
2. wegen des damit verbundenen Niedergangs der Städte als traditionelle Handels- und Umschlagplätze,
3. wegen der wachsenden Unsicherheit der Verkehrswege (eine Folge des politisch-militärischen Niedergangs).

Damit war letztlich auch die jahrhundertealte Reichseinheit politisch verspielt worden. Wegbegleiter des allgemeinen Niedergangs war logischerweise die staatliche Währungs- und Finanzpolitik. Seit Caesar besaß das Reich eine Doppelwährung: eine Silber- und eine Goldwährung. Die Währungseinheit war bis Ende des 2. Jahrhunderts einigermaßen stabil gewesen (einem Aureus in Gold entsprachen 15 Silberdenare). Die Einführung dieser Doppelwährung basierte auf wirtschaftlichen Erwägungen, mußte doch der wirtschaftlichen Entwicklung der Ostprovinzen auch monetär Rechnung getragen werden. Im 3. Jahrhundert setzte nun ein rapider Währungszerfall ein. So stiegen die Preise um das Dreifache! Diese »galoppierende Inflation« setzte sich im 4. Jahrhundert immer vehementer fort, was der ursprünglichen Leitwährung, dem Silberdenar, den Todesstoß versetzte. Freilich war dies ein kontinuierlicher Vorgang, der von einigen Stabilisierungsversuchen unterbrochen bzw. gebremst wurde (etwa unter Diokletian und Konstantin dem Großen).

Wie aktuell und bestürzend der Sachverhalt doch ist! Kranken nicht unsere westlichen Leitwährungen — das Pfund Sterling und der Dollar — an chronischer Auszehrung? Leben wir nicht in einer weltweiten Inflation? Gibt es überhaupt noch ein vernünftiges Leitwährungssystem? Wann hören die Notenbanken damit auf, immer größere Geldmengen einem schrumpfenden Markt und Wirtschaftskörper zuzuführen? Alles Fragen, die fatal an die Währungskatastrophe des spätrömischen Reiches erinnern.

Doch damals wie heute sind Währungssystem und staatliche Währungspolitik nur ein Reflex der wirklichen ökonomischen Verhältnisse. Man kann diese mittels »kosmetischer Schönheitsoperationen« währungspolitisch am Leben erhalten, wenngleich sie hoffnungslos veraltet und unmodern geworden sind.

VII. Der Untergang des römischen Weltreiches

a) Wirtschaftliche und soziale Gründe und Ursachen

Am Schluß wollen wir uns noch der umstrittenen Frage zuwenden, warum und weshalb eigentlich das mächtige und imposante römische Weltreich so sang- und klanglos zugrunde ging? Oder war es gar kein Untergang, wie es einige Historiker und Soziologen behaupten?

Die Völkerwanderungen allein konnten ein so mächtiges Imperium schwerlich zum Zusammenbruch bringen, hatte es doch eine weitaus größere Bevölkerungszahl. Die paar Millionen zählenden germanischen und hunnischen Völkerscharen hätten niemals ein Reich mit ca. hundert Millionen Einwohnern bezwingen können — es sei denn . . .

Wir müssen uns da nach anderen Gründen und Ursachen umsehen, wenn wir den bestürzenden Sachverhalt einigermaßen in den Griff bekommen wollen.

Schon immer hat die Historiker der plötzliche Zusammenbruch dieses Weltreichs als Phänomen fasziniert, forderte es sie doch zu Erklärungsversuchen heraus, die meist der Sache nicht gerecht wurden. Man verlegte sich aufs Spekulieren, gar Phantasieren! Einige Beispiele dafür:

1. So soll der Despotismus der spätrömischen Kaiser den Untergang hervorgerufen bzw. beschleunigt haben.

2. Von moralistisch eingestellten Historikern wurden natürlich mit Vergnügen die Sittenlosigkeit, der Luxus und das »dekadent-hybride« Lotterleben zitiert (aber herrscht in einer Diktatur nicht eher eine spießbürgerlich-muckerhafte Atmosphäre? Gewaltherrscher hassen nichts so sehr wie eine »freie Moral«!).

3. Im Zusammenhang damit wird die Auflösung von Familie und Ehe angeführt (dies reaktionär klingende Argument wurde bereits von Tacitus vorgebracht).

4. Eine Reihe von ökonomischen Gründen:
   a) Der Getreideimport, dem die landwirtschaftlichen Großgrundbesitzer erlagen (diese These stimmt mit unserer heutigen Handelspolitik überein, wonach der Welthandel liberalisiert werden soll — was selbstredend mit einem Abbau der Zollschranken verbunden ist).
   b) Die Großgrundbesitzer und »Junker« als historische Bösewichte und Schuldige am »Klassenwiderspruch« zu der Masse besitzloser Sklaven (also die Gegenthese zu a)).
   c) Die marxistische These vom Klassenkampf zwischen wenigen, aber über die Machtmittel gebietenden Sklavenhaltern und dem riesigen Heer abhängiger Sklaven (was laut marxistischer Lehre auf den »Grundwiderspruch« in den Eigentumsverhältnissen zurückzuführen ist).

5. Die darwinistische Rassenthese, wonach das gute römische Bauernblut einfach im »Rassenmischmasch« des Gesamtreichs aufging bzw. verschwand. Die römische Rasse degenerierte angeblich auch durch Rekrutierung der Besten fürs Heer.

6. Ferner noch die originelle These von der Schuld des Christentums. Laut Gibbon und Nietzsche habe es mit seiner Mitleids- und »Sklavenmoral« dem römischen Reich den Todesstoß versetzt (danach sollten die alten kämpferischen Tugenden »vergeistigt« worden sein).

Jedem dieser Argumente kommt ein Fünklein Wahrheit zu: als alleinige Erklärungsmodelle sind sie jedoch alle untauglich!

Halten wir uns deshalb an die nach wie vor wahrscheinlichste Theorie, die von dem großen deutschen Soziologen und Volkswirtschaftler Max Weber entworfen wurde. Diese berücksichtigt wirtschaftliche und politische Interessen, die zusammen und wechselseitig den »Wandel« der antiken Kultur zur mittelalterlichen Feudalgesellschaft hervorriefen (so lautet nämlich seine These).

Basis und Ausgangspunkt römischer und antiker Kultur ist laut Weber die städtische Kultur. Hier wird Politik gemacht und Handel und Wissenschaft getrieben. Hier werden aber auch wirtschaftliche Bedürfnisse befriedigt, demnach florieren Produktion, Handel und Wandel.

Es handelt sich aber um keine umfangreiche Wirtschaftsproduktion mit hohen »Wachstumsraten«, sondern um eine bescheidenere, den antiken Produktionsmöglichkeiten und dürftigen Verkehrsverhältnissen der vorkaiserlichen Zeit angepaßte (die Produktionstechnik war noch sehr undifferenziert, auf Handarbeit abgestellt — ferner war das Straßennetz unentwickelt, waren Binnenland und die Weite des Raums noch nebensächliche Faktoren).

Das Wirtschaftsleben spielte sich hauptsächlich in den Städten ab, die aus Handels- und Verkehrsgründen an den Küsten lagen. Schon in uralter Zeit unterhielten ja die antiken Kulturvölker einen lebhaften Seehandel (die Phönizier, Ägypter, Griechen und Karthager), der sich an den mittelmeerischen Küsten abspielte. Max Weber nennt diese frühe Entwicklungsphase »Küstenkultur«. Der Seehandel — der damalige »internationale Verkehr« — diente einzig dem Austausch von Luxusartikeln, die sich nur eine kleine besitzende Schicht in den wenigen Städten leisten konnte. Die Verkehrswege zu Land und zur See waren ja noch unentwickelt, bargen große Risiken in sich, was den Warenhandel unrentabel machte. Die Warenpreise dieser Luxusartikel kletterten deshalb in astronomische Höhen. Deshalb war der internationale Verkehr auch zur Zeit der römischen Republik nur ein Instrument der dünnen Schicht besitzender Klassen.

Hier stoßen wir sogleich auf ein weiteres Kennzeichen antiker Gesellschaften, nämlich auf ihren Sklavenhaltercharakter, was bei zunehmender Vermögensdifferenzierung zu einer Handelsblüte führen mußte. Wenn wir schon die Sklaven als billige Arbeitskräfte erwähnen, so sollten wir noch einen kurzen Blick auf die Organisation der Arbeit werfen, denn diese ist für die weitere geschichtliche Entwicklung von einiger Bedeutung.

Ursprünglich war die Arbeit in der Stadt eine freie; produzierte man im Rahmen der beginnenden Arbeitsteilung einzig für den städtischen Markt, mithin für den innerstädtischen Warenaustausch. Auf dem umgebenden Land waren die Verhältnisse genau umgekehrt! Die wenigen Gutshöfe mußten ihren eigenen Bedarf selber decken — mittels eigenwirtschaftlicher Gütererzeugung. Selbstverständlich dominierte dabei die unfreie Arbeitsteilung. Hieraus resultiert der bis heute andauernde Widerspruch zwischen Stadt und Land, wenngleich das ganze Sklavenunwesen natürlich verschwunden ist. Gleichzeitig signalisiert diese unfreie landwirtschaftliche Eigenproduktion (Autarkie) den späteren Übergang zum mittelalterlichen Feudalismus. Aber da greifen wir den Ereignissen voraus.

Erstaunlich zu wissen, daß unser gegenwärtiges Gefälle zwischen Stadt und Land so weit in die Geschichte zurückreicht!

Wegen der billigen Arbeitssklaven nahm die unfreie — »lohnabhängige«, wie wir uns heute auszudrücken pflegen — Arbeit infolge stockender Güteraustauschmöglichkeiten (eine Folge des Stadt-Land-Unterschieds sowie der schlechten Verkehrsverhältnisse) immer deutlicher zu. Diesen Sachverhalt sehen wir besonders an der wirtschaftlichen und sozialen Entwicklung Roms unter der Republik sowie des Kaiserreichs (hier mit Abstrichen, waren doch die Verkehrswege besser und sicherer geworden).

Das immer stärker anschwellende Sklavenheer bildete den personellen Rahmen römischer Wirtschaftsgeschichte. Es war die Konsequenz erfolgreicher äußerer Machtausdehnung, besonders nach den beiden Punischen Kriegen. Hunderttausende wurden bei diesen »Menschenjagden« in den eroberten und unterworfenen Gebieten zum »Arbeitseinsatz« nach Italien verbracht. Da gab es keine sozialen Unterschiede! Freie und Unfreie, Alte und Junge, Kinder und Frauen — sie alle traf das Schicksal. (Im Sprachjargon des Dritten Reiches nannte man's »erfassen« — was die »Fremdarbeiter« des unterworfenen

Europa traf. Diese mußten als moderne Arbeitssklaven Rüstung und Landwirtschaft in Schuß halten.)

Die sich an die Punischen Kriege anschließenden Strafexpeditionen auf dem Balkan gegen die aufmüpfigen Makedonen und freiheitslustigen Griechen ließen die Zahl der Sklaven drastisch anschwellen (unter ihnen die griechische Geisteselite — ein Polybios etwa). Hatten diese Menschen Glück im Unglück, so kamen sie bei »gütigen« Gutsherrn nach Jahren der Zwangsarbeit wieder frei — oder sie zeichneten sich durch geistige Spitzenleistungen aus und wurden von vornehmen römischen Familien als Hauserzieher aufgenommen (so der bekannte stoische Philosoph Epiktet).

Solche Sklavenheere beschleunigten den Niedergang des ursprünglich freien römischen Bauerntums. Viele Bauern gingen in Erwartung besserer Lebensaussichten nach Rom. (Wir sind ja dem Sozialproblem schon bei den Gracchen begegnet.) Ihr Scheitern brachte die Sklavenarbeit in der Landwirtschaft erst so richtig auf Touren. Natürlich gab es neben den Land- und Gutssklaven auch städtische Gewerbesklaven, deren rechtliche und soziale Lage aber nicht wesentlich besser war.

Mit der Umstellung der Landwirtschaft von freien und halbfreien Bauern auf rechtlose und unfreie Sklaven veränderte sich auch die Produktion. Es wurden jetzt auf bestimmten Anbauflächen nur noch wenige Agrarprodukte favorisiert (Wein, Obst und Oliven etwa oder Getreide in Sizilien). Produziert wurde im organisatorischen Rahmen des Gutshofes. Herr im Hause war hier der Großgrundbesitzer bzw. Latifundienbesitzer, der das Kommando über die gesamte Sklavenarbeit ausübte. Und eben diese Sklavenarbeit war der »Unterbau der ganzen römischen Gesellschaft«, wie es Max Weber in seinem Aufsatz über »Die sozialen Gründe des Untergangs der antiken Kultur« klar formulierte.

Wer so organisierte, herrschte, der konnte sich ein Leben in Luxus und Wohlstand leisten. Den Großgrundbesitzer zog es deshalb in die Reichsmetropole Rom. Hier konnte er bei den politischen Machenschaften und Intrigen im Senat mitmischen (die Politik als Sport für eine aristokratische Minderheit — auch die englische Aristokratie der Neuzeit betrachtete die Politik als ihre angestammte Domäne!). Die »agrarische Lobby« war demnach angemessen vertreten.

Schauen wir einmal in so eine antik-römische »Sklavenkaserne«, denn nichts anderes war der Gutshof. Die Sklaven bilden dort das »sprechende Inventar« — ein Hinweis auf das Formelle und Dingliche römischen Rechts! —, was bezeichnend genug ist. Die »Wohnung« des Sklaven, der Sklavenstall, befindet sich in der Nähe des Viehs (mehr ist er auch nicht wert!).

Der Kasernencharakter des Gutshofs wird aus folgenden Einrichtungen ersichtlich: Schlafsäle, Lazarett, Arrestlokal, Werkstatt (wo die Ökonomiearbeiter tätig sind) und natürlich das obligate Weiberhaus. Der Sklave verbringt also sein Leben in der Kaserne, damit die Arbeit und Produktion möglichst rationell vonstatten geht. Er ist ein »Landwirtschafts-Soldat«, der mit seinen »Kameraden« gemeinsam die Mahlzeiten einnimmt und gleiche Schlafenszeiten verordnet bekommt. Die Kleidung ist auch uniform. Sein bestes Kleidungsstück wird der Inspektorsfrau übergeben, die als »Kammerunteroffizier« fungiert. Ansonsten monatlicher Kleidungsappell. Daneben ist die Arbeit streng militärisch organisiert: morgens Antritt in Korporalschaften unter Aufsicht der »Treiber«.

Als Kasernensklave verfügt ein solch unglückliches Geschöpf weder über Eigentum noch über eine Familie. Seine sexuellen Wünsche und Bedürfnisse befriedigt er in einer Art beaufsichtigter Prostitution (wie die Juden in Himmlers KZ's, so sie die Möglichkeit hatten). Für die Sklavinnen gibt es Prämien zur Aufzucht der Kinder. Bei drei aufgezogenen Kindern sprach ihnen der honorige Gutsherr neben den üblichen festlichen Reden und Ansprachen die Freiheit zu — sie wurden »Freigelassene«. Einzig der Pächter, der für den in der Stadt »weilenden« (sprich sich vergnügenden) Gutsherrn die Verwaltung übernahm, lebte auf seiner Scholle mit seinem Weibe in Sklavenehe zusammen. Mehr besaß auch er nicht. Die Sklavenkaserne war deshalb ständig auf äußeren Nachschub und Zuwachs angewiesen. Mithin ein menschenverschlingendes Monstrum! Der »Nachschub« — auch so ein aparter militärischer Begriff — wurde durch billigen Zukauf auf den Sklavenmärkten sichergestellt. Max Weber vergleicht in seiner abschließenden Analyse den nach militärischen Maßstäben organisierten Gutshof mit einem »modernen Hochofen, der gefräßig nach Kohlen ist«. Versagt nun die ständige Menschenzufuhr, dann erlöscht der ganze »Betriebsschwindel«.

Mit dem Ende äußerer, kriegerischer Expansion unter den Kaisern Tiberius und Hadrian — Aufgabe der Angriffskriege an Rhein, Donau und in Dacien — stockt die regelmäßige Versorgung mit »Sklavenmaterial« — und dies ausgerechnet zum Zeitpunkt einer sich anbahnenden Gesamtbefriedung!

Letzte, verzweifelte Bemühungen, die eigentums- und ehelosen Sklaven herbeizuschaffen, waren die Angriffskriege im zweiten Jahrhundert, die genauso zum Scheitern verurteilt waren wie Hitlers diesbezügliche Angriffsunternehmen nach Stalingrad. Damit setzte der Schrumpfungsprozeß des Sklavenbetriebs ein. Wichtig ist bei dem ganzen Vorgang die Tendenz einer »Wanderbewegung« von der Stadt aufs Land, was mit wachsender Erschließung des Binnenlandes dem Agrarbereich eine dominierende Rolle im Wirtschafts- und Sozialleben des Kaiserreichs zukommen ließ. Der Verfall städtischer Kultur und Geschäftigkeit begann damit bereits in der römischen Spätantike — was (eine) die Folge eines Umstrukturierungsprozesses auf dem landwirtschaftlichen Arbeitsmarkt war.

Mit dem Zerfall der Sklavenkaserne infolge ausbleibenden »Menschennachschubs« mußte nun auch der Gutshof seinen Charakter und seine Funktion ändern. Die verbliebenen Arbeitskräfte mußten nun stärker zu den wachsenden Aufgaben herangezogen werden. So der Pächter, dessen soziale und wirtschaftliche Stellung sich rapide verschlechtert (gesteigerte Mitarbeit, höhere Naturalabgaben und Steuern). Ja selbst der Gutsbesitzer war genötigt, seinen ständigen Wohnsitz von der Stadt aufs Land zu verlegen, um sich hier den staatlichen Steuerauflagen nach Kräften zu entziehen.

Die verbliebenen Sklaven wurden zu handwerklichen Tätigkeiten »umgeschult«: der Weg in die totale Autarkie war damit beschritten. In spätrepublikanischer Zeit gab es ja nur eine agrarische Selbstversorgung, die in der kaiserlichen Epoche auf sämtliche Lebensbereiche bzw. -notwendigkeiten ausgedehnt wurde. Damit war die Stadt funktionslos geworden!

Und welch wichtige Rolle hatte sie einst gespielt!

Kommen wir jetzt kurz zur Verwaltungsstruktur Altroms und den Neuerungen des Imperiums. In der römischen Verwaltung seit der Republik war die Stadtgemeinde verwaltungstechnische Grundlage, danach mußte sich später der verwaltungsrechtliche Aufbau des »zusammeneroberten« Gesamtreichs richten. Parallel dazu war die Stadt für das staatliche Steueraufkommen verantwortlich und haftete auch für die Rekrutierung der vom Staat benötigten Truppenkontingente. Mit der Umstrukturierung des Sklavenbetriebs und dem Zerfall des traditionellen Sklavenmarktes begann die Abkapselung und ständische Gliederung auf dem »flachen Lande«. Daraus zog der Grundbesitzer seinen Gewinn, denn an ihn mußte sich nun der kaiserliche Staat halten, wenn er seinen Verpflichtungen gegenüber Beamtentum und Armee nachkommen wollte. Die soziale Umschichtung verlief demnach über einen größeren Zeitraum. Man kann römische Sozial- und Wirtschaftsgeschichte sich vielleicht aphoristisch so zurechtlegen: vom einfachen Gegensatz der Freien/Unfreien zu einer ständischen Gliederung auf dem Lande.

Für die Produktion und den Absatz hatte dieser historische Vorgang katastrophale Auswirkungen. Die ländliche Eigenversorgung auf den Gutshöfen in Fronarbeit — der in einen Grundherrn sich verwandelnde ehemalige Großgrundbesitzer sowie seine arbeitsabhängigen Sklaven und Pächter waren ja jetzt enger voneinander abhängig — erdrosselte die gewerbliche Austauschproduktion. Der Wirtschaftsstrang zwischen Stadt und Land war unterbrochen (der Warenhandel wurde unrentabel, da das Land als Abnehmer entfiel und der städtische Abnehmerkreis immer kleiner wurde). Die »Industrieproduktion« ging zurück — und mit ihr das Produktionsangebot an Gütern und Waren. Ein Teufelskreis! In den Städten waren somit die gewerblichen Arbeiter und ihre von ihnen abhängigen Gewerbesklaven ohne »Auftragspolster«. Warum? Aus zwei Gründen:

1. da der Gutsbetrieb nun auch die gewerblichen Arbeiten in eigener Regie ausführte (im Rahmen einer fein abgestuften Arbeitsteilung),
2. da sich der städtische Abnehmerkreis »aus dem Staub« machte (das Land bot eben bessere Verdienstmöglichkeiten).

Der Verfall der Städte wurde überdies durch die staatliche Finanzpolitik beschleunigt (siehe unser 5. und 6. Kapitel). Diese bestand auf der Deckung ihres Eigenbedarfes in Naturalabgaben bzw. -einnahmen. Außerdem war die Finanzpolitik bestrebt, ihren Finanzhaushalt mit eigenen Mitteln in Ordnung zu bringen; eben durch Naturalwirtschaft. Damit war die Bildung von Geldvermögen in den Händen neuer Schichten gehemmt — somit auch die »Investitionslust« der etablierten Kreise. Mit anderen Worten: die schöpferische Eigeninitiative des damaligen städtischen Gewerbes und der Finanzkaste der »Bankers« bzw. Ritter wurde durch diese sich derart abkapselnde Finanzpolitik schwer getroffen. Lähmend erwies sich auch die — sozial erwünschte — Beseitigung des ungerechten Steuerpachtwesens, da die durch Korruption, Bestechung und Spekulation erworbenen Geldmengen jetzt entfielen — und dem wirtschaftlichen »Kreislauf« entzogen wurden. Dafür trat die sozial gerechtere Abgabenordnung des Staates an seine Stelle. Diese bestand aber, wie wir oben sahen, meist in Naturalien. Die baren Steuermittel mußten die geplagten Städte aufbringen.

Der städtische Handwerker wurde so zur »Melkkuh« des Staates, was, wie Max Weber es ausdrückt, haargenau seiner späteren Rolle als Zunftbürger in der mittelalterlichen Stadt entspricht. Diese »Entwicklung weg vom Gelde« mußte selbstverständlich auf die klassischen beiden Säulen jedes Staates — Armee und Beamtentum — von Bedeutung sein. Bekannt ist in diesem Zusammenhang die Umwandlung des Berufs- und Soldheeres in eine Armee — vor allem die Grenztruppe —, die sich selbst »erzeugt«, was buchstäblich zutraf. Deutlich gesagt: die Armee mußte sich selbst am Leben erhalten, indem der familienlose Soldat als Berufssöldner zur Soldatenehe mit regelrechtem Lagerleben gezwungen war! Infolge des Absinkens der Steuereinnahmen in barem Geld konnte der Staat keine ausreichenden Geldmittel für die Anwerbung neuer Mannschaften aufbringen. Außerdem flohen die waffenfähigen Rekruten in Scharen aufs Land — direkt dem ländlichen Grundherrn in die Arme! Hier konnte der Staat nichts mehr ausrichten — war er doch von dieser frühfeudalen Schicht abhängig bzw. von deren Naturalablieferungen und immer dünner fließenden Geldsteuern. Seinerseits waren dem Grundbesitzer die Neuankömmlinge hochwillkommen, brauchte der Gutshof ja jede Arbeitskraft für die beginnende Eigenproduktion!

Wie war da ein Soldheer überhaupt noch auf die Beine zu stellen? Eine der beiden Möglichkeiten — mehr gab es nicht — war wie gesagt die Erhaltung der Armee durch sich selbst. Die Lagerkinder solcher Soldatenehen sorgten für den personellen Ersatz, was die Armee als Machtinstrument zwar am Leben hielt, aber den streng disziplinierten Charakter der einst so stolzen Legionsheere erheblich veränderte. Privatinteressen — man hatte schließlich Familie! —, Unbeweglichkeit der einzelnen Truppenkörper (infolge ausgiebigen Lagerlebens) sowie laxes Pflichtgefühl — eine direkte Folge vorgenannter Faktoren — trugen nicht gerade zur Festigung der militärischen Schlagkraft bei, die unbedingt erforderlich war, um den ständigen Barbareneinfällen germanischer und östlicher Völker zu begegnen. Im Gegenteil: die römische Armee nutzte ihre zweite Rekrutierungsmöglichkeit ausgiebig — in steigendem Maße fanden in der Armee Barbaren Aufnahme, um die römischen Arbeitskräfte im waffenfähigen Alter für die ländliche Gutswirtschaft freizumachen. (Genau umgekehrt hat's das Dritte Reich im Verlauf des Zweiten Weltkrieges praktiziert. Hier wurden Millionen von Kriegsgefangenen und Zivilisten gewaltsam der deutschen Kriegswirtschaft zugeführt, während der personelle Bedarf der Wehrmacht bis weit in das Entscheidungsjahr 1943 von eigenen Kräften gedeckt wurde. Erst ab 1944 stießen — offiziell erlaubt — »fremdländische« und westeuropäische Hilfs-kontingente zur »Großdeutschen Wehrmacht«.)

Eines steht historisch gesehen fest: weder das römisch-kaiser-liche noch das »großdeutsche« Rekrutierungsverfahren erfüllte die Erwartungen.

Die Historiker bezeichnen den militärischen Wandlungspro-zeß im römischen Heer als »Barbarisierung«. Um die neuen und »fremdländischen« Söldner bei der Stange zu halten, mußte der Staat neben geringem Soldgeld landwirtschaftliche Kleinst-güter zur Verfügung stellen, um Desertionen zu verhindern. Es war also nicht so sehr die »Sittenverderbnis«, unter der die Armee zu leiden hatte, sondern der wirtschaftliche Änderungs-prozeß, der den Niedergang der Armee beschleunigte! Dieses Argument richtet sich an die Adresse unverbesserlicher Moral-kritiker, die stets »böse« und »schlimme« moralische Zustände in Volk und Gesellschaft für geschichtliche Zusammenbrüche verantwortlich machen.

Fassen wir das Ergebnis dieser Betrachtungen über die Gründe und Ursachen des Untergangs zusammen:

1. Es sind »in letzter Instanz« wirtschaftliche Faktoren, die den römischen Machtverfall herbeiführten — nämlich:
   a) der Zerfall des antiken Sklavenmarktes infolge Einstellung der militärischen Expansion seit Hadrian und vorher schon durch Augustus und Tiberius (abgesehen von begrenzten »Offensivschlägen«),
   b) daraus resultiert die Verlagerung des wirtschaftlichen Schwerpunktes von der Stadt aufs Land,
   c) die Stadt verliert ihre Bedeutung als administrative Basis, ferner als Wirtschafts- und Kulturfaktor sowie als Men-schenreservoir für die Armee.
2. Ein weiterer Grund ist die wachsende Naturalisierung der staatlichen Finanzpolitik. Die Beamtenschaft wird in Natura-lien (Lebensmittel) und mit kleinen Bauernhöfen und Län-dereien entlohnt (hin und wieder auch mit einem geringen Taschengeld).

3. Untergrabung der wirtschaftlichen Eigeninitiativen bei den verschiedenen gesellschaftlichen Gruppen (also bei städtischen Handwerkern, Kaufleuten, Bankiers sowie im »Lumpenproletariat«, das sich allmählich aufs Land verkrümelt).

Das spätrömische Reich — besonders im Westteil — gewährte demnach nur einer einzigen Gesellschaftsschicht freien Handlungsspielraum — der Schicht der land- und menschenbesitzenden Großgrundbesitzer bzw. Grundherren, wie es jetzt genauer heißen muß. Deren ursprünglich auf arbeitsteilige Absatzproduktion ausgerichteter Sklavengutshof hatte sich im Laufe der Jahrhunderte zu einem autarken Betrieb mit kompletter Eigenbedarfsdeckung gemausert — auf der Grundlage beginnender Feudal-Ständegliederung. Mit Fug und Recht kann man sich deshalb der Weberschen These vom »Wandlungsprozeß« des spätrömischen Reiches anschließen (»Strukturwandel« nennen wir's heute).

Kulturell, wissenschaftlich und politisch senkte sich der Vorhang, um erst in der bescheidenen Renaissance Karls des Großen wieder gehoben zu werden. Denn die wirtschaftlichen Grundlagen hatten sich seit der Spätantike kaum geändert. So gab es zur Zeit Karls des Großen noch immer landbesitzende Herren, die über unfreie Sklaven verfügten, denen aber vom Herrn die »Familie und Bauernkate« (M. Weber) geschenkt bzw. verpachtet wurde. Damit war das antike Wirtschafts- und Lebensmodell endgültig gesprengt, denn von nun an war die Familie die Keimzelle der beginnenden Freiheit der Person (eine Entwicklung, die jetzt mit aller Wahrscheinlichkeit beendet sein dürfte). Verständlich, daß die antik-römische Stadt bei solch veränderter Wirtschafts- und Sozialstruktur überflüssig wurde — und erst wieder im Mittelalter als Wirtschafts- und Sozial- sowie Kulturfaktor Bedeutung gewann.

Dieses Erklärungsmodell, welches wir in unseren letzten Kapitel vorführten, hat natürlich eine auffallende Ähnlichkeit mit der marxistischen Geschichtsdeutung des spätantiken Zeitalters. Die Unterschiede sind dennoch frappierend.

Der Zeitraum der Antike wird von der marxschen Geschichts-
theorie, vom »Historischen Materialismus« also, als die Zeit
der »Sklavenhaltergesellschaft« apostrophiert. Diese kommt
direkt nach der »klassenlosen Urgesellschaft«, um in der marxschen Terminologie zu bleiben. Wir halten uns hier nicht länger
mit spitzfindigen Vermutungen auf, welche Faktoren diesen
Übergang herbeiführten, sondern untersuchen den marxistischen Erklärungsversuch, demzufolge die »Sklavenhaltergesellschaft« unterging. Laut Marx und Engels waren es ökonomische
Gründe. Hauptsächlich der »Grundwiderspruch zwischen land-
und menschenbesitzender Sklavenhalterklasse und der überwältigenden Mehrheit besitz- und rechtloser Sklavenmassen«.

Und weiter heißt es:

»Dauernde soziale Unruhen, Klassenkämpfe, Bürgerkriege
und Sklavenaufstände mußten im Zusammenhang mit den ins
Reich hereinbrechenden äußeren Feinden die ganze Sklavenhaltergesellschaft wie ein morsches Gebäude zusammenbrechen lassen.« (Frei zitiert nach dem in der DDR erschienenen »Marxi-
stisch-Leninistischen Wörterbuch der Philosophie«.)

Laut marxistischer Geschichtsinterpretation entsprachen die
»Produktionsverhältnisse« — etwa die Herr-Sklave-Beziehung
in Stadt und Land — keineswegs mehr dem »Produktionsinter-
esse« der »Produktivkräfte«, denn diese stagnierten, da keine
der beiden feindlichen Klassen, weder Sklavenhalter noch Sklaven, ein wirkliches Interesse an der Weiterentwicklung der
Produktion hatten. Einfacher ausgedrückt: Der soziale Unterschied zwischen »reich« und »arm«, Großgrundbesitzer und
Sklave ließ die landwirtschaftliche und gewerbliche Produktion
samt Handel arg zurückgehen. Es gab also keinen »gesellschaftlichen Fortschritt« mehr. So nach der marxistischen Lesart. Von
Max Webers Modell ausgehend, das den Vorteil hat, den Fakten besser zu entsprechen, läßt sich zu dieser Deutung folgendes
sagen:

Erstens standen sich die beiden feindlichen Hauptklassen niemals unversöhnlich gegenüber. Es gab auch keine ständigen
»Klassenkämpfe« mit Entscheidungscharakter, wo eine Klasse

endgültig siegt und die andere im weltgeschichtlichen Nichts verschwindet. Im Gegenteil: mit der Verlagerung des wirtschaftlichen Schwerpunkts von den Städten aufs flache Land ändern sich Produktion und soziales Miteinander der beteiligten Gesellschaftsklassen. Der Trend zur autarken Produktion bewirkte auch eine gegenseitige Abhängigkeit der »Klassengegner«. Dieser von Max Weber beschriebene »wirtschaftliche Wandel« — genauer »Kulturwandel« — ist die eigentliche Ursache des Niedergangs der »Sklavenhaltergesellschaft«. Total untergegangen ist die antik-römische Kultur demnach nicht.

Zweitens hätte der Einbruch äußerer, barbarischer Völker niemals das römische Imperium gefährden können. Auch nicht im Zusammenwirken mit den ausgebeuteten Sklavenschichten, wenn nicht vorher schon der »wirtschaftliche und soziale Wandel« günstige Voraussetzungen für die äußeren Reichsfeinde geschaffen hätte. Außerdem haben die Sklaven in der Spätphase des römischen Imperiums kaum mit den äußeren Feinden gemeinsame Sache gemacht: Höchstens in den eroberten Gebieten, weil der Druck des Großgrundbesitzers auf seine Sklaven örtlich verschieden war. Ferner tasteten die Germanen kaum die wirtschaftlichen Grundlagen in den von ihnen besetzten Gebieten an. Es blieb also bei einer ständischen Hierarchie mit der Kuscherei nach »oben« und der Treterei nach »unten«. Auch die naturalwirtschaftliche Struktur wurde beibehalten (Ausschaltung des Geldes als Wirtschaftsfaktor).

Gewichtige Gegenargumente zum marxistischen Modell also in Hülle und Fülle. Es mangelte den gegnerischen Klassen an einer ökonomischen Motivation, wie nämlich die agrarische und gewerblich-industrielle Produktion quantitativ und qualitativ voranzubringen sei. (Vor einer ähnlichen »Motivationskrise« stehen wir heute in Ost *und* West: die westliche »Wachstums-Ideologie« hat bankrott gemacht, und die östliche Planwirtschaft hat sich als viel zu steril und unbeweglich erwiesen.) Der Begriff der »ökonomischen Motivation« hat aber mit der marxistischen These vom Vorrang der »Produktivkräfte« (sprich Produktionstechnologie über den sozialen und politischen Bereich) rein gar nichts zu schaffen! Der Ausdruck »ökonomische Motivation« ist ein psychologischer Begriff, gehört also der von Marx behaupteten »Überbauformation« an (es ist das gesamte Kulturleben einschließlich Politik, Rechts- und Sozialwesen, Kunst, Literatur usw.). Hier wird also Ursache und Wirkung verwechselt. Deutlicher gesagt: nach der marxistischen Theorie müßte die antike »Sklavenhaltergesellschaft« dank fortgeschrittener Produktionsweise irgendwann einmal von der weltgeschichtlichen Bühne abtreten —, vor allem die »herrschende Klasse« in ebendieser Gesellschaft. Danach müßte eigentlich die »ausgebeutete« und »unterdrückte« Klasse der Sklaven an die Macht kommen. Nur die Wirklichkeit war anders. Erstens gab es im niedergehenden Römerreich keine »fortgeschrittenen Produktivkräfte« und schon gar nicht eine revolutionär gesinnte »neue Klasse« mit neuen Gesellschaftsidealen. Die sozialen Klassen und Schichten zu Ende des Römerreiches sind dieselben, die uns im Mittelalter begegnen werden; nur hat sich die ständische Hierarchie verfeinert, also gefestigt!

Strenggenommen hätte nach der Geschichtsauffassung des Marxismus die Weltgeschichte mit dem »Untergang« — für uns war es in der Nachfolge Max Webers ein Niedergang bzw. ein Umwandlungsprozeß — des römischen Kaisertums ihr Ende finden müssen, was offensichtlich nicht der Fall war! Da keine »progressive Klasse« und keine »fortgeschrittene Produktionsweise« vorhanden waren, mußte der Untergang beschleunigt werden. Wie aber dann der wirtschaftliche Übergang zum Mittelalter zustande kam, dies vermag uns der Historische Materialismus nicht plausibel zu machen (wird der Vorgang einzig mit der außenpolitisch-militärischen Invasion fremder Reichsvölker im Zusammenwirken mit den unterdrückten Sklavenheeren beschrieben, was die wirtschaftlichen Veränderungen völlig außer acht läßt, die eben dazu führten!).

Wir sehen, daß es letztlich wirtschaftliche Gründe waren, die den Niedergang und Umwandlungsprozeß bewirkten. Dabei haben wir zwei prinzipiell verschiedene Erklärungsmodelle kennengelernt, die den Vorgang zu erklären bzw. zu verstehen versuchten: das Webersche Modell kulturellen Wandels — sowie das marxistische Erklärungsmodell für den Zeitabschnitt der »Sklavenhaltergesellschaft«. In einem sind sich beide sehr ähnlich — in der Heranziehung wirtschaftlicher und sozialer Faktoren und Ereignisse. Ironischerweise handhabt Max Weber die Marxsche Geschichtsmethode exakter, als es die Marxisten selbst seit eh und je versuchen.

Warum wohl? Unserer Ansicht nach ist es Max Weber gelungen, den tatsächlichen wirtschaftlichen Umwandlungsprozeß verständlich zu machen, während die marxistischen Historiker überflüssigerweise mit psychologischen (»Motivation«), politischen (»Klassenkampf«) und militärischen (»Invasion«) Argumenten operieren, was allesamt Erscheinungen des »Überbaus« sind (wofür man im nichtmarxistischen Sprachgebrauch ebenso Politik-Kultur-Wissenschaft sagen könnte).

Zweifellos hat dieser Komplex auch das Seinige zum Niedergang und »Untergang« Roms beigetragen, was wir uns abschließend an der Verantwortlichkeit der Religion und Philosophie für dies Geschehen zu vergegenwärtigen haben.

b) Die Rolle der Religion und Philosophie beim »Untergang« Roms

Im vorhergehenden Abschnitt haben wir auf eindrucksvolle Weise den imposanten Einfluß wirtschaftlicher Ereignisse und Faktoren auf den Auflösungsprozeß des einst so stolzen römischen Imperiums kennengelernt. Dabei kamen die geistigen und kulturellen Faktoren zu kurz, die ebenfalls ihr »Scherflein« dazu beitrugen. Beispielsweise Religionen und Kulte, die sich von der Wirklichkeit abwandten und ihren Anhängern und Gläubigen »transzendente« (erkenntnisjenseitige) und »dionysische« (rauschhafte) Aus- und Fernsichten eröffneten. Diese Religionen unterschieden sich denkbar radikal von der diesseitig-altrömischen Religion mit ihrem nüchternen Tatsachensinn, in der Erscheinungen der Arbeits- und Lebenswelt als Gottheiten verehrt wurden. Diese hatten umgekehrt die Arbeit sowie den Dienst am Staat und der Gemeinschaft zu heiligen. Mit der machtpolitisch-militärischen Expansion lernten die Römer als anspruchsloses Zivilisationsvolk die ihnen wesensfremden Religionen altehrwürdiger Kulturvölker kennen. Deren Kulte, Mythen und Lehren entsprachen immer stärker den eigenen religiösen Bedürfnissen — hatte man ja, tolerant wie man war, nahezu sämtliche fremden Religionen, Sprachen, Sitten und Gebräuche übernommen bzw. zu kopieren versucht (siehe die »Griechenlandbegeisterung« einiger römischer Kaiser und Philosophen).

Jahrhunderte harter Anspannung und Pflicht gehen an einem Volk nicht spurlos vorüber. Die »Tugendideale« mußten einmal in ihr Gegenteil umschlagen. Es mußte einmal der Muße, dem Luxus und der »freien Moral« nachgegeben — und der geistigen sowie religiösen Lebensproblematik nachgegrübelt werden. Der Kultur- und Geschichtsphilosoph bzw. -morphologe spricht von sogenannten »Hoch- und Blütezeiten« einer Kultur.

Das Diesseits wurde fragwürdig — deshalb flüchtete man sich in Jenseitsreligionen (u. a. ins Christentum), allgemein in eine religiöse Ekstase (wie sie auch das Mittelalter kannte!), die auf eigenartige Weise mit asketischen, sexuellen und okkulten Elementen unterschiedlichster Art gemischt war. Außerdem gab es Sekten mit eigenen Geheimlehren und -offenbarungen (die Essener in Palästina beispielsweise). Daneben lebensfreudigere Praktiken und Kulte, wo den Göttern Bacchus und Dionysos geopfert wurde. Hier waren buchstäblich rauschhafte Exzesse an der Tagesordnung, die unter den »bösen« Kaisern in wahre Orgien umschlugen.

Folglich kann das von den beiden Philosophen Schelling und Nietzsche geprägte Gegensatzpaar »apollinisch — dionysisch« mit großer Berechtigung auf die Religionspraktiken der Kaiserzeit übertragen werden. Apollinisch ist die Denk- und Lebensweise der Form, des Maßes und der Ordnung, wie sie besonders schön die altrömische Religion der republikanischen Zeit repräsentiert — während sich in spätrömisch-kaiserlicher Zeit der dionysische Gott des Rausches und eines blind-zügellosen Lebens- und Jenseitswillens die Gedanken und Herzen eroberte. Man muß sich diesen Vorgang auf dem Hintergrund wachsender Arbeitslosigkeit breiter städtischer Schichten noch in spätrepublikanischer Zeit vorstellen (besonders in der Zeit zwischen Sulla und Caesar), hervorgerufen durch die ausufernde Sklavenarbeit. Da waren »Brot und Spiele«, öffentliche Feste und Bewirtungen, Gladiatorenkämpfe sowie Menschen- und Tierjagden willkommene Zerstreuungen, die allesamt von der schlimmen Wirklichkeit wirtschaftlicher »Strukturänderungen« ablenken sollten (und auf Rechnung des Staates gingen — siehe die kostenlosen Lebensmittellieferungen seit Caesar).

Insbesondere die östlichen Mysterienkulte Asiens, Ägyptens und Griechenlands wurden — wie wir schon an anderer Stelle gesehen hatten — eine Zeitlang offizielle Staatsreligion (Mithras- und Osiriskult). Große Schwierigkeiten bereitete indessen das Christentum den römischen Kaisern, weil dessen Glaubenslehre auf den beginnenden göttlichen Kaiserkult keine Rücksicht nahm. Es verehrte seinen »dreieinigen Gott«, um den es in den ersten Jahrhunderten der frühchristlichen Gemeinde zahlreiche Schulstreitigkeiten gab.

Dabei war die junge christliche Lehre von eigentümlichen Ungereimtheiten geprägt, wie nämlich das Verhältnis von Diesseits und Jenseits zu bestimmen sei. Einerseits wurden die Anhänger und Gläubigen dieser neuen Religion — in römischen Augen ein Ableger des Judentums — zur politischen Unterordnung angehalten (»gebt des Kaisers, was des Kaisers ist«) — was die Bildung der sozialen und wirtschaftlichen Verhältnisse einschließlich der Sklavenwirtschaft einschloß —, aber andererseits wurde immer wieder auf den Vorrang religiöser Jenseitserlösung hingewiesen, auf das »eigentliche Leben nach dem Tode«. Deshalb auch die Märtyrerbereitschaft zu Zeiten der Christenverfolgungen. Auf die große Rolle der Jenseitshoffnungen hat besonders deutlich der Kirchenhistoriker Albert Schweitzer in seiner »Leben-Jesu«-Schrift hingewiesen.

Dazu gesellte sich eine Ethik des Mitleids und der Nächstenliebe, was ein untrügliches Zeichen später Kultur ist. Kämpferische Tugenden aus der bäuerlichen Vorzeit wurden im kaiserlichen Rom nicht zuletzt durch die christliche Religion und Ethik »pazifiziert«. Die christliche »Friedensstrategie« schreitet mit wachsender staatlicher Anerkennung vorwärts, was sinnigerweise mit dem Machtzerfall des Staates korrespondiert. Da besteht ein indirekter Zusammenhang! Nicht ganz unberechtigt nannte Nietzsche das Christentum »einen naiven Ansatz zu einer buddhistischen Friedensbewegung« (in: »Der Wille zur Macht«). Allerdings war das Christentum da nicht allein am Werke! Wachsende Jenseitserwartungen und -hoffnungen in sämtlichen mystischen Religionen der damaligen Zeit sowie ein schädlicher philosophischer Individualismus — die Stoa Epiktets, Senecas und Marc Aurels — trugen ihren Teil zur Abwendung vom Diesseits bei. Man verzichtete auf eine umfassende politische Gestaltung der Gegenwart.

Nicht umsonst wurde gerade der Stoizismus (der Name rührt vom Versammlungsort — einer athenischen Säulenhalle — her) zur »ethischen Religion« Roms. Einflußreiche Schulhäupter haben dieser Philosophie zu einer Bedeutung verholfen, die ihr sachlich gesehen nicht zukommen durfte. Auf diesen interessanten Aspekt hat uns Hegel hingewiesen, der in seinen Vorlesungen und Publikationen — z. B. über die römische Geschichte, Philosophie und Religion — kein gutes Haar an dieser »einseitigen« Richtung ließ. Hatten nicht ihre Hauptvertreter die große Chance, ihre Lehren in der Wirklichkeit zu testen? (Was gewiß nicht jeder Philosophie vergönnt ist.)

Die stoische Lehre war dafür denkbar ungeeignet, denn mit ihr konnte man weder politische Reformen in den Einrichtungen des Staates erzwingen noch soziale und wirtschaftliche Verbesserungen anregen. Schlimmer noch: die Stoiker lehrten den Vorrang des Einzelmenschen, ja sogar seines Seelenlebens, vor den Belangen von Staat und Gesellschaft.

Nicht ganz unverständlich, denn in »unsicheren Zeiten« verlangen die Menschen nach seelischem Trost. Der wurde ihnen von den Stoikern reichlich gespendet! Selbst ein Kant und ein

Friedrich der Große profitierten davon (letzterer nach furchtbaren Niederlagen in seinen Schlesischen Kriegen). Aber auf die Dauer ist mit Tröstungen allein wenig anzufangen (laut Aristoteles und seinen Adepten ist der Mensch doch ein »soziales«, auf die Gemeinschaft hingeordnetes Wesen, was die Stoa völlig unbeachtet ließ).

Der Stoizismus war also eine Philosophie — besser Morallehre — der Ratschläge, Winke, wie das Leben angesichts äußerer Widrigkeiten möglichst heiter und schmerzlos zu führen sei (eine pessimistisch getönte »Lebensstrategie«).

Ein Blick auf die Bestseller der damaligen Zeit stützt diese Aussage: »Von der Kürze des Lebens«, »Von den Trostmitteln bei Schicksalsschlägen«, »Über das zurückgezogene Leben«, die übrigens allesamt von Seneca stammen.

Zweierlei ist hier auffallend:

Erstens der Versuch einer Lebenshilfe (was heute von der Psychologie und Psychoanalyse versucht wird) sowie *zweitens* der Rückzug ins Private.

Vernachlässigt wurden die großen Themen »Wirtschaft — Soziales — Staat — Kultur«. Nicht zu einem einzigen dieser Bereiche hatten die Stoiker zukunftsträchtige Ratschläge parat — von Modellen ganz zu schweigen! Ihre Moralappelle richteten sich an die Adresse jedes einzelnen, gemäß seiner »inneren Natur« mit den »Gesetzen der äußeren, physikalischen Natur« in Übereinstimmung zu leben. Der Geschichte wurde mit keinem Wort gedacht ...

Die Ethik des Stoizismus mündet demnach in einen Geschichtsfatalismus, aber auch schon in ein pazifistisch gefärbtes »Weltbürgertum«, wo alle Menschen von Natur aus gleich seien. Man sieht es deutlich: die geistige Verwandtschaft zur christlichen Lehre ist offenkundig.

Welche Konsequenzen lassen sich nach diesen Überlegungen hinsichtlich unserer Eingangsthese von der »Mittäterschaft« der Religion und Philosophie am »Untergang« des römischen Weltreiches ziehen? Mehrere! Fassen wir sie zusammen:

1. Die verschiedenen Religionskulte mit mehr oder weniger deutlichen Jenseitserwartungen traten in etwa gegen Ende der Republik an die Öffentlichkeit — als Zeichen wirtschaftlicher Unruhe und Unzufriedenheit über den wirtschaftlichen Veränderungsprozeß, deshalb ja auch die Jenseitserwartungen! Selbstverständlich waren diese großen Zusammenhänge damals nicht durchschaubar (dies wissen wir erst seit den Ideologie-Lehren von Marx, Scheler und Mannheim),

2. aber auch als Folge der Bekanntschaft der Römer mit den Göttern der besiegten Ostvölker (diese neuen Gottheiten mußten nicht importiert werden — sie wurden es aber bezeichnenderweise!),

3. mit ihren kultischen Festspielen und Jenseitslehren rechtfertigten die neuen Religionen nicht mehr ein arbeitsames und diesseitig ausgerichtetes, dem Staat und der Gemeinschaft gewidmetes Leben, wie es noch die altrömische Religion als selbstverständlich angesehen hatte; vielmehr wurde jetzt eine auf Sklavenarbeit — später Feudalarbeit — beruhende Wirtschaftsordnung gerechtfertigt. Die Religionen lenkten mit ihren Jenseitsparolen und »falschen Hoffnungen« den Blick der Menschen von eben dieser Ordnung ab. Um die Gestaltung des Diesseits sollte sich gefälligst der Staat kümmern — man war anspruchsvoller! (— und bewegte sich in luftigeren Höhen!),

4. auch die Philosophie — besonders die der Stoa — hatte keine zukunftsweisenden Ideen parat; sie bot lediglich fatalistische »Ratschläge« und »Trostmittel«.

5. insgesamt zogen Religion und stoische Philosophie die Menschen noch mehr von der Politik ab, als es wirtschaftliche Umwandlung und »böses« Kaisertum taten,

6. wirtschaftliche Entwicklung von unten und religiöse Appelle von oben — in Anlehnung an das Ideologie-Schema von der wechselseitigen Beeinflussung von Wirtschaft und Kultur — bewirkten eine gewaltige Entpolitisierung (für was sollte sich der einzelne auch einsetzen?).

Man kann aber nicht behaupten, daß diese Religionen und Philosophien allein der »herrschenden Schicht« reicher Großgrundbesitzer und »Sklavenhalter« zugute gekommen sind, indem sie die gedrückten Volks- und Sklavenmassen mit diesem raffinierten Propagandainstrument auf ein »schöneres, idealeres und glücklicheres Leben im Jenseits« hinwiesen — wie es nämlich die marxistische Religionskritik behauptet. Auch die Großgrundbesitzer als »Herrenklasse« waren davon betroffen: setzte doch ein allgemeines Desinteresse an irdischen Fragestellungen ein, das Schlimmste, was einem Staat und seiner Gesellschaft passieren kann!

Auch die städtischen und ländlichen »Unternehmer« sollten dies zu spüren bekommen. Keine der damals vorhandenen gesellschaftlichen Klassen vermochte den von Max Weber beschriebenen »sozialen und wirtschaftlichen Wandel« aufzuhalten bzw. in eine andere Richtung zu lenken! Man beließ es bei einer hierarchischen Gliederung in allen Lebensgebieten, nämlich:

a) mit einem Staatssozialismus in den schrumpfenden Städten — bei anschwellender Bürokratie,
b) einem Frühfeudalismus auf dem Lande, wo der Gutsherr über Pächter und Leibeigene kommandierte,
c) sowie einer analogen Gliederung in der christlichen Staatsreligion, nachdem der frühchristlich-utopisch-jenseitige Elan verpufft war.

In diesem Kapitel haben wir ansatzweise die soziale Verantwortlichkeit von Religion und Philosophie am »Untergang« Roms skizziert: keinesfalls die religiösen und geistigen Lehren »an sich« kritisiert, denn deren Eigenbedeutung ist evident! Es ging uns lediglich um den Nachweis der sozialen Gleichgültigkeit der spätrömischen Religionen und Philosophien.

Anhang zu VII b)

Christenverfolgung und römischer Staat

Nachdem wir die ephemere Rolle des Christentums am allgemeinen Niedergang Roms darzustellen versucht haben, ist noch auf das Thema Christenverfolgungen einzugehen. Aus Gründen historischer Richtigstellung! Von christlicher Propaganda — schon bei den Kirchenvätern! — ist dieser Aspekt stets einseitig dem weltlichen Staat des römischen Imperiums als Schuld angekreidet worden: nämlich harmlose und glaubensstarke Christen auf bestialische Weise verfolgt zu haben. War es wirklich so? Wie wir gesehen haben, verweigerten die ersten Christen dieser neuen Glaubensgemeinschaft dem Staat die üblichen — rein äußerlich gedachten — Kaiseropfer und damit verbundenen Zeremonien. Von ihrer Lehre aus gesehen nur konsequent! War die christliche Sekte doch anfangs eine spontane, die niederen Schichten ergreifende »Jenseitsbewegung«. Mit den Worten des Philosophen Schopenhauer ausgedrückt: »Eine Lehre von der Verneinung des Willens zum Leben!«

Als weitere Negativpunkte — vom Staat her gesehen — kamen christliche Askese, Diffamierung der Frau und Ehe, Ablehnung sämtlicher staatlicher und religiöser Praktiken sowie als schwerwiegendster Punkt die »pazifistische« Feindesliebe hinzu. Damit verzichteten die Christen auf die den Römern von alters her liebgewordenen kriegerischen Tugenden. Der weltliche Staat mußte aus diesen Gründen ein instinktives Mißtrauen gegen diese irrationale und »programmlose« Glaubensbewegung hegen. Hinzu kam die christliche Lebensfeindlichkeit, gepaart mit dem Haß auf alles Sinnenglück. Daraus mußte naturgemäß eine intolerante Einstellung gegenüber der Umwelt erwachsen: diese lebte nämlich nach weltlicheren Prinzipien, noch nicht dem »Gut-Böse«-Klischee frühchristlicher Morallehre verhaftet. Es kam christlicherseits zu einem festen und durch nichts zu erschütternden Bewußtsein der eigenen Sonderbedeutung — hierin dem Judentum und dessen Lehre vom

»auserwählten Volk« denkbar nah verschwistert. Damit war der Konflikt mit dem Staat von vornherein programmiert. Unklugerweise bestanden die frühen Christen und ihre Wortführer — Paulus etwa — auf der Ausbreitung und Missionierung ihres Glaubens im Imperium. Mission war aber eng an Propaganda und »Unterwanderung« resp. »Systemveränderung« gebunden, denn irgendwie mußten ja die verständnislosen »Heiden« überzeugt werden.

Rom hatte es schon mit den verschiedensten Religionen und Kulten versucht — pluralistisch wie man war — aber der rigide Absolutheitsanspruch des frühen Christentums stieß ab, was für die Christen gerade wegen ihrer intoleranten und plumpen Propaganda zum existentiellen Nachteil ausschlagen sollte. Selbst nach Meinung renommierter Kirchenhistoriker — hier ist der Theologe Overbeck anzuführen — war der christliche »Chefpropagandist« Paulus ein Mann, an den sich »alle unschönen Seiten des Christentums knüpften«. Sozusagen ein Klassiker der Intoleranz! Wir kennen mittlerweile genug derartige »Sprüchemacher« mit ihren verführerischen Parolen und Vereinfachungen.

Parallel zur inneren Konsolidierung und äußeren Anerkennung als Staatsreligion dokumentierte sie immer selbstbewußter ihre Stärke. Es kam nun selbst christlicherseits zu Ausschreitungen und Handgreiflichkeiten gegen die offiziellen Vertreter des Staates und gegen die Priester seiner unterschiedlichen Religionskulte.

Die Sache ist demnach vielschichtig, wenn man einmal die bequemen Pfade christlicher Apologetik verläßt. Selbstverständlich dürfen wir nun nicht ins gegenteilige Extrem verfallen, müssen jedoch die Schattenseiten des Christentums und seiner Lehre besonders im Hinblick auf das gespannte Verhältnis zum Staat — hier des römischen Imperiums — ans Licht bringen. Bekanntlich hat ja die Kirche in ihrer gesamten Geschichte Probleme mit dem »weltlichen Arm« gehabt, was schon ein kurzer Blick in die Geschichtsbücher offenbart (so der mittelalterliche Streit des Papsttums mit dem Kaiser, die Einmi-

schung der Kirche in die Kabinettskriege der beginnenden Neuzeit — 30jähriger Krieg etwa — sowie die Stichworte »Kultur-
kampf«, »Modernismus« und »Reform des Paragraphen 218«).

Zieht man Bilanz, so steht das Christentum in seiner Frühgeschichte nicht gut da. Im Gegenteil: die Maßnahmen des rö-
misch-kaiserlichen Staates waren im großen und ganzen richtig, wenn man von der Position eben dieses Staates her argu-
mentiert. Die Christenverfolgungen hatten nie das behauptete
Maß erreicht, und die christlichen »Märtyrer« drängten sich
vielfach in diese Rolle. (Das Phänomen des »freiwilligen Op-
fers« ist in säkularisierter Form in den Kriegen und Guerilla-
aktionen unseres Jahrhunderts auferstanden.)

VIII. Weltgeschichtlicher Ausblick

Kulturelles Erbe römischen Denkens und Handelns

Welche geschichtlichen »Spuren« hat das Römerreich hinterlassen? Hier müssen wir erst einmal eine Richtigstellung vornehmen, denn bis in die jüngste Zeit hinein hat man uns in den Schulbüchern den »Untergang« des römischen Reiches mit erhobenem Zeigefinger verkaufen wollen; wobei die Argumente meist politischer und moralischer Art waren. Da war ständig die Rede von den »kräftigen, unverdorbenen Germanen« und den »dekadenten Römern«. Meist wurden Roms äußere Feinde als »jung, unverbraucht, beute- und abenteuerlustig« hingestellt, die noch nicht von der Kultur »angekränkelt« und »verzärtelt« waren, denen also Sieg und Nachfolge legitimerweise zukommen mußten. Allenfalls wurden noch rassische und religiöse Ursachen genannt. So galt den Rassentheoretikern des Nationalsozialismus die rassische Vermischung — der Verlust des »guten und wertvollen Blutes« — als »Sünde wider das Leben«. Der Zusammenbruch war laut Hitler dann die unumgängliche Folge (vgl. seine Geschichtsexkurse in den »Tischgesprächen«).

Für die religiöse Komponente beruft man sich gern auf den bedeutenden englischen Historiker Gibbon, der in seinem berühmten Buch vom »Untergang und Niedergang des römischen Reiches« allein das Christentum für diesen Tatbestand verantwortlich machte. Ähnlich, wenngleich noch drastischer und vehementer, hat es der Philosoph und Religionskritiker Nietzsche formuliert (wir haben ihn bereits kennengelernt). Seine Schriften verraten die Parteinahme für den römischen »Immoralismus« gegen ein »muckerhaftes Christentum«. Wir hatten bei der Untersuchung des Einflusses religiöser und philosophischer Faktoren auf den römischen Niedergang eine »irdische« Mitschuld festgestellt, jedoch keineswegs eine geistige (über den Wert und Unwert religiöser Glaubensaussagen und philosophischer Theorien entscheidet jeder einzelne, für den sie von

Belang sind). Uns ging es also eher um eine »Soziologie der Religion und Philosophie«.

Originell ist noch die geschichtsmorphologische Sicht O. Spenglers, der eine durchgehende weltgeschichtliche Entwicklung mit Anfang und Ende strikt leugnet. Er möchte die Geschichte auf eine Aneinanderfolge mehrerer in sich geschlossener Kulturen festlegen, denen parallele Wesensmerkmale zukommen (die Spengler mit der Begriffssprache des Biologen kennzeichnet).

So mußte für ihn auch die antik-griechisch-römische Kultur »entstehen, wachsen, blühen, verwelken und zugrunde gehen«. Fälschlicherweise, denn das römische Kaiserreich ist nicht aus biologischen Gründen »gestorben«, sondern hat sich aus wirtschaftlichen Gründen in die mittelalterliche Feudalgesellschaft »verwandelt«! Der Zeitabschnitt von Odoaker bis Karl dem Großen (476–768) ist kein ausgesprochener Einschnitt — nur wissenschaftlich-kulturell gesehen eine Ära der Dunkelheit und Finsternis.

Damit sind wir bei der letzten Etappe unseres Unternehmens angelangt: der Frage nach dem Erbe des römischen Denkens und Handelns. Mannigfaltig hat sich die römische Kultur — ihrerseits ja schon mächtig vom griechischen Geist getränkt! — im weiteren Gang der Weltgeschichte dokumentiert, oft verwandelt, zu eigenen Zwecken umgebogen.

Knapp drei Jahrhunderte nach dem römischen »Untergang« hat Kaiser Karl der Große mit der Annahme des Kaisertitels bewußt an das Vorbild der Caesaren erinnert. Mit der karolingischen Renaissance wird die antike Kultur erstmals aus ihrem jahrhundertealten Dornröschenschlaf geweckt. Die Wertschätzung des Lateins und der literarischen und künstlerischen Vorbilder markiert diese fränkisch-germanische »Kulturrevolution«. Nur wenig später wurde aus dem östlichen Teil des Reiches Karls des Großen das »Heilige Römische Reich Deutscher Nation«, was an die große geschichtliche Tradition und Kontinuität erinnern sollte (und an die weltliche Schutzherrschaft des römischen Papsttums, das ohne den weltlichen Arm

Das gewaltige Mausoleum des Hadrian (Engelsburg).

Antikes Theater und Arena in Arles (Frankreich).

Triumphbogen in Orange (Frankreich).

Konstantin der Große

schwerlich diese Machtfülle errungen hätte, wie es dann im Mittelalter der Fall war). Das Papsttum fühlt sich als religiöser Testamentsvollstrecker des einstigen Imperiums, was in der Beibehaltung des römisch-heidnischen Priestertitels »Pontifex maximus« zum Ausdruck kommt (sowie in der hierarchischen Gliederung des »Kirchensprengels«, aber auch im äußeren Zeremoniell).

Während in Westeuropa das »Heilige Römische Reich Deutscher Nation« existierte, hatte sich seit der Reichsspaltung von 395 in Osteuropa bzw. auf dem Balkan und in Asien das oströmische Kaisertum von Byzanz etabliert. Mit seinem Ende — 1453 der Fall Konstantinopels — flüchteten sich die Gelehrten mit wertvollen Schriftstücken und Büchern nach Westeuropa — und mit ihnen der Geist der antiken Kultur. Die geistige Aufnahmebereitschaft war hier von den großen Kulturbewegungen des Humanismus und der Renaissance vorbereitet worden. Wer kennt nicht die befreiende Entdeckung eines neuen Kontinents — »Individuum«, »Ich«, »Subjekt« und »Selbstbewußtsein« geheißen? Ohne das antike Vorbild undenkbar.

Auf einem anderen Gebiet hat Europa sicherlich sehr deutlich vom römischen Vorbild profitiert — dem des Rechtswesens nämlich! Hier zeigte sich die römische Überlegenheit am deutlichsten. Die militärischen Emporkömmlinge mußte natürlich die strahlende Feldherrngestalt Caesars — und vorher schon der Stern Hannibals — anziehen. Sowohl der kaiserliche Generalissimus Wallenstein als auch das militärische Genie Napoleon ließen sich in »cäsarischer Pose« porträtieren. Tatsächlich erinnert einen besonders der kometenhafte Aufstieg Napoleons an denjenigen Caesars. Auch er schuf ein Weltreich — verspielte es jedoch durch seine Kriege »als Selbstzweck« (die Historiker beurteilen ihn heute milder). Vor allem hat Napoleon einer neuen Gesellschaftsordnung — der bürgerlich-liberalen — in Europa zum Durchbruch verholfen (was seine politisch-militärischen Mißgriffe mehr als aufwiegt!).

Sogar einen buchstabengetreuen Nachfolger und Nachahmer Caesars konnte unser kriegerisches Jahrhundert präsentieren —

den »Duce« Mussolini. Wollte er doch nichts weniger als die Wiedererrichtung des alten cäsarischen Mittelmeerimperiums in Gang bringen. Die Sache ist bekanntlich kläglich gescheitert! An seinen Diktatorkollegen Hitler brauchen wir hier nicht zu erinnern — er ist die Kopie einer »catilinarischen Existenz«! Dem spukten cäsarische und imperiale Pläne im Kopf herum, die logischerweise scheiterten, da wir nicht mehr in der Zeit alleiniger Willensentschlüsse — sogenannter »Führerbefehle« — leben, sondern unser aller Schicksal von Wirtschaft und Wissenschaft entschieden wird (und von einer mehr oder weniger »gelehrten Politik«).

In einem könnte uns das römische Reich ein Vorbild sein — in seiner die sprachlichen, kulturellen, wirtschaftlichen und politischen Hindernisse und Schranken überspringenden Einheits- und Reichsidee: mit einer einheitlichen Politik, Verwaltung sowie einem geordneten Wirtschafts- und Verkehrswesen . . . ! Halt! — schon fangen wir mit dem luftigen Idealisieren an, mit der Verklärung der Vergangenheit! So schön war's damals auch nicht.

Personenregister

A

Actius 157
Äneas 10, 106
Agrippa 135, 138
Agrippina 141, 143
Alarich 156
Alexander der Große 36, 47, 53, 57, 71, 75, 105, 119, 120, 138
Ambiorix 115
Amulius 10 f.
Antiochos III. 68
Appian 80 f.
Archimedes 64
Ariovist 115, 118
Aristoteles 184
Arminius 136
Ascanius 10
Asklepios 33
Atticus 85
Attila 156
Augustus 36, 125 f., 130 f., 133–137, 139, 144 f., 157 ff, 161, 176

B

Baal 147
Bacchus 182
Beer, Gavine de 64 f.
Ben Kochba 146
Brecht, Bertolt 110
Britannicus 143
Brutus 130
Burckhardt, Jakob 87 f., 93
Burrus 143

C

Caesar, Gajus Julius 36, 82, 88, 93, 97, 101–106, 109–123, 126, 130, 138, 154, 165, 183, 193
Caligula 33, 139 f.
Camus, Albert 140
Caracalla 127, 147
Carmenta Mater Matuta 31
Cassius 130, 140
Catilina 94, 103 f., 108
Cato 109
Celsus 34
Ceres 32 f., 39
Chamberlain, H. St. 154
Cicero, Marcus Tullius 32, 83, 85, 104, 107
Cinna, Lucius 99 f.
Claudius 139 ff.
Claudius, Appius 50
Clausewitz, Karl von 146
Cleopatra 120
Commodus 36, 146
Cotta 115
Crassus, Marcus L. 103, 110, 119

D

Darwin, Charles 167
Demeter 33
Diana 32 f.
Diokletian, G. A. V. 36, 147–150, 163, 165
Dionysos 33, 182 f.
Dioskuren 33

Orts- und Sachregister